國家圖書館出版品預行編目資料

六朝散體文論稿（上）／王琳、楊朝蕾 著 — 初版 — 新北市：
花木蘭文化事業有限公司，2017〔民 106〕
目 2+166 面；19×26 公分
（古典文學研究輯刊 十六編；第 4 冊）
ISBN 978-986-485-106-5（精裝）
1. 六朝文學 2. 散文 3. 文學評論
820.8   106013417

ISBN-978-986-485-106-5

古典文學研究輯刊
十六編　第四冊　　　　　　ISBN：978-986-485-106-5

六朝散體文論稿（上）

作　　者　王　琳、楊朝蕾
主　　編　曾永義
總 編 輯　杜潔祥
副總編輯　楊嘉樂
編　　輯　許郁翎、王筑　美術編輯　陳逸婷
出　　版　花木蘭文化事業有限公司
社　　長　高小娟
聯絡地址　235 新北市中和區中安街七二號十三樓
　　　　　電話：02-2923-1455 ／傳眞：02-2923-1452
網　　址　http://www.huamulan.tw 信箱 hml 810518@gmail.com
印　　刷　普羅文化出版廣告事業
初　　版　2017 年 9 月
全書字數　307696 字
定　　價　十六編 8 冊（精裝）新台幣 15,000 元

六朝散體文論稿（上）

王琳、楊朝蕾　著

作者簡介

　　王琳，生於內蒙古包頭市。曾先後就讀於湘潭大學、河南大學，1985 年獲文學碩士學位。現為山東師範大學文學院教授、博士生導師，中國古代文學教研室主任。兼任山東省古典文學學會副會長，中國古代散文學會常務理事。主要從事先秦漢魏晉南北朝文學教學與研究，兼及古代區域文化和歷史地理研究。出版論著有《西漢文章論稿》《六朝辭賦史》等。

　　楊朝蕾，山東青島人。文學博士。貴州師範大學文學院副教授、碩士生導師。主要致力於漢唐文學、中國文體學、佛教文學與高校古代文學教育教學改革研究。出版學術專著《魏晉南北朝論體文通論》，發表學術論文 50 餘篇。主持和參與國家社科基金項目 3 項、教育部人文社科基金項目 2 項。

提　　要

　　本書探討的對象是六朝時期狹義的散文，即散體之文。歷來論者對六朝駢體之文關注較多，而對同期的散體文的研究則頗為薄弱。有鑒於此，我們撰寫本書，以期彌補以往研究之不足。我們認為，與先秦兩漢散文相比，六朝散體文的主要開拓和進步，表現在寫景紀遊功能大幅度拓展、抒情性空前強化、雜傳書寫多元發展、論辯文空前卓越等四個方面，因而全書緊密圍繞這四個專題展開論述。

目

次

上　冊

緒　論 …………………………………………………………… 1

一、六朝思想的多元與重文的社會風氣 ……………… 1

二、魏晉文風演變基本態勢 …………………………… 6

三、南北朝文風演變基本態勢 ………………………… 12

四、建安作家在強化情采方面的示範意義 …………… 16

第一章　六朝散文寫景紀遊功能的拓展（上）……… 19

第一節　遊風的盛行與山水審美觀念的自覺 ………… 19

第二節　山水景物之文與情景交融文風 ……………… 24

第三節　六朝地記的興盛及其文學性 ………………… 31

第二章　六朝散文寫景紀遊功能的拓展（下）……… 47

第一節　集六朝地記之大成的奇書《水經注》……… 47

第二節　寺塔記之傑作《洛陽伽藍記》……………… 53

第三節　域外行記之珍品《佛國記》及其他 ………… 57

第四節　六朝地記的影響及其評價 …………………… 63

第三章　六朝散文抒情性的強化 ……………………… 75

第一節　六朝重情風尚 ………………………………… 75

第二節　一往情深的哀祭文 …………………………… 79

第三節　情味彌濃的書牘文（上）…………………… 95

第四節　情味彌濃的書牘文（下）…………………… 114

第四章　六朝奏議文及其他 ……………………………… 141
　　第一節　情理兼備的奏議文 …………………………… 141
　　第二節　形同抒情小品及蘊含創作觀念的序文 …… 152
　　第三節　其他抒情性較強的文體略述 ……………… 161

下　冊
第五章　時代的影像：六朝雜傳──以齊魯籍作者
　　　　　為例 …………………………………………… 167
　　第一節　亂世英雄傳 ………………………………… 168
　　第二節　僧道傳、逸民傳、孝子傳 ………………… 175
　　第三節　家傳、鄉賢傳、自傳 ……………………… 180
　　第四節　其他雜傳 …………………………………… 190
第六章　六朝論體文名家及子書著述（上）………… 199
　　第一節　「論」壇鉅子嵇康 ………………………… 199
　　第二節　「才高詞贍」陸機 ………………………… 216
　　第三節　「辯覺法師」慧遠 ………………………… 227
　　第四節　「法中龍象」僧肇 ………………………… 245
第七章　六朝論體文名家及子書著述（下）………… 257
　　第一節　「一時文宗」袁宏 ………………………… 257
　　第二節　史論巨擘范曄 ……………………………… 271
　　第三節　六朝子書撰作風貌的階段差異 …………… 288
　　第四節　晉代另類子書著述 ………………………… 301
結　語 ……………………………………………………… 319
參考文獻 …………………………………………………… 325

緒　論

　　在中國散文史上，魏晉南北朝是繼先秦兩漢之後又一個重要的發展階段。其時散文的發展，既受到先秦兩漢散文的灌溉滋養，也是當時特定的社會歷史、思想文化演變的產物。受社會的動蕩、皇權的低落、意識形態的多元，士人思想與寫作活動較少受到限制干預，乃至作家生活空間的轉移等等因素的影響，魏晉南北朝散文的表現功能得以拓展，在此背景下，寫景紀遊之文、抒情之文、論辯之文應運而興，佳作迭出，令人矚目，充分顯示了當時文壇的長足進步。

　　魏晉南北朝散文的發展，就社會大環境而言，基於當時意識形態領域的多元化態勢，以及彌漫士林的尚文風氣。魏晉文風，基本呈現樸素自然與華美文飾並存，而後者之發展勢頭漸趨顯著的態勢。南北朝時期駢體文流行，散體文的表現範圍受到前所未有的擠壓，但其在某些寫作領域仍然佔據著較為可觀的地盤，而且還產生了不少優秀作品。茲就有關問題予以概述。

一、六朝思想的多元與重文的社會風氣

　　與大一統的漢帝國不同，延續將近四個世紀的魏晉南北朝，除西晉滅吳後保持了 30 多年的統一局面外，其他的大部分時間處於分裂狀態。階級矛盾、民族矛盾、統治集團的內部矛盾交織一起，戰亂頻仍、殺伐不斷，再加上瘟疫、水旱等災害的發生，整個社會陷入極其混亂和苦痛之中，「蒼生殄滅，百不遺一，河洛丘虛，函夏蕭條」〔註1〕之類記載屢屢見於文籍。在此

〔註1〕〔唐〕房玄齡等：《晉書》，卷 56《孫綽傳》，北京：中華書局，1974 年版，
　　　　第 1545 頁。

形勢下，不僅廣大百姓深受其害，就連士大夫文人乃至王侯帝族也難免厄運。漢魏之際的軍閥混戰，大批文人遭受飄零之苦；魏晉之際曹氏與司馬氏的權力爭奪，大批文人被殺，造成「名士少有全者」的恐怖局面；晉宋時一系列的政治變故，也使不少文人死於非命。帝王公侯被篡、被鴆、被誅的事件亦數不勝數，就劉宋一代言，據清人汪中《補宋書宗室世系表序》統計，皇族 129 人，被殺者 121 人，其中骨肉自相屠害者達 80 人。於是，感歎世道艱難、人命危淺成爲彌漫於全社會的典型音調。

伴隨著大一統政權的崩壞、社會的混亂而生的是儒家思想獨尊地位的低落和社會思想多元化的發展。漢武帝時代定儒術於一尊後，儒家學說在詮釋體系中日益神聖化、經典化，雜以讖緯迷信，流於荒唐虛妄。儒生們爲利祿所誘，往往拘守繁瑣章句。東漢後期，在日益嚴重的政治危機面前，儒家學說缺乏緩解這種危機的實踐功效，逐漸導致了人們對它的信仰危機。漢魏之際，在大一統政權業已崩潰的形勢下，人們紛紛向諸子學說中去尋求救世良方及安身立命的精神支撐，於是，道、名、法、兵、縱橫等各家思想應運而起，乘勢復興，思想界呈現自春秋戰國以來又一次極其活躍的局面。曹丕《典論》所謂「戶異議，人殊論，論無定檢，事無定價」。有的統治者對此局面起到推波助瀾的作用，《晉書‧傅玄傳》引傅玄《舉清遠疏》所云：「近者魏武好法術，而天下貴刑名；魏文慕通達，而天下賤守節」〔註2〕，都是漢末魏初思想領域變化的真實概括。當然，所謂儒家思想地位的下降，是指它失去獨尊的勢頭，而並不意味著它被人遺忘或拋棄。在漢魏之際及整個六朝，儒學由其維繫綱常倫理教化之性質所決定，在社會思想及政治領域仍然具有重要地位，就連崇尚刑名之學的曹操，雖有時敢於公然發表背離儒家傳統的言論，但爲了壓制打擊政敵，他還要借助維護儒家禮法之名定其罪、誅其身。後來的司馬氏父子亦倡言「以孝治天下」，假竊禮法以售其奸。他們的這種虛僞行徑，對某些士人鄙薄儒學起了激化作用，如阮籍、嵇康公然蔑視禮法，提出「越名教而任自然」的口號。

在魏晉南北朝思想活躍的氣氛中，道家思想頗爲興盛。這與部分思想家試圖調整經學衰微後社會思想的紛雜，以適應重建封建統治格局的需要有一

〔註2〕〔唐〕房玄齡等：《晉書》，卷 47《傅玄傳》，北京：中華書局，1974 年版，第 1317～1318 頁。

定關聯，但更重要的原因是廣大士人深切地感受到漢末魏晉政權更迭過程中對政敵之血腥屠戮的殘酷性，爲了擺脫災禍，安身立命，便轉向崇尚虛無、逍遙避世。曹魏正始年間，以老莊思想爲骨架、調和儒道的玄學興起，玄談風行，盛況一直綿延至東晉。南朝時玄談之風的隆盛程度雖遜於魏晉，但老莊思想仍被文人士大夫所普遍浸染。玄學作爲文人士大夫逃避現實的理論工具，固然產生了消極作用，但對於衝破漢儒讖緯神學和繁瑣章句之學，促進思想的解放也起了積極作用；至於玄談的自由辯論方式及崇尚抽象思維的風氣，則在一定程度上提高了人們的理論思辨水平。

　　佛教的興盛也是魏晉南北朝思想文化領域的一個引人注目的現象。佛教雖自漢代就傳入中國，但眞正流行是在兩晉南北朝時期，佛教在此時得以流行的重要原因，是其生死輪迴、善惡果報、超脫現實的說教適應處於亂世中的各個階層人們的精神需要。飽受禍殃的人民，爲忍受今生的苦難，修得來世的幸福，信佛是尋求安慰的一種途徑，正如劉宋何尚之所說：「五胡亂華已來，生民塗炭，冤橫死亡者不可勝數，其中誤獲蘇息，必釋教是賴。」〔註3〕至於上層統治階級推崇佛教，除希冀得到佛陀的蔭庇，解脫對動蕩不寧之現實的恐懼外，也可能有麻痹銷蝕人民的抗爭意識、維護既得利益的政治用意。此外，佛教的興盛也與儒道釋合流、漢譯佛典的繁榮及名僧高僧的湧現有直接的關係。

　　思想文化領域的活躍，對本時期文學觀念的自覺、文學創作繁榮局面的產生起到了顯著的促進作用。漢代統治者取士，率先經術，知識分子多將精力投於儒家經典的詮釋，以致不少人皓首窮經。本時期儒學失去獨尊地位，統治者取士亦由重經學轉向重文才。《宋書・臧燾傳論》云：「自魏氏膺命，主愛雕蟲，家棄章句，人重異術」；劉勰《文心雕龍・時序》云：「自獻帝播遷，文學蓬轉，建安之末，區宇方輯。魏武以相王之尊，雅愛詩章；文帝以副君之重，妙善辭賦；陳思以公子之豪，下筆琳琅；並體貌英逸，故俊才雲蒸。」鍾嶸《詩品》云：「降及建安，曹公父子，篤好斯文。平原兄弟，郁爲文棟；劉楨、王粲，其爲羽翼。次有攀龍托鳳，自致屬車者，蓋將百計。彬彬之盛，大備於時矣。」這既說明漢魏之際部分士人的興趣從經學轉向文學的情況，同時也說明思想文化領域的熱點往往是隨著高層人物的愛好而轉

〔註3〕　〔梁〕僧祐：《弘明集》，卷11《何令尚之答宋文皇帝贊佛教事》，上海：上海　　　　古籍出版社，1991年版，第71頁。

移。這種風氣歷兩晉南北朝不衰而南朝尤盛，帝王挾其特殊身份招納文士成為文壇的一個重要現象。規模較大的文學集團不斷出現，魏之三曹，宋之臨川王劉義慶，齊之竟陵王蕭子良，梁之昭明太子蕭統、簡文帝蕭綱、元帝蕭繹，陳之後主陳叔寶等，都是著名的領袖人物。其他如魏明帝曹叡、高貴鄉公曹髦，亦好文學；宋武帝劉裕、文帝劉義隆、孝武帝劉駿、明帝劉彧、南平王劉休、建平王劉弘、廬陵王劉義真、江夏王劉義恭、始興王劉濬、建平王劉景素等，皆好文學；齊高帝蕭道成、文惠太子蕭長懋、鄱陽王蕭鏘、江夏王蕭鋒、衡陽王蕭鈞、隨王蕭子隆等皆好文學；梁武帝蕭衍及宗室豫章王蕭綜、邵陵王蕭綸、武陵王蕭紀，後梁帝蕭詧、蕭巋，南康王蕭會理、尋陽王蕭大心、南郡王蕭大連、樂良王蕭大圜、長沙王蕭業、安成王蕭秀、南平王蕭偉、鄱陽王蕭範等皆好文學，善屬文。至於皇族以外的高門大族，更憑藉其世代相傳的文化積澱醉心於文學創作，以獲取社會聲譽，作為引以自豪的資本，湧現出許多「世以文章顯，軒冕相襲」〔註 4〕的文學家族。《梁書》卷三十三《王筠傳》載王筠寫給諸子的書信，述及他對王氏家族政治地位，尤其是文化傳統的自豪自信和對後代子孫以文化優勢傳家的期望：「史傳稱安平崔氏及汝南應氏，並累世有文才，所以范蔚宗云崔氏『世擅雕龍』。然不過父子兩三世耳；非有七葉之中，名德重光，爵位相繼，人人有集，如吾門世者也。沈少傅約語人云：『吾少好百家之言，身為四代之史，自開闢已來，未有爵位蟬聯，文才相繼，如王氏之盛者也。』汝等仰觀堂構，思各努力。」〔註 5〕《梁書》卷三十三及《南史》卷二十二之《王筠傳》記述王筠事蹟，幾乎全以其文學創作活動組織而成，茲略引以窺一斑：「（筠）七歲能屬文，年十六，為《芍藥賦》，甚美……尚書令沈約，當世辭宗，每見筠文，諮嗟吟詠，以為不逮也……約於郊居宅造閣齋，筠為草木十詠，書之於壁，皆直寫文詞，不加篇題……約製《郊居賦》，構思積時，猶未都畢，乃要筠示其草……筠為文能壓強韻，每公宴並作，辭必妍美。約常從容啟高祖曰：『晚來名家，唯見王筠獨步。』……昭明太子愛文學士，常與筠及劉孝綽、陸倕、到洽、殷芸等遊宴玄圃，太子獨執筠袖撫孝綽肩而言曰：『所謂左把浮丘袖，右拍洪崖肩。』其見重如此……奉敕製《開善寺寶誌大師碑文》，詞甚麗逸。又敕撰《中書表

〔註 4〕 〔唐〕房玄齡等：《晉書》，卷 92《文苑傳》，北京：中華書局，1974 年版，第 2370 頁。

〔註 5〕 〔唐〕姚思廉：《梁書》，卷 33《王筠傳》，北京：中華書局，1973 年版，第 486～487 頁。

奏》三十卷，及所上賦頌，都爲一集……（中大通）三年，昭明太子薨，敕爲哀策文，復見嗟賞……筠自撰其文章，以一官爲一集，自洗馬、中書、中庶子、吏部、左佐、臨海、太府各十卷，《尚書》三十卷，凡一百卷，行於世。」〔註6〕六朝社會尙文風氣之濃由此可見一斑。在全社會的尙文氣氛中，六朝士人普遍以能文相標榜，甚至某些武夫也在耳濡目染下紛紛倣仿，以附庸風雅。南朝的史書，不僅開始專設《文苑傳》或《文學傳》，而且在其他傳記中觸處可見「善屬文」、「文采妙絕當時」之類評價，可見文學日益成爲一個獨立部門並成爲評價人物的重要標準。伴隨著創作繁榮的是各類文集編纂之風的興盛以及相關的理論批評的發達，《隋書·經籍志》著錄的此期書目足以讓人們歎爲觀止。

　　在此期文學創作和理論批評中，最引人注目的新氣象是對文學功能及文學審美特徵有了進一步的明確認識。漢代人論文，或受政教功利思想的束縛，片面強調諷諭教化作用。魏晉南北朝人對文學功能的認識，雖仍有沿襲漢代傳統觀念的，但畢竟沒有形成氣候；而許多人在創作中和理論批評中更重視的是文學吟詠個人感情，滿足自我精神需求的作用，因此他們寫得更多的是不包含政治意義，表現自己日常生活內容和情緒的作品。這種傾向的盛行，直接影響到此期文學題材的拓變，致使大量無關政治教化的寫景、詠物以及抒發離情別緒等情感的作品不斷湧現。與此相應，時人對文學本身的審美特徵也有了空前自覺的認識。這主要表現在兩個方面：一是重視文學的抒情特徵，不僅視抒發情感爲文學創作的動因，更把抒情當作文學批評的主要標準。曹植《前錄自序》表白自己「雅好慷慨」之作；陸機《文賦》強烈反對爲文「言寡情而鮮愛，辭浮漂而不歸」；陸雲《與兄平原書》中稱贊的是「流深情至言」的篇章；鍾嶸《詩品》提倡「吟詠性情」，蕭子顯《南齊書·文學傳論》批評「典正可採，酷不入情」；蕭繹《金樓子·立言》論文、筆之分，提出「吟詠風謠，流連哀思者，謂之文」。這都是時人重抒情之自覺觀念的代表聲音。二是重視文學語言風格的華美。從曹丕《典論·論文》、曹植《七啓序》、《前錄自序》自覺地流露這種意識開始，魏晉的作家和批評家，大都崇尙華美之文，他們在重視文學的抒情性的同時，對辭采、偶對、用典等藝術技巧的追求也日益講究，就駢體文最基本的特徵對偶言，其時作家已達到了很高的境界，故《文心雕龍·麗辭》有「魏晉

〔註6〕　〔唐〕姚思廉：《梁書》，卷33《王筠傳》；〔唐〕李延壽：《南史》，卷23《王筠傳》。

群才，析句彌密，聯字合趣，剖毫析釐」之評。南北朝人繼承並發展了魏晉的文學精神，在理論上和實踐上更加重視文學本身的審美特徵，在重視抒情性的同時，愈益刻意追求語言技巧，而尤以南朝後期爲盛。劉勰《文心雕龍》數萬字全用駢體寫成，全書在主張「爲情而造文」的前提下，設置不少篇章來論述對偶、聲韻、用典等問題，可見他對駢體作品的語言美是相當重視的。蕭統《文選》收錄作品重駢體。李昶《答徐陵書》盛讚徐陵駢文：「麗藻星鋪，雕文錦縟。風雲景物，義盡緣情……久已京師紙貴，天下家藏。調移齊右之音，韻改河西之俗。」〔註7〕可以典型地說明這種傾向。總之，這是一個極其崇尚華麗文風的時代，從魏晉的曹氏父子到南朝的蕭氏父子，從建安諸子陳琳、王粲、太康雙璧潘岳、陸機到劉宋元嘉三大家謝靈運、顏延之、鮑照，再到永明的沈約、謝朓，再到徐陵、庾信，皆不同程度地推重豔麗之文。甚至如葛洪這樣的思想家也大聲倡導美文。

魏晉南北朝散文的發展既植根於這種社會文化環境中，便不可避免地留下時代的印跡。一是作品數量空前紛盛。就清人嚴可均所編《全上古三代秦漢三國六朝文》來看，該書收羅唐代以前的單篇文章及一些子書的佚文，合741卷，其中魏晉南北朝部分就佔了518卷，可見當時文章之盛是前代無法比擬的。二是題材內容及體裁形式有很大拓展，譬如抒情性濃的作品增多，描寫山水景物的作品湧現，論題集中論辯性強的單篇論文興盛，雜傳大量產生。三是對文章外在形式美有了高度自覺的追求，這種傾向在魏晉漸成風氣，至南朝，以講究對偶為主要特色，兼及辭采、用典、聲律的駢體文達到鼎盛狀態。

二、魏晉文風演變基本態勢

魏晉文風，基本呈現樸素自然與華美文飾並存，而後者之發展勢頭漸趨顯著的態勢。

樸質自然文風的倡導者與實踐者首推曹操。建安時，他針對詞浮於意的華靡文風，提出爲文「當指事而語」、「勿得浮華」的主張，並身體力行，帶頭寫作簡約嚴明、樸實無華之文。如《求賢令》：

> 自古受命及中興之君，曷嘗不得賢人君子與之共治天下者乎！

〔註7〕〔清〕嚴可均：《全後周文》，卷6，《全上古三代秦漢三國六朝文》，北京：中華書局，1958年版，第3913頁。

及其得賢也，曾不出閭巷，豈幸相遇哉？上之人不求之耳。今天下尚未定，此特求賢之急時也……若必廉士而後可用，則齊桓其何以霸世！今天下得無有被褐懷玉而釣於渭濱者乎？又得無盜嫂受金而未遇無知者乎？二三子其佐我明揚仄陋，唯才是舉，吾得而用之。

〔註8〕

文辭簡括得體，而意達理暢。其《讓縣自明本志令》風格亦與此相似。曹操排斥華靡文風，與他革新政治、崇尚刑名之學的思想有關，更與他「爲人佻易」、「體性自然」的尚通脫的個性有關。尚通脫的個性表現在爲文上，便是不受陳套的束縛，無所顧忌，直抒胸臆，想寫的便寫出來，怎麼想就怎麼寫，摒棄浮華之辭。魯迅先生稱他爲「改造文章的祖師」。

曹丕的部分散文，基本繼承了乃父的作風，以行文隨便活潑，語言簡潔明暢、樸素自然見長。

魏末的著名文人嵇康，也寫了一些頗具通脫自然風神的文章。其《與山巨源絕交書》表現自己拒絕司馬氏拉攏的不合作態度，師心使氣，放言無拘，不避俚俗，如「頭面常一月十五日不洗，不大悶癢，不能沐也。每常小便而忍不起，令胞中略轉而起耳」、「剛腸疾惡，輕肆直言，遇事便發」等，無論寫生活細節，還是寫思想個性，都不加遮掩雕飾。

晉代王羲之、陶淵明文，亦屬通脫自然一派。羲之的書啓雜帖往往率意命筆，相當隨便，但意味雋永。陶淵明《桃花源記》、《五柳先生傳》、《告子儼等疏》諸文，述事達情，沛然流之於心，殊不見雕飾痕，極眞淳，極自然。

魏晉時期單篇文章以外的著述，不僅呈現空前興盛面貌，而且基本上是散體創作形式的天下。此期史部著述極其繁榮，類別之豐富，前所未有，其中大量的正史、編年史、雜傳、雜史、地志等皆以散體形式寫成，且不乏文學性較濃的作品，如陳壽《三國志》、荀悅《漢紀》、袁宏《後漢紀》、常璩《華陽國志》、葛洪《西京雜記》、嵇康《高士傳》、管辰《管輅別傳》、王粲《漢末英雄記》、虞溥《江表傳》、葛洪《神仙傳》、釋法顯《佛國記》、袁山松《宜都山川記》、沈瑩《臨海水土異物志》等；某些作品，在我國撰述類別發展史上，可以認爲是具有開創性的，如釋法顯《佛國記》是我國現存最早的一部域外行記，常璩《華陽國志》是我國現存最早的方志，袁山松《宜都山川記》

〔註8〕　〔清〕嚴可均：《全三國文》，卷2，《全上古三代秦漢三國六朝文》，北京：中華書局，1958年版，第1063頁。

是第一部重點記述自然景物的地記，王粲《漢末英雄記》是第一部專門爲「英雄」寫得傳記，管辰《管輅別傳》是現存首篇記述詳細的家族人物傳記，嵇康《高士傳》是現存第一部專門的「高士」傳記，袁宏《後漢紀》中「史論」分量之重爲歷史著作前所未有，等等，不一而足。魏晉是繼春秋戰國之後我國歷史上又一次思想領域極爲解放的時期，故大量子部著述應運而生，與史部著述同輝，亦呈現相當繁榮的景象，有關作品，瀏覽《隋書‧經籍志》著錄的名單，即令人歎爲觀止，其中不少著述富有文學價值。

但是，自漢代以來，由於辭賦的盛行，一些文章受其影響，已呈現向整齊華麗方向發展的趨勢。這種情況在那些既是辭賦家又是散文家的創作中表現得尤其顯著。辭賦「鋪采摛文」的功能，一則決定了自身藝術追求華麗美觀的流向，再則推動了詩、文等相鄰文體向形式美的邁進。這早在六朝時期就引起人們的注意。譬如劉勰《文心雕龍‧麗辭》專門論述對偶問題，先提出「造化賦形，支體必雙，神理爲用，事不孤立。夫心生文辭，運裁百慮，高下相須，自然成對」〔註9〕的基本觀點；接著說《尚書》、《周易‧繫辭》、《詩經》等已偶用駢語，其性質屬於率然成對，並非有意經營；而後，他認爲自覺追求對偶是從漢賦作家開始的：「自揚（雄）、馬（司馬相如）、張（衡）、蔡（邕），崇盛麗辭，如宋畫吳冶，刻形鏤法，麗句與深采並流，偶意共逸韻俱發。〔註10〕」《文心雕龍‧事類》論述用典問題，以爲大量用典的也是漢賦作家：「劉歆《遂初賦》，歷敘於紀傳，漸漸綜採矣。至於崔（駰）、班（固）、張（衡）、蔡（邕），遂捃摭經史，華實布濩，因書立功，皆後人之範式也。〔註11〕」至於鋪飾華美的辭藻，更是漢賦的看家本領，司馬遷所謂「靡麗多誇」，揚雄所謂「辭人之賦麗以淫」，劉勰所謂「繁類以成豔」、「詞必巧麗」、「如組織之品朱紫，畫繪之著玄黃。」鄒陽的《獄中上梁王書》、枚乘的《諫吳王書》、司馬相如的《封禪文》、王褒的《聖主得賢臣頌》、揚雄的《劇秦美新》、班固的《封燕然山銘並序》、蔡邕的《薦皇甫規表》、《郭有道林宗碑》等，都是善於鋪排文辭，駢儷化色彩很濃的作品。以至於一些不以賦著稱的文人的作品亦受其浸染，寫下整飭華美之作。到了魏晉時期，由於文學觀念的空前自覺，對文學形式美的追求更臻於一個新的階段，講究

〔註9〕 范文瀾：《文心雕龍注》，北京：人民文學出版社，1958年版，第588頁。
〔註10〕 范文瀾：《文心雕龍注》，北京：人民文學出版社，1958年版，第588頁。
〔註11〕 范文瀾：《文心雕龍注》，北京：人民文學出版社，1958年版，第615頁。

駢儷、藻采、用典的風氣已成爲一股不可遏止的潮流，除史書及學術著作外，其他文體都不同程度地向這一方向發展。具體而言，魏晉文駢化華美之跡最深的仍是辭賦，其次是章表等公文及朋友間來往的書信，而且呈現凡辭賦大家其文必華靡整飭過人的態勢。

魏文之講究形式美的代表作家是「建安之傑」曹植。曹植論文，相當注重文辭的華美，他本人的作品自也華美超群，陳琳稱其賦「清辭妙句，焱絕煥炳」（《答東阿王箋》），吳質稱其書信「文采巨麗」（《答東阿王書》）。其所作《洛神賦》、《七啓》，詞采豔麗，句式趨整，已爲定評；文亦大體如是，如《與楊德祖書》描述漢魏之際文士雲起之盛況：

> 昔仲宣獨步於漢南，孔璋鷹揚於河朔，偉長擅名於青土，公幹振藻於海隅，德璉發跡於此魏，足下高視於上京。當此之時，人人自謂握靈蛇之珠，家家自謂抱荊山之玉。吾王於是設天網以該之，頓八紘以掩之，今盡集茲國矣。〔註12〕

《與吳季重書》寫宴會情景：

> 當斯之時，願舉泰山以爲肉，傾東海以爲酒，伐雲夢之竹以爲笛，斬泗濱之梓以爲箏；食若塡巨壑，飲若灌漏卮。其樂固難量，豈非大丈夫之樂哉！〔註13〕

《求自試表》抒發懷才不遇的壓抑憤慨情緒，則多用典故形成偶對：

> 臣聞明主使臣，不廢有罪。故奔北敗軍之將用，秦、魯以成其功；絕纓盜馬之臣赦，楚、趙以濟其難……臣聞騏驥長鳴，則伯樂照其能；盧狗悲號，韓國知其才。是以傲之齊、楚之路，以逞千里之任；試之狡兔之捷，以驗搏噬之用。〔註14〕

其他如孔融《薦禰衡表》、王粲《爲劉荊州與袁尚書》、吳質《與東阿王書》等文，都有講究辭采、句式整飭、用典豐富的傾向。而且，建安文往往能把美的形式與充實的內容有機地鎔鑄一體，從而增進了感情氣勢的表現，具有「氣揚采飛」的鮮明特點。曹植之作，「骨氣奇高，辭采華茂」。陳琳之

〔註12〕　〔清〕嚴可均《全三國文》，卷16，《全上古三代秦漢三國六朝文》，北京：中華書局，1958年版，第1140頁。

〔註13〕　〔清〕嚴可均《全三國文》，卷16，《全上古三代秦漢三國六朝文》，北京：中華書局，1958年版，第1141頁。

〔註14〕　〔清〕嚴可均《全三國文》，卷15，《全上古三代秦漢三國六朝文》，北京：中華書局，1958年版，第1135～1136頁。

《爲袁紹檄豫州》，聲討曹操罪狀，宣揚袁紹軍威，在排比整煉的句式中貫之以磅礴的氣勢，如激風之至，如暴雨之集，頗能震撼人心，史載「琳作書及檄，草成呈太祖（曹操）。太祖先苦頭風，是日疾發，臥讀琳所作，翕然而起曰：『此愈我病！』」〔註15〕

　　曹魏中後期，各種文體皆有一些作品加速向形式美的方向發展，應璩、伏義等的書牘文尤其講究辭采之美、對偶之工，皆爲在形式美的追逐方面頗有代表性的作家。甚至某些長於學術義理闡發的思想家，如魏晉玄學理論探討的著名人物王弼，也講究修飾文采，精於撰作駢儷之文，東晉孫盛《魏氏春秋》「王弼注易」條，已指出王弼注釋類撰述講究文采的傾向，稱其「敘浮義則麗辭溢目」。嵇康、阮籍個性通脫任眞，其文在思想上少拘束，勇於傾吐時人所不敢說的言論。至於在藝術表現上，爲了陳理盡意，加強氣勢，也往往採用大致整齊且音韻和暢的排比句。阮籍《大人先生傳》、《達莊論》駢散相間，多用韻語，賦化傾向濃重；《答伏義書》純用駢儷句式，文飾之跡則更爲明顯。嵇康文也有向齊整化發展的趨勢，如《答難養生論》描述理想的精神境界：「順天和以自然，以道德爲師友，玩陰陽之變化，得長生之永久，任自然以託身，並天地而不朽」，句式整齊且用韻，顯係受到辭賦的影響。由此可見，像嵇、阮這樣思想上不受時俗所羈的文人，散文的表現形式也基本透露由質趨文的大致軌跡。孫楚《爲石仲容與孫皓書》撰於曹魏末期，多用整練的語句以鋪張渲染，文筆顯然在向辭賦作風靠攏，故清人何焯評云：「自是大才，不減孔璋，其源出於辭賦，故雅麗過之。」〔註16〕西晉之文，從總體上說，風骨之剛健，氣勢之充沛，比不上建安，也遜色於正始，但對辭采等形式美的重視則過之，所謂「采縟於正始，力柔於建安」、「結藻清英，流韻綺靡」、「縟旨星稠，繁文綺合」。這種文風的代表人物是陸機。他所撰《文賦》，系統地論述文學創作過程中的一些重要問題，以爲文章的體貌風格豐富多變，但亦有共同的審美要求，即立意構思應該巧妙，文辭應該妍麗，還應該有聲音之美：「其爲物也多姿，其爲體也屢遷，其會意也尚巧，其遣言也貴妍。暨聲音之迭代，若五色之相宣。」並指出要從故籍中提煉鮮美的語言：「傾群言之瀝液，漱六藝之芳潤。」其《演連珠》、《豪士賦序》、《弔魏武帝文》、《謝

〔註15〕　〔晉〕陳壽撰，〔南朝宋〕裴松之注：《三國志》，卷21《王衛二劉傅傳》裴松之注引《典略》，北京：中華書局，1959年版，第601頁。

〔註16〕　〔清〕何焯著，崔高維點校：《義門讀書記》，北京：中華書局，1987年版，第958頁。

平原內史表》、《五等諸侯論》諸作，非常講究形式之美，突出特點是儷辭雲構，句式比三國時文更加整飭凝煉，由曹植之文的駢散並馭，向通篇駢偶的方向發展，闡述事理則更多地借助於典故。如《豪士賦序》闡述勢位不可圖，名利不可貪，功不宜矜，寵不足恃：

> 且夫政由甯氏，忠臣所爲慷慨；祭則寡人，人主所不久堪。是
> 以君奭鞅鞅，不悅公旦之舉；高平師師，側目博陸之勢。而成王不
> 遣嫌吝於懷，宣帝若負芒刺於背，非其然者與？嗟乎！光於四表，
> 德莫富焉；王曰叔父，親莫昵焉；登帝天位，功莫厚焉；守節沒齒，
> 忠莫至焉。而傾側顛沛，僅而自全。則伊生抱明允以嬰戮，文子懷
> 忠敬而齒劍，固其所也。因斯以言，夫以篤聖穆親如彼之懿，大德
> 至忠如此之盛，尚不能取信於人主之懷，止謗於眾多之口。過此以
> 往，惡睹其可！安危之理，斷可識矣。又況乎饕大名以冒道家之忌，
> 運短才而易聖哲所難者哉！〔註17〕

故或稱陸機爲駢體文形成的一個標誌性作家。風氣所及，就連某些地記著述也出現一些講究整齊鋪排的描寫，如與陸機同爲吳地文人的周處（238～297）所撰《風土記》，《太平御覽》卷905載其寫犬云：「犬則青鸝白雀，飛龍虎子。馴良捷警，難狎易使。」《北堂書鈔》卷121載其寫舟曰：「若乃越騰百川，濟江泛海，其舟則溫麻五會，東甄晨鳧，青桐梧樟，航疾乘風，輕帆電驅。」筆法宛如鋪采摛文的辭賦。

東晉文人對文采美仍然相當重視。當時的文章一如西晉文章那麼講究辭采、駢偶，葛洪便是以此著名的一位。在《抱朴子外篇·鈞世》，他以社會進化論爲思想基礎，明確提出在文辭的華美豐贍方面今勝於古的觀點：

> 且夫《尚書》者，政事之集也，然未若近代之優文詔策軍書奏
> 議之清富贍麗也。《毛詩》者，華采之辭也，然不及《上林》、《羽獵》、
> 《二京》、《三都》之汪濊博富也。〔註18〕

他稱贊陸機之文「弘麗妍贍，英銳漂逸」，爲「一代之絕」〔註19〕。由於

〔註17〕〔清〕嚴可均《全晉文》，卷96，《全上古三代秦漢三國六朝文》，北京：中華書局，1958年版，第2009頁。
〔註18〕穆克宏、郭丹編著：《魏晉南北朝文論全編》（修訂本），南京：江蘇教育出版社，2004年版，第112頁。
〔註19〕〔唐〕房玄齡等：《晉書》，卷54《陸機傳》，北京：中華書局，1974年版，第1481頁。

具備這樣自覺的認識，他的《抱朴子》雖為子論著作，但語言華美，多使用比喻和典故，駢儷色彩頗濃。此外，郭璞、干寶、孫綽等也寫了一些富有文采、駢句絡繹的作品。就連廬山諸道人的《遊石門詩序》也基本是由駢體寫成的。

　　此外，東晉時期某些學術性的注釋類著述，繼承並效法魏代王弼之重文采的注釋風格，也往往追求文采之美，或講究運用整齊偶對的語句，如張湛《列子注》、李軌《法言注》、王廙《周易注》等。張湛《列子注》今存，富於文采，注文大量運用對偶句、排比句，並善於變化句型，運筆饒有鋪采摛文的趨勢，論者或以為在王弼《老子注》之上，如錢鍾書先生云：「余觀張之注《列》，似勝王弼之注《老》。」〔註20〕李軌《法言注》今存，注文喜用駢語，多華辭妙句，近人汪榮寶《法言義疏敘錄》指出：「李辭華妙，頗乖義法。」〔註21〕王廙《周易注》，王儉《七志》、阮孝緒《七錄》並云十卷，《隋書‧經籍志》著錄為三卷；其書不傳已久，清人馬國翰《玉函山房輯佚書》輯其佚文20餘條，編為一卷。有的富於文采，如其說賁象云：「山下有火，文相照也。夫山之為體，層峰峻嶺，峭險參差，直置其形，已如雕飾，復加火照，彌見文章，賁之象也。」馬國翰謂此段文字「自是六朝雋語」，並云：「世將（王廙字）以貴族大家，復以書畫擅名當代，窮經根柢宜非荀、虞、馬、鄭之比，然清詞霏霏，亦足賞玩也。」〔註22〕這種尚文辭的注釋嗜好，直接影響了南朝某些學者的經注，清人皮錫瑞《經學歷史》第六章不滿南朝某些經注，曾說：「名言霏屑，騁揮麈之清談；屬詞尚腴，侈雕蟲之餘技。如皇侃之《論語義疏》，名物制度，略而弗講，多以老莊之旨，發為駢儷之文。與漢人說經相去懸絕。」

　　總之，對形式美的重視與追求，雖在魏晉時期的不同階段及不同作家身上表現得不盡平衡，但其逐漸成為一股迅猛的潮流卻是有跡可尋的，這就為南朝駢文的成熟與鼎盛奠定了必要的基礎。

三、南北朝文風演變基本態勢

　　南朝文壇，駢文鼎盛。但需要指出的是，在南朝駢文鼎盛之時，散體文的表現範圍雖然受到前所未有的擠壓，但仍然佔據著較為可觀的寫作地盤，

〔註20〕錢鍾書：《管錐編》，北京：中華書局，1979年版，第468頁。

〔註21〕汪榮寶：《法言義疏》，北京：中華書局，1987年版，第3頁。

〔註22〕〔清〕馬國翰：《玉函山房輯佚書》第一冊，揚州：廣陵書社，2004年版，第229頁。

而且還產生過一些優秀的作品。當時的不少名家，既寫作駢體文，也寫作散體文。宋初的謝靈運，其辭賦及某些文章窮力追新，駢化之跡頗深，而一些記敘性文字，如《名山志》、《山居賦》自注，則用散體；其後的江淹，辭賦章表多用駢體，《袁友人傳》、《自序》、《報袁叔明書》、《與交友論隱書》、《詣建平王上書》等則用散體；再如王微《以書告弟僧謙靈》、劉峻《自序》、蕭統《陶淵明傳》等名篇也是散體文。其中，王微《以書告弟僧謙靈》抒寫對其弟的深切懷念，感情眞摯悽愴，實開韓愈《祭十二郎文》之寫法的先河；江淹《袁友人傳》悼念友人袁叔明，篇幅簡潔而感情強烈；劉峻《自序》把自己的身世與東漢初著名文人馮衍比較，從而表現不偶俗輩、仕途偃蹇的憤懣不平，手法新穎，在南朝文壇皆屬上乘之作。類似佳作不少，茲略點一二而已。

　　南朝的史部著述，則基本上是散體文的天下，某些還具有不容忽視的文學成就。其中的「正史」除論贊部分的少量文字運用駢語外，而占著作主體的人物事蹟記述則仍舊使用散體。這類著述在散文史上有一定地位的是劉宋時范曄所撰的《後漢書》。《後漢書》中某些傳記相當精彩，完整地刻畫出頗具個性特徵的鮮明生動的人物形象。如《班超列傳》、《馬援列傳》，以謹嚴綿密而又騰挪變化的筆法，將東漢前、中期兩位膽識過人、矢志建功立業的人物的英雄氣質，栩栩如生地展現了出來，感人之深可比《史記》中名篇。至於史部中其他類型的著述，南朝也同於魏晉，皆基本上運用散體文寫作而成，譬如雜傳類中梁釋慧皎所撰的卷帙浩繁的傑作《高僧傳》，雖略顯受駢體滲透的痕跡，但總的行文姿態上還是以散體爲主，故其書的性質仍絕對爲散體著述。人物傳記之外，繼承魏晉地記而發展的南朝地記，在文風上也一仍魏晉傳統，基本運用散體寫作，在山水景物的描寫以及故事傳聞的記述方面取得一定的文學成就。如劉宋時盛弘之《荊州記》中的一些優美的寫景片斷，就曾被北朝酈道元《水經注》所吸收引用。

　　南朝的子部著述，也基本上爲散體文的天下。就今存著作看，蕭繹《金樓子》中某些篇章雖浸染駢體，但全書還是以散體爲主。陶弘景編撰《眞誥》，亦爲散體之作。至於被後世書目著述列於子部小說家類，如劉義慶《世說新語》、託名陶潛的《搜神后記》等一批著述，則全以散體寫成。

　　由此可見，我們雖然可以斷定南朝爲駢文的鼎盛時期，但卻不能因此就簡單地予以逆向牽連，斷定這個時期的散文已經衰落不堪。

　　魏晉南北朝長期處於分裂狀態之中，與東晉南朝對峙的北方少數民族政權，通稱北朝。由於戰亂頻仍、文人的總體文化素質偏低等種種因素的制約，北朝文學相對要比東晉南朝文學落後，這是人們公認的事實。但北朝畢竟是一個綿延近三百載、時間跨度較長的歷史階段，在這個歷史階段的各個具體時期，文學創作的實況也不盡平衡。大致說來，北朝文學經歷過一個由沉寂到逐漸興盛的演變過程。

　　從十六國至北魏初是北朝文學的沉寂時期。公元四世紀初「永嘉之亂」至公元五世紀初北魏太武帝攻滅北涼的一百多年間，中國北方陷入各族軍閥割據混戰的劇烈動盪之中，史稱為「十六國時期」。這個時期的各族軍閥，「或篡通都之鄉，或擁數州之地，雄圖內卷，師旅外並，窮兵凶於勝負，盡人命於鋒鏑」〔註23〕，如此亂世，文人難於安心進行創作，因而文學處於沉寂狀態。太武帝掃除群雄以後的北魏初期，鮮卑貴族主要奉行武力擴張的政策，拓跋氏起自北漠，受漢文化的影響較淺，為維護統治和便於統治，他們雖不得不任用一些漢族士人，但對漢文化基本持封閉抵制態度，著名漢族大臣崔浩的被殺，大抵就是由於他想幫助太武帝推行漢化政策而觸怒朝中拓跋氏權貴所致。所以當時社會文化難以發展，仍處於相當落後的狀態，《隋書·經籍志》集部別集類著錄北魏初的文集，僅高允一人，與著錄同期劉宋一代有集者數十人，存在著天淵之別。在如此文化大氣候中，散文寫作自難昌盛，作品很少，以應用文為主，缺乏文學性。

　　北魏遷都洛陽以後的數十年間，是北朝文學的初步興盛時期。孝文帝由平城移都洛陽，大力實行漢化政策，他「銳意典禮，兼詮鏡九流」〔註24〕，詔令鮮卑人改為漢姓，鮮卑人與漢人通婚，推廣漢語，不准在朝廷使用胡語，確立漢族士大夫的社會地位，種種措施，致使北方文化得到迅速發展，文學也相應獲得長足的進步。《魏書·文苑傳序》曰：「逮高祖馭天，銳情文學，蓋以頡頏漢徹，掩踔曹丕，氣韻高豔，才藻獨構。衣冠仰止，咸慕新風。肅宗歷位，文雅大盛，學者如牛毛，成者如麟角。」〔註25〕話說得雖不免有些

〔註23〕　〔唐〕房玄齡等：《晉書》，卷101《載記一》，北京：中華書局，1974年版，第2644頁。

〔註24〕　〔北齊〕魏收：《魏書》，卷64《郭祚傳》，北京：中華書局，1974年版，第1422頁。

〔註25〕　〔北齊〕魏收：《魏書》，卷85《文苑傳》，北京：中華書局，1974年版，第1869頁。

誇張，但從中可見北魏統治者重視文學的風尚已經與南朝文壇的情況接近了。這是北魏中後期文學之所以發展的一個重要原因。隨著文學日益受到統治者的重視，文人的社會地位有所提高，而文學被廣泛用於社交場合，又促使文人的群體意識得以增強，逐漸形成一些近似南朝的文人團夥。這種文人間的廣泛交往，也是促使當時文學發展的一個重要因素。此外，北魏中後期，南北政權的敵對情緒也比以前有所緩和，交往頻繁，雙方選派的使節多為善於應對的文人，起到了溝通南北文化的橋梁作用，而北方文人則更多地受到南方文人的影響。這是北朝文學迅速發展的又一個因素。在如此背景下，產生了酈道元這位博覽天下奇書，寫作視野極為開闊的傑出人物，撰成《水經注》這部集六朝地記之大成的偉大著作，在中國文化史上具有深遠影響。

　　從北魏分裂到隋統一是北朝文學進一步興盛的時期。其原因大致有以下數端：一是北魏中後期實行漢化政策及朝野重視文學的慣性推動所致；二是經「侯景之亂」、「江陵之禍」，大批南方文士流入北方，作為一支生力軍，壯大了北方文壇的創作陣營；三是在由南入北之文人的直接薰陶下，一部分土著文人的文學素質得以提高，脫穎而出。如祖鴻勳、盧思道等北方土著作家，文學素質顯然已不亞於南方名家。他們的文章創作，已擺脫實用觀念的束縛，往往表現遊歷自然山水或人文景觀的樂趣，崇尚隱逸的情懷，以及憤世嫉俗的牢騷。祖鴻勳所撰《與陽休之書》，情文並茂，水平已超越多數南朝文人；又《北齊書・祖鴻勳傳》載其「作《晉祠記》，好事者玩其文」，由此亦可見文章表現內容的變化，以及在當時受讀者喜愛的情況。本時期富有文學性的著述，則當首推楊衒之的《洛陽伽藍記》，作為六朝寺塔記的冠冕與唯一存世的標本，它在《水經注》之外，又開創了一種新的寫作類型，並提供了足可為後世效法的典範。子書著述方面，此時期產生兩部名作，一為劉晝《劉子》，一為顏之推《顏氏家訓》，前者時或抒瀉激情而華豔綺靡，後者謙和誠懇而平易自然，在文風上呈現出多樣化的追趨態勢。

　　總之，北朝文學的發展是和少數民族的漢化以及北方文人接受南方文學的影響同步並行的。然而，由於思想觀念，社會習俗、生活環境等方面的差異，南北文學的特色是有所不同的。《隋書・文學傳序》云：「江左宮商發越，貴於清綺；河朔辭義貞剛，重乎氣質。氣質則理勝其辭，清綺則文過其意。理勝者便於時用，文華者宜於詠歌。此其南北詞人得失之大較也。」從總的傾向言，北朝文人較多地遵循經世致用的儒學傳統，為文偏重於實用。表現

在文體上，與南朝「才能勝衣，甫就小學，必甘心而馳騖」、「終朝點綴，分夜呻吟」（鍾嶸《詩品序》）之極其重視詩歌的風尚不同，他們更重視的是實用性強的文章。而隨著寫作水平的不斷提高，以及表現視野的不斷開拓，出現了一些在不放棄實用觀念的基礎上，而又能自覺強化審美性追求的作家，產生了一些令人刮目相看的佳作。大抵情況，曹道衡、沈玉成先生指出：「所以北朝散文的繁榮，爲南朝所不及。這一時期的散文名著《水經注》、《洛陽伽藍記》和《顏氏家訓》都產生在北朝，而總體文化水平要遠遠高出北朝的南朝，除《世說新語》外，並沒有產生純粹的散體名文。」〔註26〕關於北朝文人普遍長於應用文的寫作，《北齊書‧文苑傳序》、《周書‧王褒庾信傳論》等都有具體記載，茲不一一列舉。在整體文風上，南北方的創作是有所差異的，南朝文往往表現出綺麗細膩的特色，北朝文則一般以剛健質樸見長。

四、建安作家在強化情采方面的示範意義

與先秦兩漢文章相比，魏晉南北朝文章最顯著的進步表現在三個方面。一是表現功能的拓展，二是抒情性的強化，三是對形式美的空前講究。前兩個方面是魏晉南北朝文章在內容上的主要亮點；而對形式美愈益講究的結果，便是導致這個時期成爲我國駢文發展中的鼎盛階段，乃至後世許多人一提到六朝文章，腦海中首先浮現的就是六朝駢文。

魏晉南北朝文章幾個方面的進步，作爲其標誌性的時間起點，當定位於建安。建安時期的許多作家，爲文崇尚抒情，講究華美，而且在評論觀念上有所流露。曹丕《典論‧論文》提出「文以氣爲主」、「詩賦欲麗」，曹植《七啓序》和《前錄序》明言傾慕美麗之文與「雅好慷慨」，陳琳、應瑒等也流露推崇文采的觀念。六朝時期重要的文學批評著作，不僅在重情尚麗之文學批評觀念上接受建安作家的影響，而且對建安文學評價的主要關注點也集中於情感與文采方面，如陸機《文賦》概括文學審美標準，包含「悲」和「豔」的主張。陸雲《與兄平原書》提出，寫賦要「流深情至言」，才可能算的上佳作；甚至以爲「表」這種上行公文文體也要有深遠的情致：「兄前表甚有深情遠旨，可耽味高文也。」沈約《宋書‧謝靈運傳論》敘述戰國到晉宋文學發展歷程，講到建安，標舉其情感濃重、辭采華美、文質兼備的特徵云：「至於

〔註26〕曹道衡、沈玉成：《南北朝文學史》，北京：人民文學出版社，1991年版，第352頁。

建安，曹氏基命，二祖陳王，咸畜盛藻，甫乃以情緯文，以文被質。」〔註27〕
劉勰《文心雕龍·時序》等篇所流露的觀念亦同。「雅好慷慨」不僅是曹植一
個人熱衷的批評標準，而且代表了整個時代的文學審美追求，劉勰《文心雕
龍·時序》論建安文學云：「觀其時文，雅好慷慨。」便是借用曹植的觀點，
來概括揭示這個時代文學創作喜好表現強烈情感的共同傾向。沈約《宋書·
謝靈運傳論》稱建安曹氏父子「以情緯文，以文被質」，亦是以代表作家為例，
概括整個時代之文學傾向的。劉勰《文心雕龍·誄碑》批評曹植《魏文帝誄》
主觀性強烈，自抒情志的文字過多，乖於傳統誄體之風貌，云：「陳思叨名，
而體實繁緩，《文皇誄》末，旨言自陳，其乖甚矣。」〔註28〕這不僅印證了曹
植本人在《前錄序》中所謂「其所尚也，雅好慷慨」的審美表白，也說明誄
體文到了曹植手中，主觀性、抒情性得以強化的事實。日本學者岡村繁在 1966
年發表《考察建安文壇的視角》一文，有云：「建安文學激情橫溢，色彩華豔
——更具體地說，它在內容上表現出燃燒般強烈的個體感傷之情，在形式上
則具有精練華美的特點。」〔註29〕後來羅宗強先生就建安文學抒情性趨於強
烈這一現象，進一步指出它的巨大意義：「抒情之傾向，成了建安文學最引人
注目之特徵，也成了建安文學的靈魂。正是它標誌著文學思想的巨大轉變。
而此一轉變，對以後中國文學的發展，關係至為重大。它的意義，不限於建
安一代文學的成就。它的意義，實有關乎中國文學發展之前途。」〔註30〕南
北朝文章評論有「文」、「筆」之分，或以有韻無韻為區分的標準，如《文心
雕龍·總術》云：「今之常言，有文有筆，以為無韻者筆也，有韻者文也。」
或不僅僅停留於有韻無韻的界線，而進一步明確指出以辭采、聲律和抒情性
判定是否為「文」，如蕭繹《金樓子·立言》云：「至如文者，惟須綺縠紛披，
宮徵靡曼，唇吻遒會，情靈搖蕩。」可見在蕭繹看來，凡辭采華美、聲律和
諧、具有抒情性的作品，皆可視為「文」；反之，那些雖用韻但質木無文、不
能以情動人的作品則不能視為「文」。應該說，在關於文學作品之特徵與非文
學作品之界限的判定上，蕭繹的見解是合理的，而這正是對建安時期主流文

〔註27〕〔梁〕沈約：《宋書》，卷 67《謝靈運傳論》，北京：中華書局，1974 年版，
　　　　第 1778 頁。
〔註28〕范文瀾：《文心雕龍注》，北京：人民文學出版社，1958 年版，第 213 頁。
〔註29〕〔日〕岡村繁撰，陸曉光等譯：《岡村繁全集》第壹卷《周漢文學史考》，上
　　　　海：上海古籍出版社，2002 年版，第 296 頁。
〔註30〕羅宗強：《魏晉南北朝文學思想史》，北京：中華書局，1996 年版，第 26 頁。

學觀的繼承和進一步的發揮。

　　從縱向上比較，建安時期作家的散文比之先秦兩漢散文，最顯著的進步就在於其表現功能向詩賦的靠攏，更多地沾染了詩賦的抒情精神及華美品格，並由他們的創作影響及整個魏晉南北朝的散文，也往往朝著這個方向發展，產生一大批抒情性濃重且講究文采的情文並茂的作品。其中某些作品，在一定程度上借鑒了詩歌及辭賦抒情性強烈，講究文采，往往運用鋪張渲染或反覆詠歎的手法，尤富藝術感染力。我們認爲，在六朝文學抒情性高漲的大趨勢中，就各大文類的具體情況比較而言，應該說以散文的變化最爲顯著。這是因爲，六朝以前，周漢詩歌本來即以抒情爲主；至於辭賦，周漢的抒情辭賦雖不像同時的詩歌那樣地位顯赫，但也畢竟佔據著賦壇的半壁江山。而抒情性濃重的散文在周漢時期卻頗爲寂寞，文壇上可以稱作抒情散文的名作寥寥無幾。這種情況到了魏晉南北朝終於有大的改觀，抒情性強烈的散文作品在這個時期如雨後春筍般地湧現出來。所以，若談論六朝散文的進步，抒情散文的高漲無疑是至關重要的一個方面，而建安散文的價值及示範意義，由此可見。

第一章　六朝散文寫景紀遊功能的
拓展（上）

　　比之先秦兩漢散文，魏晉南北朝散文在表現功能方面有顯著的開拓。這方面的重要表現之一，便是其時散文之寫景紀遊功能的拓展和強化。於是山水紀遊之作應運而生，成為本時期散文發展過程中的一大亮點，且對後世產生較深遠的影響。

第一節　遊風的盛行與山水審美觀念的自覺

　　魏晉南北朝散文之寫景紀遊功能的拓展和強化，與那個時期社會思想較為解放，士人在詩文創作中往往淡化政教實用的傳統觀念，而積極開拓前代散文未有或罕有涉及的新的表現領域的寫作趨勢密切相關。此種觀念上的變化顯露於漢末建安時期，三國西晉有進一步的發展，至東晉則出現一些專門描寫山水景物的散文作品。

一、東晉以前文章的寫景片段及遊覽山水風尚

　　由於尚實用、重政教之撰作觀念的束縛，及其觀念直接影響下的表現功能之狹窄的局限，周漢文主要用於敘事寫人、說理議政，其次偶見抒情之篇，而寫景之章則屬空白。

　　但在周漢文的發展中，雖未產生專門的寫景文，卻可見一些長短不等的

寫景片斷鑲嵌於某些文體中，如《莊子・秋水》有數句勾勒秋季黃河奔流的洋洋壯觀，東漢初馬第伯《封禪儀記》描繪到泰山的雄偉高峻。此外，東漢後期闕名之作《桂陽太守周憬功勳銘》、《殽坑君神祠碑》、《無極山碑》、《司隸校尉楊孟文石門頌》、《西狹頌》〔註1〕等夾雜一些較可觀的寫景文字，也值得注意。綜觀這些文字，可見其受辭賦寫景手法的影響頗為明顯，這主要表現在多用四言句式，講究用韻及選擇聯綿詞、排列聯邊字等幾個方面，如《桂陽太守周憬功勳銘》：

> 郡又與南海接比，商旅所臻……泉肇沸踴，發射其顛，分流離散，為十二川。彌陵隮阻，丘阜錯連，隅陬壅藹，末由騁焉。爾乃貫山鑽石，經□□□，□揚爭怒，浮沉潛伏。蛇龍蛣屈，灃隆鬱汜，千渠萬澮，合聚溪澗，下迄安轟，六瀧作難。湍瀨淙淙，泫泫潺湲……〔註2〕

其基本形態與枚乘《七發》、司馬相如《上林賦》的相關寫景片斷接近。漢文的賦化，此等罕有論者提及的作品，也可稱為顯例。某些書信也略及自然景物，如張奐《與延篤書》寫北方邊塞苦寒風光：「太陰之地，冰厚三尺，木皮五寸，風寒慘冽，剝脫傷骨。」如此等等，皆可證其時文章中雖無獨立完整的寫景之什，但片斷式的寫景文字則並未絕跡。

漢魏之際，由於儒學獨尊之勢漸衰，以及統治者喜好文學之影響，廣大士人將興趣投向文學創作，出現了所謂「主愛雕蟲，家棄章句」局面，文士騰踊，其思想基本呈現活躍與解放的態勢，撰作上則往往衝破了政教實用觀念的束縛，他們在自我意識覺醒，高標個性，吟詠情感的同時，向外則逐漸發現了自然美，遊賞之風漸盛，某些文人流露了希企在自然山水中樂志怡情的人生意向。應瑒《與從弟君苗君冑書》述其遊覽邙山、黃河的歡欣：「閒者北遊，喜歡無量。登芒濟河，曠若發矇……逍遙陂塘之上，吟詠菀柳之下，何其樂哉！」〔註3〕又在《與滿公琰書》中寫諸君子的漳渠之遊：「夫漳渠西有伯陽之館，北有曠野之望，高樹翳朝雲，文禽蔽綠水，沙場夷敞，清風肅穆，

〔註1〕 此五篇文分別撰於熹平三年（174）、光和四年（181）、光和四年（181）、建寧二年（169）、建寧四年（171）。

〔註2〕 〔清〕嚴可均《全後漢文》，卷 103，《全上古三代秦漢三國六朝文》，北京：中華書局，1958 年版，第 1026 頁。

〔註3〕 〔清〕嚴可均：《全三國文》，卷 30，《全上古三代秦漢三國六朝文》，北京：中華書局，1958 年版，第 1218 頁。

是京臺之樂也，得無流而不反乎？」〔註4〕仲長統《樂志論》更把歸田隱居、優遊山林的快樂提到超越帝王之門的位置與高度，有云：「使居有良田廣宅，背山臨流，溝池環匝，竹木周布……躕躇畦苑，遊戲平林，濯清水，追涼風，釣遊鯉，弋高鴻……如是，則可以淩霄漢，出宇宙之外矣，豈羨夫入帝王之門哉！」〔註5〕曹丕《與吳質書》亦稱：他與眾文士遊於西園，「浮甘瓜於清泉，沈朱李於寒水，白日既匿，繼以朗月」，興致之濃，溢於言表。這批文人在遊覽中流露的對自然景觀的親近態度，劉勰在《文心雕龍·明詩》概括爲「憐風雲，狎池苑」，堪稱允當。相對於漢文中對自然景物的客觀描寫，此時樂志怡情的寫景片斷，較鮮明地體現了作者的山水審美意識，把美的自然與人的精神需求聯結起來，爲後世文章構築情景交融的境界開了先河。此後的兩大文士阮籍、嵇康對大自然眷戀彌深。《晉書·阮籍傳》記載阮籍常登臨山水，終日忘歸；嵇康《與山巨源絕交書》自謂「遊山澤，觀魚鳥，心甚樂之」。〔註6〕西晉人們對自然美的自覺體認及遊賞之風不減曹魏。如《晉書·羊祜傳》謂羊祜「樂山水，每風景，必造峴山，置酒言詠」；張華等常結伴遊於洛水之濱；石崇則組織過派頭頗大的金谷之遊；其他文士也常常「糾合同好，以邀以遊」。〔註7〕與之相應，對自然景物直接的審美性評價亦呈水漲船高之勢，較多地湧現出來，如「覽百川之弘壯，莫尚美於黃河」，〔註8〕「嘉高岡之崇峻」，〔註9〕「何必絲與竹，山水有清音」〔註10〕等，皆爲有代表性的聲音。但由於傳統的文章表現功能的局限，曹魏西晉文學之寫景承擔文體主要是辭賦，其次是詩歌；散文方面，雖寫景片斷趨多，然未出現專力寫景的作品。

〔註4〕　〔清〕嚴可均：《全三國文》，卷30，《全上古三代秦漢三國六朝文》，北京：中華書局，1958年版，第1218頁。

〔註5〕　〔清〕嚴可均：《全後漢文》，卷89，《全上古三代秦漢三國六朝文》，北京：中華書局1958年版，第956頁。

〔註6〕　〔清〕嚴可均：《全三國文》，卷47，《全上古三代秦漢三國六朝文》，北京：中華書局，1958年版，第1322頁。

〔註7〕　〔清〕嚴可均：《全晉文》，卷85，《全上古三代秦漢三國六朝文》，北京：中華書局，1958年版，第1949頁。

〔註8〕　〔清〕嚴可均：《全晉文》，卷59，《全上古三代秦漢三國六朝文》，北京：中華書局，1958年版，第1795頁。

〔註9〕　〔清〕嚴可均：《全晉文》，卷109，《全上古三代秦漢三國六朝文》，北京：中華書局，1958年版，第2084頁。

〔註10〕　逯欽立：《先秦漢魏晉南北朝詩》，北京：中華書局，1983年版，第734頁。

二、東晉南朝遊風之盛與山水審美情趣的高漲

　　這種情況至東晉南朝有了較大的改觀。就觀念而言，其時文人對自然山水的眷戀更深於前代，其遊覽的範圍不止於城邑郊原的山川，且往往尋奇探勝，跋涉幽僻，滿懷熱情，將自然山水作為傾心的對象。如謝安放情丘壑，棲居浙東名勝多年；〔註11〕孫綽遊放山水，十有餘年，每至一處，賞玩累日；〔註12〕孫統性好山水，遺心細務，縱意遊肆，名山勝川，莫不窮究。〔註13〕王羲之好盡山水之遊，〔註14〕遊覽山水給他帶來極大的精神滿足與愉悅，正如其在《蘭亭詩》所表白：「仰望碧天際，俯磐綠水濱。寥朗無涯觀，寓目理自陳。大矣造化功，萬殊莫不均。群籟雖參差，適我無非新。」〔註15〕他在會稽內史任上，曾遊臨海、建安、永嘉、東陽等地，窮歷諸名山，泛滄海，歎曰：「我卒當以樂死！」撰《遊四郡記》可惜已佚，我們不能一睹他筆下優美的自然景物描繪及其縱情山水的高雅情懷。但今存之雜帖，還是為我們進一步瞭解羲之熱愛大自然、憧憬遊覽山水的生活理想提供了一些信息。他曾致書於友人——益州刺史周撫，欲往蜀中遊覽奇山異水，說登臨汶嶺、峨眉遊而返，實不朽之盛事，寫此帖時，我的心彷彿已飛向山川多奇的蜀中。〔註16〕古人以立德、立功、立言為三不朽，羲之又視遊歷名山為不朽，頗有典型意義地顯示了東晉人對自然山川的眷戀之情空前高漲。就連某些帝王，對自然景物也表現出一往情深的親近，《世說新語‧言語》載云：「簡文（司馬昱）入華林園，顧謂左右曰：『會心處不必在遠，翳然林水，便自有濠、濮間想也。覺鳥獸禽魚，自來親人。』」〔註17〕山川之美成為時人日常生活關注的一個話題，《世說新語‧言語》記載，顧愷之從會稽返還京城，人們向他詢問的是會稽的「山川之美」，而非其他，原文云：

〔註11〕〔唐〕房玄齡等：《晉書》，卷79《謝安傳》，北京：中華書局，1974年版，第2072頁。

〔註12〕〔唐〕房玄齡等：《晉書》，卷56《孫綽傳》，北京：中華書局，1974年版，第1544頁。

〔註13〕〔唐〕房玄齡等：《晉書》，卷56《孫統傳》，北京：中華書局，1974年版，第1543頁。

〔註14〕〔唐〕房玄齡等：《晉書》，卷80《王羲之傳》，北京：中華書局，1974年版，第2101頁。

〔註15〕逯欽立：《先秦漢魏晉南北朝詩》，北京：中華書局，1983年版，第895頁。

〔註16〕〔清〕嚴可均：《全晉文》，卷22，《全上古三代秦漢三國六朝文》，北京：中華書局，1958年版，第1583頁。

〔註17〕余嘉錫：《世說新語箋疏》，北京：中華書局，1983年版，第120～121頁。

顧長康從會稽還，人問山川之美，顧云：「千巖競秀，萬壑爭流，草木蒙籠其上，若雲興霞蔚。」〔註18〕

自然景物被賦予生生不息，鮮活盎然的生命。《水經・江水注》引《宜都山川記》載，袁山松親歷三峽，以其山水秀異，心靈爲之震撼，流連忘返而自稱爲奇異景觀的千古知己：「常聞峽中水疾，書記及口傳悉以臨懼相戒，曾無稱有山水之美也。及余來踐蹟此境，既至欣然，始信耳聞之不如親見矣。其疊崿秀峰，奇構異形，故難以辭敍，林木蕭森，離離蔚蔚，乃在霞氣之表，仰矚俯映，彌習彌佳，流連信宿，不覺忘返，目所履歷，未嘗有也。既自欣得此奇觀，山水有靈，亦當驚知己於千古矣。」〔註19〕

南朝人亦然，茲略陳數例。宗炳好山水，愛遠遊，每遊山水，往輒忘歸，西涉荊巫，南登衡嶽，因而結廬衡山，欲懷尚平遍遊五嶽之志；以疾還江陵，歎曰：「老病俱至，名山恐難遍睹，唯當澄懷觀道，臥以遊之。」〔註20〕凡遊蹤所及，皆圖之於室。謝靈運《山居賦》高標自謝安以來謝氏家族崇尚棲逸山林的傳統：「選自然之神麗，盡高棲之意得……謝平生於知遊，棲清曠於山川。」其《遊名山志》徑直稱：「山水，性之所適」，把遊賞山水視爲人生不可或缺的精神需求。仕途的挫折，則更給他提供了肆意遨遊的契機，如《宋書》本傳所述，「尋山陟嶺，必造幽峻，巖障千重，莫不備盡」，成爲他後半生的主要生活內容。盡日遊之，猶覺不足，又繼之以曙光夜月；林密蹊絕，則伐木開徑，穿山鑿道。清人陳祚明評謝靈運《從斤竹澗越嶺溪行》開頭數句說：「夫眞賞者，惟日不足。聞猿驚曙，睄谷待晨，稍能辨色，便復策杖；宿雲未收，零露方滴，人方夢中，吾已巖際。情不已已也。」〔註21〕對作者深摯的山水之情的洞察相當細緻，令人信服。謝莊給五個兒子分別取名颺、朏、顥、㠓、瀹，「世謂莊名子以風、月、景、山、水」，〔註22〕亦可謂謝氏沉湎於自然風物的顯示。王僧達《上表解職》自謂「性狎林木，偏愛禽魚」，

〔註18〕 余嘉錫：《世說新語箋疏》，北京：中華書局，1983 年版，第 143 頁。
〔註19〕 〔北魏〕酈道元撰，陳橋驛校證：《水經注校證》，北京：中華書局，2007 年版，第 793 頁。
〔註20〕 〔梁〕沈約：《宋書》，卷 93《隱逸・宗炳傳》，北京：中華書局，1974 年版，第 2279 頁。
〔註21〕 〔清〕陳祚明：《采菽堂古詩選》，卷 17，清康熙丙戌（1706）刊。
〔註22〕 〔唐〕李延壽：《南史》，卷 20《謝莊傳》，北京：中華書局，1975 年版，第 557 頁。

又在《答丘珍孫書》寫到他禮邀棲隱高士交談自然山水,「若已窺煙液,臨滄洲矣」。江淹《自序》稱:「爲建安吳興令,地在東南嶠外,閩越之舊境也。爰有碧水丹山,珍木靈草,皆淹平生所至愛,不覺行路之遠矣。」顧歡謂平生「志盡幽深」,「自足雲霞」。〔註23〕陶弘景「遍歷名山,尋訪仙藥。身既輕捷,性愛山水,每經澗谷,必坐臥其間,吟詠盤桓,不能已也。」〔註24〕不獨文士,武人也沾染此風。《新安記》載云:「錦沙村傍山依墅,素波澄映,錦石舒文。冠軍吳喜聞而造焉,鼓枻遊泛,彌旬忘反,歎曰:名山美石,故不虛賞,使人喪朱門之志。」〔註25〕吳喜(?~471),仕宋孝武帝、宋明帝,爲英勇善戰之名將,而當他遊覽新安山水,則生發由衷的賞歎之情,可見熱愛自然山水之社會風氣的濃重。在這樣的氛圍中,晉宋齊梁文的寫景功能得到前所未有的強化。劉勰《文心雕龍·物色》從理論的高度,用詩一般的語言,論述自然景物與作家情感的密切關係,在一定程度上顯然是那個時代人們親近自然山水風氣之高漲的產物。

第二節　山水景物之文與情景交融文風

東晉以降士人山水審美意識的自覺,以及散文作品寫景功能得以拓展和強化的成果,體現在專門描寫自然景物的山水文逐漸誕生,以及其他性質的散文作品對情景交融藝術的認同和吸納方面。

一、山水文的幾種形態

晉宋齊梁文寫景功能的強化,顯著地表現於此期文人在寫作山水詩、山水賦的同時,還往往專門以文描繪山水,山水文應運而生,從此,山水詩、山水賦壟斷山水題材的文壇格局被打破。

晉宋齊梁的山水文,大致有如下幾種形態:

山水書牘。書牘涉及自然景物描寫,漢魏文中即出現一些片斷,如前所

〔註23〕〔梁〕蕭子顯:《南齊書》,卷 54《顧歡傳》,北京:中華書局,1972 年版,第 929 頁。

〔註24〕〔唐〕李延壽:《南史》,卷 76《陶弘景傳》,北京:中華書局,1975 年版,第 1897 頁。

〔註25〕〔宋〕樂史撰,王文楚等點校:《太平寰宇記》,卷 95,北京:中華書局,2007 年版,第 1913 頁。

提及的張奐《與延篤書》、應璩《與滿公琰書》等。但較細緻的描寫，則見於東晉。生活於東晉中期的喻希撰有《與韓豫章箋》，可爲代表，韓豫章，指豫章太守韓康伯。書今存數百字，主要描述了林邑（故城在今越南中南部）的自然景物，並抒發了思鄉之情，其藝術水平雖一般化，但它爲書牘文大量描寫自然景物開了先河，功不可沒。之後，值得提及的是東晉晚期朱超石的《與兄書》，此文已佚，但由僅存數句，亦可見其重在描寫自然景物，且飽含審美心態，如「登北邙遠眺，眾美都盡……洛水道路本好，青槐映蔭可愛。」〔註26〕劉宋傑出作家鮑照循此方向，以書牘刻畫自然景物，所撰《登大雷岸與妹書》在書牘文發展史上具有里程碑的意義。面對長江及廬山一帶氣象萬千的山水景觀，作者借鑒了辭賦擅長的空間對稱的結構形式和鋪采摛文的描寫技巧，運之以慷慨任氣、磊落使才的自我創作精神，鋪飾淋漓，氣勢縱蕩，造成了雄奇瑰麗、鮮活奔騰的藝術境界。在他筆下，長江、廬山之豐富多彩、亙古常新的特質與生命力，躍然紙上，扣人心弦。清人許槤激賞說：「煙雲變滅，盡態極妍」，「驚濤駭浪，恍然在目」，「即使李思訓數月之功，亦恐畫所難到」〔註27〕齊梁時山水書牘文的佳作有吳均《與顧章書》、《與宋元思書》、《與施從事書》，陶弘景《答謝中書書》等，與鮑照《登大雷岸與妹書》借鑒鋪采摛文的賦法不同，吳、陶山水書牘文字簡省，以秀潔見長，雖不如鮑文氣勢縱蕩、雄奇壯麗，而別有一種清幽超脫、晶瑩飄逸的獨特美感和魄力流注其間，如《與宋元思書》：「風煙俱淨，天山共色，從流飄蕩，任意東西。自富陽至桐廬，一百許里，奇山異水，天下獨絕。水皆縹碧，千丈見底，遊魚細石，直視無礙。急湍甚箭，猛浪若奔。夾岸高山，皆生寒樹，負勢競上，互相軒邈，爭高直指，千百成峰。泉水激石，泠泠作響；好鳥相鳴，嚶嚶成韻。蟬則千囀不窮，猿則百叫無絕……」〔註28〕由對遊歷環境的總體感受而到異水奇山的細緻描繪，水之碧，湍之急，山之高，林之密，泉流泠泠，鳥鳴嚶嚶，蟬囀猿嘯，境界清幽而生機盎然，浙西山川美躍然紙上，使千百年讀者爲之陶醉。

　　山水銘文。前代以山水命名的銘文，名作有東漢班固《登燕然山銘》、西晉

〔註26〕　〔清〕嚴可均：《全晉文》，卷141，《全上古三代秦漢三國六朝文》，北京：中華書局，1958年版，第2276頁。
〔註27〕　曹明綱：《六朝文絜譯注》，上海：上海古籍出版社，1999年版，第133頁。
〔註28〕　〔清〕嚴可均：《全梁文》，卷60，《全上古三代秦漢三國六朝文》，北京：中華書局，1958年版，第3305頁。

張載《劍閣銘》，一為記功勳，一為言訓戒，皆與寫景無關。東晉以降，則出現描寫山水景色的銘文，其體制較為簡短，而刻畫優美生動，代表作有東晉孫綽《太平山銘》、湛方生《靈秀山銘》，宋鮑照《石帆銘》等。如《太平山銘》云：「嵬峨太平，峻逾華霍。秀嶺樊縕，奇險挺崿。上干翠霞，下籠丹壑……重巒蹇產，回溪縈帶。被以青松，灑以素瀨，流風佇芳，翔雲停藹。」〔註29〕《靈秀山銘》：「嚴嚴靈秀，積阻幽重。傍嶺關岫，乘標挺峰。桂柏參幹，芝菊亂叢。翠雲夕映，爽氣晨蒙……雲鮮其色，風飄其芳。可以養性，可以棲翔。長生夕視，何必仙鄉！」〔註30〕寥寥數筆，略加點染，可謂山水文中的袖珍品。

序體山水文。這類作品多用「序」、「詩序」或「賦序」等題名。較著名的如東晉伏滔《遊廬山序》、桓玄《南遊衡山詩序》、廬山諸道人的《遊石門詩序》、宋齊之際江淹的《赤虹賦序》等。諸作各具特色。桓玄《南遊衡山詩序》以寫景為主，兼顧記遊、述感。其記遊蹤，線索清楚；寫景物，則能把握水澄林密山峻的特徵，以白描手法為之；穿插感受，亦點染得當。茲節引以窺一斑：「歲次降婁，夾鍾之初，理楫將遊於衡嶺。涉湘千里，林阜相屬。清川窮澄映之流，涯涘無纖埃之穢。修途逾邁，未見其極；窮日所經，莫非奇趣。……或垂柯跨谷，俠巘交蔭；或曲溪如塞，已絕復開；或乘步長嶺，邈眺遙曠；或憩輿素石，映濯水湄。所以欣然奔悅，求路忘疲者，觸事而至也。仰瞻翠標，邈爾天際；身淩太清，獨交霞景。」〔註31〕江淹《赤虹賦序》則風格穠豔瑰麗：

> 東南嶠外，爰有九石之山。乃紅壁十里，青崿百仞；苔滑臨水，石險帶溪……於時夏蓮始舒，春蓀未歇；蕭舲波渚，緩楫汀潭。正逢巖崖相照，雨雲爛色。俄而雄虹赫然，暈光曜水；偃蹇山頂，烏奕江湄。僕追而察之，實雨日陰陽之氣，信可觀也。又憶昔登爐峰上，手接白雲；今行九石下，親弄絳霓。〔註32〕

〔註29〕〔清〕嚴可均：《全晉文》，卷62，《全上古三代秦漢三國六朝文》，北京：中華書局，1958年版，第1813頁。

〔註30〕〔清〕嚴可均：《全晉文》，卷140，《全上古三代秦漢三國六朝文》，北京：中華書局，1958年版，第2270頁。

〔註31〕〔清〕嚴可均：《全晉文》，卷119，《全上古三代秦漢三國六朝文》，北京：中華書局，1958年版，第2145頁。

〔註32〕〔清〕嚴可均：《全梁文》，卷33，《全上古三代秦漢三國六朝文》，北京：中華書局，1958年版，第3140頁。

明人張文光《江文通集序》稱江淹詩賦：「布景淋漓」〔註33〕，此文也大致如是。

山水記。此類文章主要記述某處名山勝水之自然景觀，較著名的如東晉釋慧遠《廬山記》，保存至今的文字較多，茲節錄以窺一斑：

> 其山大嶺，凡有七重，圓基周回，垂五百里，風雨之所攄，江山之所帶。高巖仄宇，峭壁萬尋，幽岫穿崖，人獸兩絕。天將雨，則有白氣先搏，而纓絡於山嶺下；及至觸石吐雲，則倏忽而集。或大風振巖，逸響動谷，群籟競奏，其聲駭人。此其化不可測者矣。……東南有香爐山，孤峰獨秀，起游氣籠其上，則氤氳若香煙，白雲映其外，則炳然與眾峰殊別。將雨，則其下水氣湧出如馬車蓋，此龍井之所吐。其左則翠林，青雀白猿之所憩，玄鳥之所蟄。西有石門，其前似雙闕，壁立千餘仞，而瀑布流焉。〔註34〕

作者爲久居廬山的高僧，故頗能抉發山中氣候變化的靈性異質，空間佈局上層次分明，略受辭賦鋪寫景物之手法的影響，但避免了其過份臚列堆砌之習，文字較簡括，重點突出，引人入勝。之後，齊末梁初劉峻撰有《東陽金華山棲志》，記述金華山一帶山水田園景色，其中表現了自覺的山水審美趣味和田園生活的愜意，作者描繪自己居所周圍的自然環境及沉湎其間的歡樂心情：「予之茸宇，實在斯焉。所居三面回山，周繞有象郛郭。南則平野蕭條，目極通望。東西帶二澗，四時飛流泉。清瀾微霙，滴瀝生響；白波跳沫，洶湧成音……至於青春受謝，萍生泉動，則有都梁含馥，薇香送芬，長樂負霜，宜男泫露，芙蕖紅華照水，皋蘇縹葉從風，憑軒永眺，蠲憂亡疾……若乃鶤日伺辰，響類鐘鼓；鳴蚿候曙，聲像琴瑟。玄猿薄霧清囀，飛鼯乘煙詠吟，嘈囐嘹亮，悅心娛耳」〔註35〕水聲之細柔、之宏亮，花草之芬香、之披霜泫露、之從風搖曳，即字可睹可聞；尤其是「若乃」以下數句，寫蚿鳴、猿囀等的美妙動聽、愉悅心志勝於鐘鼓琴瑟，高標大自然之音勝過人工之音，可謂繼左思《招隱詩》「何必絲與竹，山水有清音」之觀念的進一步具體的展示。

〔註33〕 〔明〕胡之驥：《江文通集彙注》，北京：中華書局，1984 年版，第 1 頁。

〔註34〕 〔清〕嚴可均：《全晉文》，卷 162，《全上古三代秦漢三國六朝文》，北京：中華書局，1958 年版，第 2398 頁。

〔註35〕 〔清〕嚴可均：《全梁文》，卷 57，《全上古三代秦漢三國六朝文》，北京：中華書局，1958 年版，第 3290 頁。

　　晉宋齊梁文寫景功能的強化，還表現在山水文之外的其他性質的作品空前多地出現寫景片斷，這些寫景片斷往往清新可讀，爲作品大大增色，有的寫景片斷，若將其從所依附的文中分離出來，幾可視爲獨立的寫景文。

　　自注式的寫景片斷。有謝靈運的《山居賦》自注。《山居賦》不僅是南朝篇幅最長的山水賦，此外還有一個值得注意的特色，即作者在賦中採用了自注的形式。注文比較詳盡，主要包兼詮釋詞語和疏通章節，成爲賦的一個有機組成部分。有的注文尚有補充賦中描寫之不足的作用，且語言優美，無異於一篇山水小品。如針對賦中「南山則夾渠二田，周嶺三苑，九泉別澗，五穀異釀」一段，注文云：

> 　　南山是開創卜居之所也。從江樓步路，跨越山嶺，綿亙田野，或升或降，當三里許。途路所經見也，則喬木茂竹，緣岭彌阜，橫波疏石，側道飛流，以爲寓目之美觀。及至所居之處，自西山開道，迄於東山，二里有餘。南悉連嶺疊嶂，青翠相接，雲煙霄路、殆無倪際。從徑入谷，凡有三口……緣路初入，行於竹徑，半路闊，以竹渠澗。既入東南傍山渠，展轉幽奇，異處同美。路北東西路，因山爲郭。正北狹處，踐湖爲池，南山相對，皆有崖巖。東北枕壑，下則清川如鏡，傾柯磐石，披陝映渚。兩岸帶林，去潭可二十丈許，茸基構宇，在巖林之中，水衛石階，開窗對山，仰眺曾峰，俯鏡濬壑。去巖半嶺，復有一樓。迴望周眺，既得遠趣，還顧西館，望對窗戶。緣崖下者，密竹蒙徑，從北直南，悉是竹園。東西百丈，南北百五十五丈。北倚近峰，南眺遠嶺，四山周回，溪澗交過，水石林竹之美，巖岫隈曲之好，備盡之矣〔註36〕

敘描如此細緻切實，非長期棲居徜徉莊園山水者不能道出。

二、情景交融文風

　　晉宋齊梁文寫景功能的強化，又表現於某些詠物及抒情性質的作品，往往向山水景物靠攏，形成詠物與山水的結合，情與景的交融。詠物之文，較早的爲讚述器物，漢代即不少，但與山水了無相干。兩晉之交，產生了詠頌動物、植物之文，郭璞《山海經圖贊》可爲代表，其中詠植物的，需涉及生

〔註36〕〔清〕嚴可均：《全宋文》，卷31，《全上古三代秦漢三國六朝文》，北京：中華書局，1958年版，第2607頁。

長環境，最有可能與山水結合，遺憾的是作者尚無這方面的自覺意識，也談不上實踐，如其寫橘柚：「厥苞橘柚，精者曰幹。實染繁霜，葉鮮翠藍。屈生嘉歡，以爲美談。」〔註 37〕寫沙棠：「安得沙棠，製爲龍舟。泛彼滄海，眇然遐遊。聊以逍遙，任彼去留。」〔註 38〕宋齊時的江淹，撰《草木頌十五首》，部分篇章顯然是詠物與山水的結合，如寫金荊樹：「江南之山，連障隱天，既抱紫霞，亦漱絳煙。金荊嘉時，涵露宅仙。娉節詎及，幽意誰傳？」〔註 39〕寫相思樹（又稱紅豆樹）：「竦枝碧澗，臥根石林。日月斷色，霧雨恒陰。綠秀八炤，丹實四臨。公子不至，山客徒尋。」〔註 40〕寫棕櫚：「異木之生，疑竹疑草。攢叢石徑，森莚山道。煙岫相珍，雲壑共寶。」〔註 41〕所以能形成這種狀態，在於作者寫作中經常敏感地跳動著捕捉植物生長空間的心靈，巧於將自然山水環境背景的勾勒嵌入對所詠頌對象的描述中，因而造成的藝術感染力遠超郭璞之作。抒情文與自然景物的接近，尤引人注目的是某些抒情性的書牘，作者往往嵌入簡潔的自然景物描寫，略作點染，達到情與景的契合，從而增加了藝術感染力。如江淹的《報袁叔明書》，先後用「高皋爲別，執手未期，浮雲色曉，悵然魂飛……仲秋風飛，平原影色，水鳥立於孤洲，蒼葭變於河曲，寂然淵視，憂心辭矣」〔註 42〕等語句，造成情與景的有機通融，增進了抒情效果。此類表現手法東漢後期至魏代的某些文中已經萌芽，但尚未達到江淹這樣隨時嵌入、反覆點染的程度。在此基礎上，齊梁的抒情尺牘，借助自然景物以表達情感的風氣進一步高漲，佳作迭出。如王僧孺《與何炯書》先寫他被譖罷官，精神受到創傷，陷入極度悲哀之中，然後糅之以物色的烘託：「又近以嚴秋殺氣，萬物多悲，長夜展轉，百憂俱至。況復霜銷草色，風搖樹影。寒蟲夕叫，合輕重而同悲；秋葉晚傷，離黃

〔註37〕　〔清〕嚴可均：《全晉文》，卷 123，《全上古三代秦漢三國六朝文》，北京：中華書局，1958 年版，第 2166 頁。

〔註38〕　〔清〕嚴可均：《全晉文》，卷 162，《全上古三代秦漢三國六朝文》，北京：中華書局，1958 年版，第 2160 頁。

〔註39〕　〔清〕嚴可均：《全梁文》，卷 38，《全上古三代秦漢三國六朝文》，北京：中華書局，1958 年版，第 3171 頁。

〔註40〕　〔清〕嚴可均：《全梁文》，卷 38，《全上古三代秦漢三國六朝文》，北京：中華書局，1958 年版，第 3171 頁。

〔註41〕　〔清〕嚴可均：《全梁文》，卷 38，《全上古三代秦漢三國六朝文》，北京：中華書局，1958 年版，第 3172 頁。

〔註42〕　〔清〕嚴可均：《全梁文》，卷 38，《全上古三代秦漢三國六朝文》，北京：中華書局，1958 年版，第 3170 頁。

紫而俱墜。蜘蛛絡幕，熠耀爭飛……方與飛走爲鄰，永用蓬蒿自沒。愴其長息，忽不覺生之爲重。」〔註43〕以晚秋衰颯的自然景物描寫，濃筆渲染自己的悲傷意緒，情景渾融一片，頗爲動人。又如丘遲《與陳伯之書》勸陳伯之歸降，先曉之以義理，接著陳之以利害；最後動之以鄉土和故國之情：「暮春三月，江南草長，雜花生樹，群鶯亂飛。見故國之旗鼓，感平生於疇日，撫弦登陴，豈不愴恨！所以廉公之思趙將，吳子之泣西河，人之情也，將軍獨無情哉！」〔註44〕江南暮春風光，作者稍事點染，便格外明媚，以喚起陳伯之對故鄉的美好回憶，繼而拈出古名將情繫故國的典實，以進一步勾起陳伯之的歸思，用筆簡潔，韻味十足。高步瀛激賞這種情景交融的寫法，稱云：「『暮春三月』一段，秀絕古今；文能移情，端屬此等。」〔註45〕再如，蕭綱《與蕭臨川書》，抒寫離情別緒，首尾有云：「零雨送秋，輕寒迎節；江楓曉落，林葉初黃。登舟已積，殊足勞止……白雲在天，蒼波無極。瞻之歧路，眷慨良深。」〔註46〕作爲全文的點睛之筆，其抒情效果與藝術感染力，不借助景物點染者是難以比肩的。對於自然景物在撰述中的作用，晉宋齊梁人有自覺的認識，陸機《文賦》云：「遵四時以歎逝，瞻萬物而思紛。」《南史·王誕傳》載，晉孝武帝卒，王誕從叔王珣爲哀冊文，以少敘節物，久而未就，誕攬筆，於「秋冬代變」後益云：「霜繁廣除，風回高殿。」珣歎其清拔。〔註47〕可見「敘節物」是當時人們爲文時頗爲重視的環節，王珣因此而躊躇，王誕因此而獲譽。以至於出現劉勰《文心雕龍·物色》、蕭綱《答張纘謝示集書》等系統論述心物交融問題的文章。梁代復古派文人裴子野，不滿當時「擯落六藝，吟詠情性」的文壇風尚，謂此時文壇風尚「無被於管絃，非止於禮義，深心主卉木，遠致極風雲，其興浮，其志弱」〔註48〕，一派儒家政

〔註43〕　〔清〕嚴可均：《全梁文》，卷51，《全上古三代秦漢三國六朝文》，北京：中華書局，1958年版，第3247頁。

〔註44〕　〔清〕嚴可均：《全梁文》，卷56，《全上古三代秦漢三國六朝文》，北京：中華書局，1958年版，第3284頁。

〔註45〕　高步瀛：《南北朝文舉要》，北京：中華書局，1998年版，第486頁。

〔註46〕　〔清〕嚴可均：《全梁文》，卷11，《全上古三代秦漢三國六朝文》，北京：中華書局，1958年版，第3010頁。

〔註47〕　〔唐〕李延壽：《南史》，卷23《王誕傳》，北京：中華書局，1975年版，第617頁。

〔註48〕　〔清〕嚴可均：《全梁文》，卷53，《全上古三代秦漢三國六朝文》，北京：中華書局，1958年版，第3262頁。

教主義衛道士的腔調，但他的這段言論卻從反面說明了晉宋以來詩文創作日益關注並沉湎於自然景物這一事實。此期文章寫景功能得以強化顯然基於如此背景。

第三節　六朝地記的興盛及其文學性

六朝文寫景方面成就較顯著的還有地記。地記或名地志、地理書〔註49〕，主要用來記述某地疆域、山川、道里、古蹟、風俗、物產等方面的情況。西漢武帝時已有此類著述的雛形出現，名爲計書或計簿，其性質屬於由下而上的彙報地方情況的公文。西漢後期，劉向、朱贛曾奉命撰作有關地理疆域及物產風俗的書籍，後來班固在此基礎上撰成《漢書·地理志》。《隋書·經籍志二》史部地理類序云：「武帝時，計書既上太史，郡國地志，固亦在焉。而史遷所記，但述河渠而已。其後，劉向略言地域，丞相張禹使屬朱貢條記風俗，班固因之作《地理志》。」私家書寫的地記出現於東漢中後期，但爲數甚少，今可考知者僅有辛氏《三秦記》及楊孚《交州異物志》等寥寥幾部。魏晉南北朝近四百年間，以私撰爲主體的地記著述極其興盛，這無疑是一個頗值得關注的領域。

一、六朝地記興盛的原因

漢末魏晉社會動蕩，國家大一統的盛況不再，地方勢力及地區觀念有所增強，各地士人紛紛誇耀家鄉地理、人物之美。晉虞預《會稽典錄》記載，撰有《會稽土地記》的會稽山陰人朱育，曾向人轉述漢末時任會稽太守的北方士人王朗與會稽士人虞翻關於會稽風土人物的談話云：

> 昔初平末年，王府君以淵妙之才，超遷臨郡，思賢嘉善，樂采名俊，問功曹虞翻曰：「聞玉出崑山，珠生南海，遠方異域，各生珍寶。且曾聞士人歎美貴邦，舊多英俊，徒以遠於京畿，含香未越耳。

〔註49〕《南齊書》卷29《陸澄傳》稱澄撰《地理書》，《梁書》卷14《任昉傳》稱昉撰《地記》。劉知幾《史通·雜述》臚列雜述十流，九曰地理書；《隋書·經籍志》史部書分爲十三類，第十一類爲地理。《隋志》所著錄地理類書籍，有記、志、圖（如《江圖》）、簿（如《洛陽宮殿簿》）、經（如《水經》）、圖經（如《冀州圖經》）、傳（如《遊行外國傳》）、錄（如《京師錄》）等不同的名目，但稱「記」者最多，其次則爲「志」，故本文認同任昉之說，通稱此類著述爲「地記」。換言之，此「地記」乃廣義概念，泛稱地理類著述。

功曹雅好博古，寧識其人邪？」翻對曰：「夫會稽上應牽牛之宿，下當少陽之位，東漸巨海，西通五湖，南暢無垠，北渚浙江，南山攸居，實爲州鎮，昔禹會群臣，因以命之。山有金木鳥獸之殷，水有魚鹽珠蚌之饒，海嶽精液，善生俊異，是以忠臣繼踵，孝子連閭，下及賢女，靡不育焉。』王府君笑曰：『地勢然矣，士女之名可悉聞乎？』翻對曰：『不敢及遠，略言其近者耳。往者孝子句章董黯，盡心色養，喪致其哀，單身林野，鳥獸歸懷，怨親之辱，白日報讎，海內聞名，昭然光著。太中大夫山陰陳囂，漁則化盜，居則讓鄰，感侵退藩，遂成義里，攝養車嫗，行足厲俗，自揚子雲等上書薦之，粲然傳世。太尉山陰鄭公，清亮質直，不畏強禦。魯相山陰鍾離意，稟殊特之姿，孝家忠朝，宰縣相國，所在遺惠，故取養有君子之譏，魯國有丹書之信。及陳宮、費齊皆上契天心，功德治狀，記在漢籍。有道山陰趙曄，徵士上虞王充，各洪才淵懿，學究道源，著書垂藻，駱驛百篇，釋經傳之宿疑，解當世之盤結，或上窮陰陽之奧秘，下摅人情之歸極……』」〔註50〕

由此記述可見虞翻對鄉邦自然景觀和人文景觀的熟悉與自豪程度，故一經太守諮詢，他便侃侃道出，如數家珍。蜀人常璩則大力張揚巴蜀環境、物產及人文之美，自豪自信溢於言表，其《華陽國志》卷三云：「蜀之爲邦：天文，則井絡輝其上；地理，則岷嶓鎮其域。五嶽，則華山表其陽；四瀆，則汶江出其徼。故上聖，則大禹生其鄉；婚姻，則黃帝婚其女……蕃衍三州，土廣萬里。方之九區，於斯爲盛。」〔註51〕在這種情勢下，湧現有關的專門著述便是順理成章的事了。這類記述本地區地理風俗物產及有關人物的著述，或稱地理書（地志、地記），或稱郡書（郡國之書）。但側重點不同，地志側重於記述地理山川風俗物產，郡書側重於記述人物。唐劉知幾《史通‧雜述》：「九州土宇，萬國山川，物產殊宜，風化異俗，如各志其本國，足以明此一方，若盛弘之《荊州記》、常璩《華陽國志》、辛氏《三秦》、羅含《湘中》。此之謂地理書者也。」「郡書者，矜其鄉賢，美其邦族，施於本國，頗得流行，置於他方，罕聞愛異。其有如常璩之詳審，劉昞之該博，而能傳諸

〔註50〕〔晉〕陳壽撰，〔南朝宋〕裴松之注：《三國志》，卷57，北京：中華書局，1959年版，1325頁。

〔註51〕任乃強：《華陽國志校補圖注》，上海：上海古籍出版社，1987年版，第217頁。

不朽，見美來裔者，蓋無幾焉。」但二者在內容上不免有所交叉，如劉氏所舉郡書的代表作晉常璩《華陽國志》，前四卷分別為《巴志》、《漢中志》、《蜀志》、《南中志》，記述地理物產狀況；以下七卷記述人物。其他劉氏未列舉的郡書，如晉習鑿齒《襄陽耆舊記》，也兼記人物、地理，明陸長庚曾為此書宋刻本作序，指出其所記人物、地理相得益彰云：「嗟乎！人物、山川，相待而顯。孔明龍臥隆中，士元鳳棲東野，德公遁跡鹿門，習氏選勝白馬，皆足為山川重。若乃叔子峴山之碑，元凱萬山潭之石，季倫高陽池之飲，明德高風，千載之下，令人慨想。」〔註52〕至於地記，也有一些不專記地理而兼及人物者，如南朝王僧虔《吳郡地理志》、鄭緝之《永嘉記》、盛弘之《荊州記》等。對此二者的關係，余嘉錫先生在其《四庫提要辯證》卷七史部地理類一「《太平寰宇記》」條曾有較詳論述。魏晉南北朝地志有不少出自本籍人氏之手。略舉例於下。蜀譙周，巴西西充國人，撰《三巴記》、《巴蜀異物志》；宋雷次宗，豫章南昌人，撰《豫章記》；吳朱育，會稽山陰人，撰《會稽土地記》；吳顧微，吳郡吳縣人，撰《吳縣記》；吳韋昭，雲陽人，撰《三吳郡國志》；吳沈瑩，吳興人，撰《臨海異物志》；吳徐整，豫章人，撰《豫章舊志》；晉晏謨，青州人，撰《齊地記》；晉顧夷，吳郡人，撰《吳郡記》；晉張玄之，吳郡人，撰《吳興山墟名》；晉賀循，會稽山陰人，撰《會稽記》；西涼段龜龍，撰《涼州記》、《西河記》；宋劉損，世居京口，撰《京口記》；孔靈符，宋會稽山陰人，撰《會稽記》；宋鄧德明，南昌人，撰《南康記》；晉常璩，蜀郡人，撰《華陽國志》；齊黃閔，武陵人，撰《武陵記》；梁陶季直，秣陵人，撰《京邦記》；梁李膺，廣漢人，撰《益州記》；梁伍安貧，武陵人，撰《武陵記》；宋王孚，安成人，撰《安成記》；北朝王遵業，太原人，撰《三晉記》；北朝劉芳，彭城人，撰《徐地錄》；北朝李公緒，趙郡人，撰《趙記》。此外，在某地有任職經歷者，或有被徙某地經歷者，也往往撰寫有關地記，以廣見聞。如晉潘岳，曾任長安令，撰《關中記》；晉袁山松，曾任宜都太守，撰《宜都記》；晉王范，曾任廣州大中正，撰《交廣二州記》；宋謝靈運，曾任永嘉太守，撰《永嘉記》；宋荀伯之，曾任臨川內史，撰《臨川記》；宋沈懷遠，曾被徙廣州，撰《南越志》；梁鮑至，曾隨蕭繹出鎮襄陽，撰《南雍州記》。

　　此類地志或郡書往往記述鄉土山水、物產等自然景觀，以及有關人物傳

〔註52〕舒焚、張林川校注：《襄陽耆舊記校注》，武漢：湖北人民出版社，1999年版，第152頁。

聞、神話故事等人文景觀，對所記述地域之情況的美化意識較為自覺。如袁山松《宜都記》、盛弘之《荊州記》、雷次宗《豫章記》、顧野王《輿地記》等皆可見作者對所記述之地域的讚美。加之中國原以北方的黃河中下游流域為政治經濟文化重心所在，有關著述內容多集中於此地；而其他地域的情況，或語焉不詳，或未及記述，故急需彌補缺憾，某些補缺之書應運而生。唐初劉知幾《史通·雜說下》就提及這種情況，並對有關作者持讚賞態度：「交趾遠居南裔，越裳之俗也；敦煌僻處西域，昆戎之鄉也。求諸人物，自古闕載，蓋由地居下國，路絕上京，史官注記所不能及也。既而士燮著錄，劉昫裁書，則磊落英才，粲然盈矚者矣。向使兩賢不出，二郡無記，彼邊隅之君子何以取聞於後世乎？」〔註53〕今人任乃強先生述及東晉常璩《華陽國志》的撰作主旨，認為其在於「誇詡巴蜀文化悠遠，記述其歷史人物，以頡頏中原，壓倒揚越」；並揭示其在地方史志著述史上的重要地位云：「因資料新穎，敘述有法，文詞亦復典雅、莊嚴，符合封建士流志向，故能及時流行，為千六百年以來地方史志所取則。」「我國自公元一世紀開始，漸起地方史志撰述之風，或傳耆舊，或記風俗，或誌古蹟，古記歲時，或狀山水，或輯故事，逮如宮觀梵塔，夷貊殊俗，草木禽獸之類，或文或賦，各依州郡方隅，彙為專書，傳鈔流佈，與群經諸子爭市。此實我國文化一大進步也。……然一至四世紀間，地方史志雖已發達，率皆偏記一類，無全面描繪之巨文。其一書而皆備各類，上下古今，縱橫邊腹，綜名物，揆道度，存治要，彰法戒，極人事之變化，窮天地之所有，彙為一秩，使人覽而知方隅之全貌者，實自常璩此書創始。此其於地方史中開創造之局亦如正史之有《史記》者一。」〔註54〕其中概括地方史志的內容範圍，頗為周全，並以為地方史志類著述之繁榮，與經書、子書爭市，實乃我國文化一大進步，亦為卓見。

魏晉南北朝地志的興盛，也與當時學風的變化有所關聯。伴隨著儒學的衰微，人們的治學視野及寫作興趣日益廣泛，在此情勢下，東漢後期輿地之學盛行，精通輿地之學者頗受重視與稱贊。謝承《後漢書·臧旻傳》記載，臧旻曾任匈奴中郎將，征戰有功，徵拜議郎，還京城，「見太尉袁逢，逢問其西域諸國土地風俗、人物種數，旻具答言西域本三十六國，後分為五十五，

〔註53〕〔唐〕劉知幾撰，〔清〕浦起龍釋：《史通通釋》，上海：上海古籍出版社，1978年版，第520～521頁。

〔註54〕任乃強：《華陽國志校補圖注》，上海：上海古籍出版社，1987年版，第2～6頁。

稍散至百餘國。其國大小，道路近遠，人數多少，風俗燥濕，山川草木鳥獸異物名種不與中國同者，悉口陳其狀，手畫地形。逢奇其才，歎息言：『雖班固作《西域傳》，何以加此？』〔註55〕今人劉季高先生指出，漢魏之際名士中的經世派，「除政略兵謀外，未有不兼治輿地之學者，如荀文若論『潁川四戰之地』，說『河濟天下之要地』，釋古之冀州所統。諸葛孔明論荊益之形勢，魯子敬談荊楚有金城之固，周公瑾之謀據襄陽以蹙操，張子綱之勸城秣陵以爲都。莫不於歷史之沿革，爛熟胸中；山川之形勢，瞭如指掌。」〔註56〕此外，這個時期地志中之異物記的興盛，顯然與當時思想的解放及尚博好異的學術風氣有關。漢代經學盛行，西漢儒生治經，專尚一經，且嚴守今古文之界域；東漢儒生則逐漸衝破專尚一經的窠臼，趨於博覽眾經，融通今古，漢魏之際的鄭玄是這種學術風氣的傑出代表。除經學內部知識視野的擴展處，時人還不斷向其他知識領域邁進，從而導致了諸子學、史學及其分支地理博物之學的繁榮。如以博學著稱的馬融，其治學不局限於注釋儒家經典，還涉及《老子》、《離騷》、《淮南子》、《列女傳》等著述。在此情勢下，一批以記述動物、植物爲重要內容的著作湧現，如西晉崔豹《古今注》上中下三卷八篇，其中就有三篇記述鳥獸蟲魚、樹木花草；而薛瑩《荊楊以南異物志》、沈瑩《臨海異物志》、萬震《南州異物志》、束晰《發蒙記》、周處《風土記》、徐衷《南方草物狀》、魏完《南中志》、佚名《南中八郡異物志》、《詩義疏》、陸璣《〈毛詩〉草木鳥獸蟲魚疏》所記述植物、動物品種則更爲豐富。雖然從淵源上我們可以將此類作品上溯到周代的《山海經》，但之後數百年此類著述非常寂寥，魏晉南北朝社會思想相對解放，尚博好異風氣普遍流行開來，博通各種知識成爲時尚，《晉書》之《張華傳》、《郭璞傳》、《葛洪傳》等篇對傳主學術興趣的記載大致折射了這種風尚。左思《三都賦》洋洋灑灑逾萬言，問世後引起轟動，家家傳抄，乃至洛陽爲之紙貴，其重要原因在於該作內容之富贍、爲辭賦創作前所未見，左思自序云「其山川城邑，則稽之地圖；其草木鳥獸，則驗之方志」，用功十年，搜覽博富，尤其是其中的《蜀都賦》記述蜀地風物，《吳都賦》記述吳地風物，臚列大量爲中原人民瞭解甚少的動物、植物，讀來使人大開眼界，故喜歡不已。魏晉時期博採異物的地理博物之書大量湧現，基於這種背景。

〔註55〕周天遊：《八家後漢書輯注》，上海：上海古籍出版社，1986 年版，第 101 頁。
〔註56〕劉季高：《東漢三國時期的談論》，上海：上海古籍出版社，1999 年版，第 74 頁。

魏晉南北朝地志的興盛，還與這個極為動蕩的時期，人們不得不到處遷徙流動，形成地理大交流的局面有關，因而社會上必然存在對此類書籍的需求。就記述內容所涉及的地域來看，這個時期地志中關於南方地區的著述在數量上占絕對優勢，這正是東晉以來中國政治經濟文化中心南移之局勢的必然反映。

此外，佛教及道教文化的繁榮以及隱逸風氣的盛行也推動了本時期地記在寫作類型及內容上的拓展，於是在州郡類地記外，又開創出域外記、寺院記以及名山記等新的地記類型。為弘揚佛教，許多僧侶西行求法，有關域外行記大量湧現，名作有釋法顯《佛國記》，釋智猛《遊行外國傳》，釋曇景《外國傳》，釋法盛《歷國傳》，慧生《行傳》，宋雲《魏國以西十一國事》，竺法維《佛國記》，闕名《西域記》等。圍繞某地佛教寺院之記述，亦往往而生，梁釋惠皎《高僧傳序錄》提及有沙門曇宗《京師寺記》，彭城劉俊《益部寺記》；《隋書‧經籍志》著錄：劉璆撰《京師寺塔記》十卷、錄一卷（按《法苑珠林》卷一一九傳記篇載：《京師塔寺記》二十卷，梁朝尚書兵部郎中兼史學士臣劉璆奉敕撰），闕名《廬山南陵雲精舍記》一卷，張光祿撰《華山精舍記》一卷，釋曇宗撰《京師寺塔記》，楊衒之撰《洛陽伽藍記》五卷。六朝佛道文化和隱逸思想盛行，有關人士往往崇尚清靜脫俗，故喜選擇清幽之自然環境以棲居，自然風景佳勝之所往往成為他們生活的家園。僧徒道士好山水者尤多，往往選擇風景佳處為寺院道觀，清郭嵩燾《重修南嶽志序》云：「夫山之有志，實始南北朝及唐，蓋多出道流棲真者之所為。」〔註 57〕若此處的南北朝所指為狹義，那麼郭氏之探源的時間限斷顯然有些偏差，實則東晉時期就已出現寫實性的山志；但他認為此類著述多為道流棲真者所為，則屬慧眼卓識。熱愛自然、贊美山水景觀成為有關階層人們自覺的觀念和行為。葛洪《抱朴子》在高揚隱逸思想的同時，其筆下的有關論述往往美化自然山水。王羲之信奉道教，崇尚自然，「好盡山水之遊」（《晉書》本傳），遊覽山水給他帶來極大的精神滿足與愉悅，他不僅遊覽會稽山水，還曾遊臨海、建安、東陽、永嘉等地，撰有《遊四郡記》，惜乎已佚，我們不能一睹他筆下優美的自然景色及其縱情山水的高雅懷抱。但今存之雜帖，也為我們瞭解他熱愛大自然，憧憬山水之遊的生活理想提供了一些信息。他曾致書於友人益州刺史周撫，

〔註 57〕譚其驤：《清人文集地理類彙編》第五冊，杭州：浙江人民出版社，1988 年版，第 746 頁。

打算從會稽而往蜀中，登臨岷山、峨眉山，飽覽自然勝景，且稱此舉為不朽之盛事，可見時人尤其是某些宗教信仰者對自然山川的熱戀之情空前高漲。熱愛並描寫自然山水景觀成為某些文人之所以撰作地記的主要興趣所在，顧野王《虎丘山序》稱時人「競雕蟲於山水」，「爭歌頌於林泉」；《梁書・蕭幾傳》記載蕭幾晚年「專尚釋教。為新安太守，郡多山水，特其所好，適性遊履，遂為之記。」許多專門記述名山的作品亦應運而生，如袁宏《羅浮記》、釋惠遠《廬山記》、周景式《廬山記》、徐靈期《南嶽記》、謝靈運《遊名山記》、王韶之《神境記》、宗測《衡山記》、《廬山記》、劉峻《東陽金華山志》、陶弘景《尋山志》等，為六朝地記又增添了一種新的重要的類型。

　　總之，魏晉南北朝地志興盛的原因是多方面的，是在多種因素綜合影響下形成的。地志著述在六朝的空前興盛，作為一種有趣文化現象而引起當時人們的關注，南朝時期，私家藏書甚富的陸澄、任昉，以敏銳的眼光，把握時代文化的新動向，皆編有集成性的地志叢書。尤其是任昉，可謂六朝地志整理方面的一大功臣，經他整理編撰的地記著述有一百四十四種，二百五十二卷，彙為一編，成為規模宏偉的地志叢書。可以說，他在這方面的貢獻，整個六朝無出其右者。南朝的其他幾位著名的目錄學家，也頗為關注地志之興盛這一著述現象，宋齊之際王儉（452～489），於宋後廢帝元徽元年（473年）呈表上《七志》三十卷，其中《圖譜志》「紀地域及圖書」，所謂「地域」就是指地志著述。五十年之後的梁普通四年（523），阮孝緒（479～536）編撰《七錄》十二卷，其《紀傳錄》含「土地」部，即地志著述。之後的《隋書・經籍志》也於史部設置「地理」一類。自此以後，歷代書目相沿不廢。

二、六朝地記的文學性

　　魏晉南北朝地記著作繁榮，或為州記，或為郡記，或為縣記，或為各類山水記、異物記、都邑記、寺院記，名目多樣，不一而足。有關作品基本上為私家著述，作者身份多為文人，篇幅普遍不大，手法隨便，憑其興趣，記其經歷，率爾而為。惜此類著作大多在唐宋以後亡佚，今存者十不一二。就今存者來看，較有文學性的內容是山水描寫與傳說故事的記述。其中的寫景內容在六朝山水文學發展史上具有重要地位。

　　較早的地記著作，有東漢辛氏《三秦記》、楊孚《交州異物志》、盧植《冀州風土記》，三國譙周《巴蜀異物志》、顧啟《婁地記》、薛瑩《荊揚已南異物

志》，西晉潘岳《關中記》等，數量不多，所記內容包括物產、風俗、地理沿革等，偶而涉及自然景色，但在書中所佔比例甚小。東晉建都江南，至宋齊梁二百餘年間，地記著作漸趨繁榮。章宗源《隋書經籍志考證》記載東晉至宋齊梁地志約百種，今存佚文多見於《藝文類聚》、《太平御覽》等類書，其中寫景文字之多呈水漲船高之勢。茲將涉及自然山水描寫較多的作品臚列於下：東晉張玄之《吳興山墟名》，袁山松《宜都記》（又名《宜都山川記》），闕名《漢中記》，羅含《湘中記》，劉欣期《交州記》，裴淵《廣州記》，顧微《廣州記》，袁休明《巴蜀志》，魏完《南中志》；宋劉損《京口記》，山謙之《南徐州記》、《丹陽記》、《吳興記》，孔靈符《會稽記》，謝靈運《永嘉記》，鄭緝之《永嘉記》、《東陽記》，劉道真《錢塘記》，孫詵《臨海記》，劉澄之《豫州記》、《梁州記》，郭仲產《南雍州記》（又名《襄陽記》）、《秦州記》，盛弘之《荊州記》，鄧德明《南康記》，王韶之《南康記》、《始興記》，雷次宗《豫章記》，荀伯之《臨川記》，任預《益州記》，段國《沙州記》，沈懷遠《南越志》；齊黃閔《武陵記》、《沅陵記》；梁蕭子開《建安記》，鮑至《南雍州記》，蕭繹《荊南志》，李膺《益州記》，等等。綜觀以上地記著作中的寫景文字，其價值應該提及的約有數項。

一是所描寫的自然山水的範圍空前廣泛，幾乎遍及淮水、秦嶺為界的南中國，兼涉中原與西北關隴地區，在此方面，不僅當時其他文類難以比擬，而且就連山水詩、山水賦也望塵莫及。可以毫不誇張地說，它們是中國多姿多彩之山水美的最早的大規模展示。

二是描寫生動傳神，語言不假偶對，不事雕飾，簡潔自然，如羅含《湘中記》描寫湘水之清澄透明：「湘水至清，雖深五六丈，見底了然，石子如樗蒲矣，五色鮮明。白沙如霜雪，赤岸如朝霞，綠竹生焉，上葉甚密，下疏寥，常如有風氣。」〔註58〕袁山松《宜都山川記》寫長江流域黃牛灘至西陵峽一帶的自然風光：「自黃牛灘東入西陵界，至峽口百許里，山水紆曲，而兩岸高山重障，非日中夜半，不見日月。絕壁或千許丈，其石彩色，形容多所像類。林木高茂，略盡冬春，猿鳴至清，山谷傳響，泠泠不絕。」〔註59〕又云：「江

〔註58〕〔宋〕李昉等：《太平御覽》，卷65《地部三十》，北京：中華書局，1960年版，第311頁。

〔註59〕〔北魏〕酈道元撰，陳橋驛校證：《水經注校證》，北京：中華書局，2007年版，第793～794頁。

北多連山，登之望江南諸山，數十百重，莫識其名。高者千初，多奇形異勢，自非煙騫雨霽，不辨見此遠山矣。」《漢中記》：「自西城涉黃金峭、寒泉嶺、陽都阪，峻崿百重，絕壁萬尋，既造其峰，謂已逾嵩岱，復瞻前嶺，又倍過之。言陟羊腸，超煙雲之際，顧看向塗，杳然有不測之險。山豐野牛、野羊，騰巖越嶺，馳走如飛。」〔註60〕孔靈符《會稽記》寫赤城山：「赤城山，土色皆赤，岩岫連沓，狀似雲霞，懸溜千仞，謂之瀑布。飛流灑散，冬夏不竭。」〔註61〕孫詵《臨海記》寫白鶴山：「山上有池，泉水懸溜，遠望如倒掛白鶴，因名掛鶴泉。」〔註62〕寫天台山：「超然秀出，山有八重，視之如一帆。高一萬八千丈，周回八百里。又有飛泉，懸流千丈似布。」〔註63〕王歆之《南康記》寫歸美山：「山石紅丹，赫若彩繪，峨峨秀上，切霄鄰景，名曰女媧石。大風雨後，天澄氣靜，聞絃管聲。」〔註64〕段國《沙州記》寫敦煌地區風光：「自龍涸至大浸川，一千九百里。晝夜蕭蕭，常有風寒。七月，雨便是雪，遙望四山，皓然皆白。」〔註65〕皆能給讀者留下深刻印象。相較之下，寫景水平更高的是盛弘之《荊州記》，如：「舊云自二峽取蜀數千里中，恒是一山，此蓋好大之言也。惟三峽七百里中，兩岸連山，略無闕處，重岩疊嶂，隱天蔽日，自非停午夜分，不見日月。至於夏水襄陵，沿溯阻絕，或王命急宣，有時云朝發白帝，暮至江陵，其間一千二百里，雖乘奔御風，不為疾也。春冬之時，則素湍綠潭，回清倒影，絕巘多生檉柏，懸泉瀑布，飛漱其間，清榮峻茂，良多雅趣。每晴初霜旦，林寒澗肅，常有高猿長嘯，屬引淒異，空岫傳響，哀轉久絕。故漁者歌曰：『巴東三峽巫峽長，猿鳴三聲淚沾裳。』」〔註66〕這段文字寫長江三峽群山高峻連綿

〔註60〕〔北魏〕酈道元撰，陳橋驛校證：《水經注校證》，北京：中華書局，2007年版，第648頁。

〔註61〕〔宋〕李昉：《太平御覽》，卷41《地部六》，北京：中華書局，1960年版，第195頁。

〔註62〕〔宋〕李昉：《太平御覽》，卷47《地部一二》，北京：中華書局，1960年版，第229頁。

〔註63〕〔宋〕李昉：《太平御覽》，卷41《地部六》，北京：中華書局，1960年版，第194頁。

〔註64〕〔宋〕李昉：《太平御覽》，卷52《地部一七》，北京：中華書局，1960年版，第252頁。

〔註65〕〔宋〕李昉：《太平御覽》，卷12《天部一二》，北京：中華書局，1960年版，第59頁。

〔註66〕〔宋〕李昉：《太平御覽》，卷53《地部一八》，北京：中華書局，1960年版，第259頁。

及四季勝景，這種捕捉季節性景物特徵，自覺地造成氣氛的變化，並連綴四季景物特徵爲一體的寫法，在寫景抒情的辭賦中也出現過，如東晉李顒的《悲四時賦》、宋末江淹的《待罪江南思北歸賦》等，但相比之下，都不如盛弘之這段文字生動傳神。因其描寫傳神，早在北魏時期即被酈道元《水經注》卷三十四《江水注》引用。其他如寫衡山：「衡山有三峰。其一名紫蓋，每見有雙白鶴徊翔其上；一峰名石囷，下有石室，尋山徑聞室中有諷誦聲；一曰芙蓉，上有泉水飛流，如舒一幅白練。」〔註67〕寫九疑山：「盤基數郡之界，連峰接岫，競遠爭高，含霞卷霧，分天隔日。」〔註68〕顧野王《輿地記》描寫南湖：「南湖在城南百許步，東西二十里，南北數里，縈帶郊郭，連屬峰岫，白水翠岩，互相映發，若鑒可圖，故王逸少云：『從山陰路上行，如在鑒中游。』」〔註69〕亦相當優美。或引錄民間歌謠，富有情韻，如郭仲產《秦州記》：「隴山東西百八十里。登山嶺，東望秦川，四五百里，極目泯然。山東人行役，升此而顧瞻者，莫不悲思。故歌曰：『隴頭流水，分離四下。念我行役，飄然曠野。登高遠望，涕零雙墮。』」〔註70〕

　　三是諸地記作者在描寫上往往自覺地相互借鑒吸收，且基本達到後出轉精的效果。這種情況較明顯地表現在先後描寫相同地域的作者身上，如劉宋盛弘之《荊州記》描寫九疑山時借鑒吸收了東晉范汪《荊州記》的相關內容，寫長江三峽時借鑒吸收了東晉袁山松《宜都山川記》的相關內容，但盛弘之在描寫上更趨於嫻熟生動，優美傳神，特別是描寫長江三峽一段，徑直爲酈道元《水經注》全部採錄，贏得其他晉宋地記作者難以比肩的名聲。

　　四是普遍用審美的眼光、欣賞熱愛的態度對待山水。《宜都山川記》的作者袁山松遊歷三峽，被秀異景色吸引，「流連信宿，不覺忘返」，「自欣得此奇觀」，〔註71〕前已述及。其他如盛弘之《荊州記》寫臨沮縣青山「風泉傳響於青林之下，巖猿流聲於白雲之上，遊者常若目不周玩，情不給賞。是以林徒

〔註67〕 〔宋〕李昉：《太平御覽》，卷39《地部四》，北京：中華書局，1960年版，第189頁。

〔註68〕 〔宋〕李昉：《太平御覽》，卷41《地部六》，北京：中華書局，1960年版，第198頁。

〔註69〕 〔宋〕祝穆：《方輿勝覽》，卷6，北京：中華書局，2003年版，第108頁。

〔註70〕 《後漢書·郡國志》注引。《北堂書鈔》卷157引曰：「北人升隴，歌曰：『隴頭流水，鳴聲嗚咽。遙望秦川，肝腸斷絕。』去長安千里，望秦川如帶。」

〔註71〕 〔北魏〕酈道元：《水經注》，上海：上海古籍出版社，1990年版，第648頁。

棲托，雲客宅心」〔註72〕；雷次宗素有山水之好，其《豫章記》稱豫章地方千里，山川特秀，西山鶴嶺「雲景鮮美，草木秀潤」，〔註73〕更異於他山，都顯示了自覺的審美意識。有的則通過引用別人的評價，間接流露自己的山水審美觀念，如孔靈符《會稽記》寫會稽風光引王子敬語云：「山川之美，使人應接不暇」；〔註74〕王僧虔《吳郡地理志》記述桐廬縣東「青山綠波，連霄互壑」時，借用戴勃「山水之極致也」的評價，予以高度的贊美。山謙之《丹陽記》記王舒甚愛溧陽山水，令其子曰：「死則欲葬於此。」段龜龍《涼州記》寫契吳山時引赫連勃勃語云：「美哉！斯阜。臨廣澤而帶清海。吾行地多矣，自嶺已北，大河已南，未有若斯之壯麗矣。」〔註75〕作者筆下人物對自然美的一往情深，於此可見。由於他們對某地區自然山川的熱烈賞愛，不免在描寫上有一些言過其實，唐人劉知幾《史通・雜述》不滿這種情況，謂其「人自以為樂土，家自以為名都，競美所居，談過其實。」〔註76〕但這恰從反面說明了晉宋地記作者自覺的山水審美態度與表現熱情。這種現象與其他文體有關晉宋齊梁人的山水審美意識高漲之記載的整體態勢相呼應，無疑是我們考察彼時文章寫景功能之強化的一個窗口。

六朝地記不僅因地及景，還因地繫事敘物，故在寫景文字之外，其文學性還表現在對某地民間傳聞及異物的記述方面。此類內容，即唐杜佑《通典・州郡典序》所謂「鄉國靈怪」。就著作淵源而言，留有受到《山海經》之類書籍影響的痕跡。如《水經注・中山經》云；「熊耳之山，其上多漆，其下多棕，浮豪之水出焉，而西流注於洛。其中多水玉，多人魚。」盛弘之《荊州記》云：「南縣修縣北有熊耳山，山東西各一峰，傍竦南北，望之若熊耳。上多漆，下多棕，浮豪之水出焉，西流注於洛。」〔註77〕後者的記述對前者的繼承頗為明顯，可見時人對《山海經》之類著述是相當熟悉的。

〔註72〕　〔北魏〕酈道元：《水經注》，上海：上海古籍出版社，1990年版，第620頁。

〔註73〕　〔宋〕李昉：《太平御覽》，卷54《地部一九》，北京：中華書局，1960年版，第266頁。

〔註74〕　余嘉錫：《世說新語箋疏》，北京：中華書局，1983年版，第145頁。

〔註75〕　〔宋〕李昉等撰：《太平御覽》，卷50《地部一五》，北京：中華書局，1960年版，第243頁。

〔註76〕　〔清〕浦起龍：《史通通釋》，上海：上海古籍出版社，1978年版，第276頁。

〔註77〕　〔宋〕李昉等撰：《太平御覽》，卷42《地部七》，北京：中華書局，1960年版，第199頁。

　　其中所記述的異物及奇聞軼事，頗涉虛誇荒誕，但富有趣味性、故事性，文風古雅、簡潔、清新，往往能引起人們的閱讀興趣。與任昉同時期的齊梁文人殷芸，《梁書》卷四十一有傳。他性倜儻，博洽群書，撰《小說》十卷，其中就引用了《荊州記》、《吳興記》、《三齊略記》、《湘州記》、《瀨鄉記》、《襄陽記》等六朝地記中的有關故事。唐人編撰的《藝文類聚》、《初學記》各引用一些。引錄更多的為大型類書《太平御覽》，涉及六朝地記上百種。此外，專門輯錄宋前作品的大型文言小說集《太平廣記》也收錄不少涉及靈怪故事的六朝地記作品，經翻檢約有三十種，著名者有《湘中記》、《襄陽記》、《南雍州記》、《荊州記》、《始興記》、《南康記》、《廣州記》、《南越記》、《建安記》、《錢塘記》、《豫章記》、《嶺表異物志》、《潯陽記》、《鄱陽記》、《三吳記》、《三齊記》、《十三州記》、《洛陽伽藍記》、《水經注》、《華陽國志》、《扶南記》等。茲略舉於下。宋王韶之《神境記》記述蘭岩雙鶴乃數百歲隱居夫婦變化而成：

　　　　滎陽郡南百餘里有蘭岩，常有雙鶴，素羽皎然，日夕偶影翔集。

　　傳云：昔夫婦俱隱此，年數百歲，化成此鶴。〔註78〕

宋鄧德明《南康記》記述某少女白日採螺，夜晚遭群螺報復而被咬死的傳說：

　　　　平固水口下流數里，有螺亭臨江。昔一少女，曾與伴俱乘小船江漢採螺。既逼暮，因停沙邊共宿。忽聞騷騷如軍馬行。須臾，乃見群螺張口無數，相與為災，來破舍啖此女子。同侶諸嫗，當時惶怖不敢作聲，悉走上岸，至曉方還，但見骨耳。收斂喪骨，薄埋林際，歸報其家。經四五日，間近所埋處，翻見石冢穹窿，高十餘丈，頭可受二十人坐也。今四面有階道，彷彿人冢。其頂上多螺殼，新故相仍。鄉傳謂之螺亭。〔註79〕

盛弘之《荊州記》寫宜都勾將山三泉，記述了一個孤貧女子心地善良而感動神靈的傳說：

　　　　宜都夷陵縣南勾將山下有三泉。傳云：本無此泉，居者苦於汲水。有一女子，孤貧。忽有一乞人，瘡痍竟體，村人無不稱惡。

〔註78〕　〔宋〕李昉等撰：《太平御覽》，卷916《羽族部三》，北京：中華書局，1960年版，第4061頁。

〔註79〕　〔宋〕李昉等撰：《太平御覽》，卷941《鱗介部一三》，北京：中華書局，1960年版，第4181頁。

此女哀矜，飼之。乞人乃腰中出刀，刺山下三處，即飛泉湧出。
〔註80〕

寫臨賀歌父山，記述了一個老人善於歌唱的故事：

> 臨賀馮乘縣有歌父山。傳云：有老人不娶室而善歌，聞者莫不灑泣。年八十餘而聲逾妙，及病將困，命鄉里六七人輿上山穴中。鄰人辭歸，老人歌而送之。聲振林木，響過行雲，餘音傳林，數日不絕。〔註81〕

寫武陵則記述了一個類似陶淵明《桃花源記》之內容的故事：

> 宋元嘉初，武溪蠻人射鹿，逐入石穴，才容人。蠻人入穴，見其傍有梯，因上梯，豁然開朗，桑果蔚然，行人翱翔，亦不以怪，此蠻於路斫樹為記。其後茫茫，無復彷彿。〔註82〕

孫詵《臨海記》寫五龍山聳石，記述了一個妻攜子望夫、感而成石的動人故事：

> 五龍山脊，有石聳立，大可百圍，上有叢木，如婦人危坐，俗號消夫人。父老云：昔人漁於海濱不返，其妻攜七子登此望焉，感而成石。下有石人七軀，蓋其子也。〔註83〕

沈懷遠《南越志》記述鮑靚能飛行往返羅浮山的神奇技能：

> 鮑靚為南海太守，嘗夕飛往羅浮山，曉還。有小吏晨灑掃，忽見兩鵲飛入，小吏齊帚擲之，墜於地，視乃靚之履也。〔註84〕

鮑至《南雍州記》也頗好記述民間傳聞，《太平御覽》卷二百、卷四六九有所引錄。一記述衛敬瑜妻夫亡寡居，感慨戶前巢燕孤飛偏棲而吟詩抒懷；一記述蕭騰妓妾遭遇鬼魅，鬼為癡情之鬼，情節或離奇，故事性較強，頗吸引讀

〔註80〕〔宋〕李昉等撰：《太平御覽》，卷 70《地部三五》，北京：中華書局，1960年版，第 332 頁。

〔註81〕〔宋〕李昉等撰：《太平御覽》，卷 572《樂部一十》，北京：中華書局，1960年版，第 2586 頁。

〔註82〕〔唐〕徐堅等撰：《初學記》，卷 8，北京：中華書局 1962 年版，第 91 頁。按《荊州記》有晉宋齊時期范汪、庾仲雍、郭仲產、盛弘之、劉澄之所撰五種，此條未署撰人名，不明出於五人中何人之手，但視為六朝作品則無疑義。

〔註83〕〔宋〕王象之撰：《輿地紀勝》，卷 12，北京：中華書局，1992 年版，第 682頁。

〔註84〕〔宋〕李昉等撰：《太平御覽》，卷 756《器部一十》，北京：中華書局，1960年版，第 3394 頁。

者，尤其是所作兩詩五言短詩，簡而入情，宛若南朝樂府民歌風味。《華陽國志》在六朝地志中以講究真實著稱，但亦或記述民間傳聞、神奇怪異事物，如書中關於五丁力士的故事、武都男子變爲美豔女子的故事，因其怪誕離奇而被《太平廣記》引錄。其他如晉裴淵《廣州記》記述晉興郡蚺蛇嶺食人巨蛇事，桂父常食桂樹葉而飄然成仙事；顧長生《三吳土地記》記述姑蘇男子爲大白蛟所變事等等，皆屬此類。

有些地志記述異物的文字，往往也趣味盎然，生動活潑，可讀性強。如晏謨《齊地記》記述海牛：

> 東萊牛島上，嘗以五月，海牛產乳。海牛形似牛而無角，駂色，虎聲，犴牙亦如虎。腳似鼉魚，尾似鮎魚，尾長尺餘。其皮甚軟，可供百用。牛見人奔入水，以杖擊鼻則得之。〔註85〕

盛弘之《荊州記》寫某獸前後皆有頭：

> 武陵郡西有陽山，山有獸如鹿，前後有頭。常以一頭食，一頭行，山中有時見之者。〔註86〕

記載異物最豐富的是漢末魏晉時期地記中那些標題就直稱爲「異物志」的著述，如東漢楊孚《異物志》（或名《交州異物志》），三國吳朱應《扶南異物志》，三國吳萬震《南州異物志》，三國吳沈瑩《臨海異物志》（或名《臨海水土異物志》、《臨海水土志》），三國吳薛瑩《荊揚以南異物志》，三國蜀譙周《巴蜀異物志》，西晉續咸《異物志》，闕名《南中異物志》（或名《南中八郡異物志》），闕名《涼州異物志》，宋膺《異物志》，等等。異物乃奇異的不常見的動物、植物、事物之謂也，因異於中原，故名異物。東晉之前，我國的政治經濟文化重心及文化人的主要活動範圍在中原地區，對此區域之物產等情況瞭解較多；相反，對長江流域以南，以及邊陲、域外的物產則瞭解較少，故有關情況頗能引起人們的興趣，亦滿足了人們的好奇心理。《山海經》記述海外怪異之物，雖屬虛誕，但對讀者仍有巨大的吸引力。西漢武帝時遣張騫出使大月氏等西域諸國，以擴大漢朝的影響，聯合抗擊匈奴；張騫及其部屬被奇異的西域風情所吸引，回到中土後，「皆爭上書言外國奇怪利害」。所謂

〔註85〕 〔宋〕李昉等撰：《太平御覽》，卷900《獸部一二》，北京：中華書局，1960年版，第3994頁。

〔註86〕 〔宋〕李昉等撰：《太平御覽》，卷913《獸部二五》，北京：中華書局，1960年版，第4047頁。

「奇怪」，即指西域異於中原的奇特物產、怪異習俗等。張騫等西漢人用上書的形式記述異物，屬公文性質，而魏晉地記的異物志則多屬私人書寫。茲引萬震等記述異物文字幾例，以窺一斑。

萬震《南州異物記》：「風母獸，一名平猴。狀如猴，無毛，赤目。若行，逢人便叩頭，似如懼罪自乞。人若撻打之，恓然死地，無復氣息。小得風吹，須臾能起。」〔註87〕

吳薛瑩的《荊楊以南異物志》多涉及奇異之動物、植物，如記述鯨魚長者數十里，其目化爲明月珠，充溢誇飾和虛誕；記述某蟹屬海物，爪利如劍，故曰擁劍，文筆簡妙，能敏銳準確地捕捉描寫對象的特徵，讀來頗爲有趣。書中所記述南方植物，也生動細緻，如：「荔枝樹生山中，葉綠色，實赤，肉正白，味大甘美。檳榔樹，高六七丈，正直無枝，葉從心生，大如楯，其實作房，從心中出，一房數百實，實如雞子，皆有殼，肉滿殼中，正白，味苦澀，得扶留藤與古賁灰合食之，則柔滑而美，交趾、日南、九眞皆有之。椰樹，似檳榔，無枝條，高十餘尋，葉在其末，如束蒲，實大如瓠，繫在樹頭，如掛物也；實外有皮，如胡桃，核中有膚，膚白如雪，厚半寸，如豬膏，味美如胡桃，膚裏有汁升餘，清如水，美如蜜，飲之可以愈渴，核作飲器也。龍眼，如荔枝而小，圓如彈丸，味甘勝荔枝，蒼梧、交趾、南海、合浦皆獻之，山中人家亦種之。橄欖，生山中，實如雞子，正青，甘美，味成時食之益善，始興以南皆有之，南海常獻之。」〔註88〕形狀、色澤、滋味等方面的特徵以及產地，一一予以描述，文風簡潔樸實，善用譬喻或類比，語言通俗如白話口語，娓娓道出，而摹寫眞切，使人讀來有擧重若輕的感受。研讀魏晉文章，此種別開境界的作品，實不可小視。

〔註87〕　〔宋〕李昉等撰：《太平御覽》，卷908《獸部二十》，北京：中華書局，1960年版，第4026頁。

〔註88〕　〔梁〕蕭統編，〔唐〕李善注：《文選》，北京：中華書局，1977年版，第86頁。

第二章 六朝散文寫景紀遊功能的拓展（下）

　　較完整地流傳於今的魏晉南北朝地記著述，最傑出的是「集六朝地志之大成」的酈道元《水經注》，以及楊衒之《洛陽伽藍記》和法顯《佛國記》。本章將分別予以論述，並涉及六朝地記的影響和評價問題。此外，東晉常璩所撰《華陽國志》，雖然也是一部非常優秀的地記著述，但文學性不夠突出，這裡就不予以專門論述了。

第一節 集六朝地記之大成的奇書《水經注》

　　酈道元（？～527），字善長，范陽涿（今河北涿州）人，生活在北魏時期，所著《水經注》既是一部重要的地理著作，同時也是一部價值很高的文學著作。顧名思義，《水經注》是爲《水經》作注。《水經》是一部記錄全國水道的著作，《唐書・藝文志》題爲漢代桑欽所作，紀昀等清代學者考證，以爲此書作者並非桑欽，而大抵是三國時人所撰。其說爲後來的研究者普遍認同。《水經》只記載了一百多條河流，內容極爲簡略。酈道元以《水經》所記述的河流爲綱，作了 20 倍的補充發揮，撰成一部所記河流達一千三百多條，洋洋三十萬言的巨著，實乃彪炳千古的奇書。酈道元在一一記述幹流與大小支流的源頭、流向、匯合及河道變遷等情況的同時，還詳細記載了各個流域內的山陵崗巒、陂池湖沼、水利工程、名勝古蹟、神話傳說，歷史故事、風土人情、動植礦物、土特名產等等。酈道元歷覽奇書，知識淵博，撰寫《水經注》，他廣泛搜尋有關文獻資料，據陳橋驛先生《水經注文獻錄》和《水經注金石錄》的統計，酈道元《水經注》所引文獻書目多達四百八十

種，金石碑銘三百五十七種。他還進行了大量的實地考察，並向有關人士進行訪問請教。如卷十四《浿水注》記述浿水（今朝鮮清川江）之流向，《水經》曰：「浿水出樂浪鏤方縣，東南過臨浿縣，東入於海」，道元聯繫自己閱覽的有關文獻資料，推測出經文中「東入於海」的記載有誤，爲此他拜訪了高句麗來的使者，終於證實經文記載有誤。對前人數百種有關文獻，廣徵博引，詳加考究，態度亦極爲嚴謹。作者生活的年代，南北方處於分裂狀態，他一生活動於北方地區，故對以黃河爲主的北方水系的記述頗爲精切詳明；而對南方水系的記載，由於當時南北政權敵對的歷史背景的限制，使他無法親自涉足進行實地考察，故其記述內容多參考有關書籍。論者稱其書內容精博富贍，集六朝地記之大成，可謂當之無愧。

一、豐富生動的山水描寫

《水經注》的文學價值，主要表現在對自然山水的眞實而生動的描寫方面。晉宋時期的地記著作中已經有一些優美的描寫山水的片斷，也產生過一部分單篇的山水散文，《水經注》傾心於描繪山水風光，既受了這種時代風氣的影響，也借鑒吸納了前人的部分成果。具體而言，酈注中描寫自然山水的篇章，一部分是作者根據親身見聞寫的，是他實地考察親自訪問的記錄；一部分則是參考、提煉或吸收他人著作而成，如《江水注》吸收袁山松《宜都山川記》、盛弘之《荊州記》文字，《汶水注》吸收伍輯之《從征記》文字等。兩種情況的薈萃，使《水經注》成爲六朝時期保存山水散文最豐富的一座藝術寶庫。《水經注》山水散文的藝術魅力，首先在於它描繪出自然山水或雄闊或奇崛或清幽或明麗等眞實而豐富的形象，中國山水景物之多彩多姿，在酈道元筆下予以栩栩如生的展示，讀之給人以如臨其境、如睹其形、如聞其聲的深刻感受，清人劉獻廷稱贊其鋪寫景物，「片語隻字，妙絕古今，誠宇宙未有之奇書也。」如卷四《河水注》寫黃河孟門瀑布（即今壺口瀑布）：

> 孟門，即龍門之上口也，寔爲河之巨阨……其中水流交衝，素氣雲浮，往來遙觀者，常若霧露沾人，窺深悸魄。其水尚崩浪萬尋，懸流千丈，渾洪贔怒，鼓若山騰。濬波頹疊，迄於下口。方知《愼子》下龍門，流浮竹，非駟馬之追也。〔註1〕

〔註1〕 〔北魏〕酈道元撰，陳橋驛校證：《水經注校證》，北京：中華書局，2007 年版，第 102 頁。

激浪翻滾、洶湧奔騰的雄偉氣勢，躍然紙上，扣人心弦。當代著名歷史地理學家史念海曾對這段描寫讚歎云：「這完全是壺口的一幅素描，到現在也還是這樣，到過壺口的人，一定會感到這話說得眞切。」〔註2〕《水經注》許多精彩生動的寫景文字，像耀眼的明珠鑲嵌於這部地理著作中，給人以無窮盡的美的享受。又同卷描寫鼓鐘上峽峻嶺瀑布、青松翠竹等引人入勝的自然景觀：

> 其水南流，歷鼓鐘上峽，懸洪五丈，飛流注壑，夾岸深高，壁立直上，輕崖秀舉，百有餘丈，峰次青松，巖懸頹石，於中歷落，有翠柏生焉，丹青綺分，望若圖繡矣。〔註3〕

卷二十《丹水注》寫墨山、丹崖山，色彩鮮明：

> 黃水北有墨山，山石悉黑，繢彩奮發，黝焉若墨，故謂之墨山。今河南新安縣有石墨山，斯其類也。丹水南有丹崖山，山悉頹壁霞舉，若紅雲秀天，二岫更爲殊觀矣。〔註4〕

卷三十七《沅水注》描寫沅水流域明月池、白璧灣、三石澗、綠蘿山等景點，讀來令人美不勝收：

> 沅水又東歷臨沅縣西，爲明月池、白璧灣。灣狀半月，清潭鏡澈。上則風籟空傳，下則泉響不斷。行者莫不擁檝嬉遊，徘迴愛玩。沅水又東歷三石澗，鼎足均時，秀若削成，其側茂竹便娟，致可玩也。又東帶綠蘿山，綠蘿萌冪，頹巖臨水，寔釣渚漁詠之勝地，其迭響若鍾音，信爲神仙之所居。沅水又東逕平山西。南臨沅水，寒松上蔭，清泉下注，棲託者不能自絕於其側。〔註5〕

卷四十《漸江水注》描寫紫溪流域之迷人風景：

> 溪水又東南與紫溪合，水出縣西百丈山，即潛山也。山水東南流，名爲紫溪，中道夾水，有紫色磐石。石長百餘丈，望之如朝霞，又名此水爲赤瀨，蓋以倒影在水故也。紫溪又東南流逕白石山之陰，山甚峻極，北臨紫溪。又東南，連山夾水，兩峰交峙，反項對石，

〔註2〕 史念海：《河山集》，北京：三聯書店，1963 年版，第 175 頁。

〔註3〕 〔北魏〕酈道元撰，陳橋驛校證：《水經注校證》，北京：中華書局，2007 年版，第 118 頁。

〔註4〕 〔北魏〕酈道元撰，陳橋驛校證：《水經注校證》，北京：中華書局，2007 年版，第 487 頁。

〔註5〕 〔北魏〕酈道元撰，陳橋驛校證：《水經注校證》，北京：中華書局，2007 年版，第 870 頁。

往往相捍。十餘里中，積石磊砢，相挾而上。澗下白沙細石，狀若
霜雪，水木相映，泉石爭暉，名曰樓林。〔註6〕

《水經注》寫景語言綜合吸收了晉宋齊梁山水文與山水詩的經驗，句式
時散時駢，自然流暢，或用白描，或施濃繪，筆致極為簡練雋永。如寫鼓鐘
山青翠的松柏與磧石相映：「丹青綺分，望若圖繡」（卷四《河水注》）；寫華
不注山：「青崖翠發，望同點黛」（卷七《濟水注》）；寫濟南名泉：「泉源上
奮，水湧若輪」（卷七《濟水注》）；寫沁水岸邊竹林：「小竹細筍，被於山渚，
蒙籠茂密」（卷九《沁水注》）；寫丹崖山：「赭壁霞舉，若紅雲秀天」（卷二
十《丹水注》）；寫龍淵水：「淥水平潭，清潔澄深，俯視遊魚，類若乘空」（卷
二十一《洧水注》）；寫臨沅白璧灣：「灣狀半月，清潭鏡沏」（卷三十七《沅
水注》）；寫都梁山蘭草：「綠葉紫莖，芳風藻川，蘭馨遠馥」（卷三十八《資
水注》）；寫桐溪：「白沙細石，狀若霜雪，水木相映，泉石爭暉」（卷四十《漸
江水注》）。清劉獻廷稱《水經注》寫景「片語隻字，妙絕古今」，可謂恰如
其分的定評。該書句式以散為主，時或輔以駢句，如卷九《清水注》：「隍中
散水霧合，視不見底。南峰北嶺，多結禪棲之士；東巖西谷，又是剎靈之圖。
竹柏之懷，與神心妙遠；仁智之性，共山水效深，更為勝處也。其水歷澗飛
流，清泠洞觀，謂之清水矣。」卷十五《洛水注》：「水出鵜鶘山，山有二峰，
峻極於天，高崖雲舉，亢石無階，猿徒喪其捷巧，鼯族謝其輕工。」卷二十
七《沔水注》記述漢水東徑嵐谷北口，「嶂遠溪深，澗峽險邃，氣蕭蕭以瑟
瑟，風颼颼而颺颺。」卷三十一《滍水注》描寫女靈山：「其山平地介立，
不連岡以成高；峻石孤峙，不托勢以自遠。四面壁絕，極能靈舉，遠望亭亭，
狀若單楹插霄矣。」讀起來頗有駢散相間的美感。

二、賞愛自然美之情趣的流露與人文景觀的記述

《水經注》集六朝地記之大成，較普遍地流露出作者本人及當時人們欣
賞自然美之觀念的高度自覺，書中往往突出山水的悅目賞心作用，並明確地
把秀美幽奇之山水作為旅遊資源看待。有的記述在表現自然山水千姿百態的
真實面貌的同時，善於點染在不同的景物環境中人們或流連陶醉或悲思嬰懷
的不同情態。其中較多寫到自己對秀美奇異山水景物的癡迷神往，如卷八《濟

〔註6〕〔北魏〕酈道元撰，陳橋驛校證：《水經注校證》，北京：中華書局，2007 年
版，第 936 頁。

水注》寫大明湖的澄明之美：「其水北爲大明湖，西即大明寺，寺東北兩面側湖，此水便成淨池也。池上有客亭，左右楸桐負日，俯仰目對魚鳥，水木明瑟，可謂濠梁之性，物我無違矣。」卷十二《巨馬水注》，酈道元記述六世祖宅所，「匪直田漁之贍可懷，信爲遊神之勝處也」。卷二十四《汶水注》記述萊蕪谷之別谷，對其寧靜的生活氛圍滿懷留戀：「谷中林木緻密，行人鮮有能至矣……何其深沉幽翳，可以托業怡生如此也。余時徑此，爲之躊躕，爲之屢眷矣。」卷二十六《巨洋水注》描寫冶泉祠一帶風物之宜人，融入自己少年時在此地生活的美好回憶：「水色澄明，而清泠特異。淵無潛石，淺鏤沙文，中有古壇，參差相對，後人微加功飾，以爲嬉遊之處。南北遼岸淩空，疏木交合。先公以太和中，作鎮海岱，余總角之年，侍節東州。至若炎夏火流，閒居倦想，提琴命友，嬉娛永日。桂筍尋波，輕林委浪，琴歌既洽，歡情亦暢，是爲棲寄，實可憑衿。」卷二十六《淄水注》寫石井瀑布，並融入自己往日極遊其下彌日嬉娛的回憶：「三面積石，高深一匹有餘。長津激浪，瀑布而下，澎贔之音，驚川聒谷，漰渀之勢，狀同洪河，北流入陽水。餘生長東齊，極遊其下……賦詩言意，彌日嬉娛，尤慰羈心。」酈道元善於捕捉所瀏覽自然景物的個性特徵，予以精當概括之後，往往以「奇」讚歎之，如卷六《澮水注》描寫澮水出絳山東，「寒泉奮湧，揚波北注，懸流奔壑，一十許丈，青崖若點黛，素湍如委練，望之極爲奇觀矣」。卷九《沁水注》沁水沿岸細竹覆蓋：「沁水又南五十餘里，沿流上下，步徑裁通，小竹細筍，被於山渚，蒙籠茂密，奇爲翳薈也。」皆流露了鮮明的審美意識。

有的記述通過普通遊人的感受及其流連忘返的興致來突出自然山水的美好迷人，如卷六《晉水注》和《涑水注》強調清幽的自然環境娛慰陶冶遊人之精神的巨大作用；卷九《淇水注》描寫淇水流淌山谷之迷人景色的同時，揭示並突出遊觀者的美不勝收的真切感受：「（淇水）又東流與美溝合，水出朝歌西北大嶺下，東流徑駱駝谷，於中逶迤九十曲，故俗有美溝之目矣。歷十二崿，崿流相承，泉響不斷，返水捍注，卷復深隍，隍間積石千通，水穴萬變，觀者若思不周賞、情乏圖狀矣。」如卷十一《滱水注》寫少男少女泛舟湖上採菱折芰或賞心悅目的歡樂：「長歌陽春，愛深綠水，掇拾者不言疲，謠詠者自流響。」卷三十七《夷水注》寫夷水流經宜都北，水質清澈透明，林木繁茂，百鳥翔鳴，遊人流連忘返：「其水虛映，俯視遊魚，如乘空也。淺處多五色石，多夏激素飛清，傍多茂木空岫，靜夜聽之，恒有清響。百鳥翔禽，哀鳴相和，巡頹浪者，

不覺疲而忘歸矣。」卷四十《漸江水注》寫定陽溪水沿岸景色之秀美多趣：「其水分納眾流……白沙細石，狀如凝雪，石溜湍波，浮響無輟，山水之趣，尤深人情。」皆強化了情景交融的藝術感染力。

《水經注》描寫景物，往往與記述歷史事件、文壇軼事或民間傳聞交織一體，形成山水景觀與人文景觀的交融，強化了歷史感、知識性及趣味性。卷十一《易水注》記述戰國末荊軻刺秦王之人物活動場所，還涉及燕昭王招賢、燕太子丹送別荊軻等事，融人文景觀與山水景觀於一體。此地域近酈道元鄉里，故記載有關人文掌故頗詳。卷三十四《江水注》寫湖裏淵風物之美，令人陶醉；接著寫女觀山，記述了一個淒婉的故事：「縣北有女觀山，厥處高顯，回眺極目。古老傳言，昔有思婦，夫官於蜀，屢衍秋期，登此山絕望，憂感而死，山木枯悴，鞠爲童枯，鄉人哀之，因名此山爲女觀焉。葬之山頂，今孤墳尚存焉。」卷四十《漸江水注》描寫麻澗、若耶溪的清瑩透明，並述及謝靈運、謝惠連倘伴遊覽作連句詩之文壇軼事。有些關涉土風民情的傳聞，奇異多姿，趣味性很強。如卷三十七《夷水注》記述石穴諸奇聞軼事：「谷中有石穴，清泉潰流三十許步，復入穴，即長楊之源也。水中有神魚，大者二尺，小者一尺，居民釣魚，先陳所須多少，拜而請之。拜訖投鈎餌，得魚過數者，水輒波湧，暴風卒起，樹木摧折。水側生異花，路人欲摘者，皆當先請，不得輒取……縣北十餘里有神穴，平居無水，時有渴者，誠啓請乞，輒得水；或戲求者，水終不出。縣東十許里至平樂村，又有石穴出清泉，中有潛龍。每至大旱，平樂左近村居，輦草穢著穴中，龍怒，須臾水出，蕩其草穢，傍側之田，皆得澆灌。」卷三十八《溱水注》記述關於靈石的奇異傳聞：「利水又南徑靈石下。靈石，一名逃石，高三十丈，廣圓五百丈。耆舊傳言，石本桂林武城縣，因夜迅雷之變，忽然遷此，彼人來見歎曰：石乃逃來。因名逃石。以其有靈運徙，又曰靈石。其傑處臨江壁立，霞駁有若續焉。水石驚瀨，傳響不絕，商舟淹留，聆玩不已。」這些記述皆不同程度地加強了本書的文學性。

今人關於《水經注》在中國散文史上的價值和意義的評價，譚家健先生的概括較爲扼要允當：「它是魏晉南北朝時期山水散文的集錦，神化傳說的薈萃，名勝古蹟的導遊圖，風土民情的採訪錄。它的出現，標誌著我國古典散文進入了一個新的發展階段。」〔註7〕

〔註7〕譚家健：《六朝文學新論》，北京：燕山出版社，2002年版，第285頁。

第二節　寺塔記之傑作《洛陽伽藍記》

魏晉南北朝佛教日益興盛，有關著述呈水漲船高之勢，佛教寺塔之記述，往往而生，惜年代久遠，有關著述大都亡佚，保存下來的只有楊衒之《洛陽伽藍記》。此書雖以記述北魏洛陽之佛寺爲題，實則以此爲線索，同時涉及都城形貌、風俗文化和當代政治事件、世態人情等方面的內容，且文筆秀逸優美，其價值是歷代同類著述無與倫比的。

一、寫作緣起

楊衒之，又作羊衒之，北魏末至東魏時人。所著《洛陽伽藍記》是一部以洛陽佛寺爲綱的散文著作。「伽藍」是梵語寺廟的音譯。佛教自漢代傳入中土，兩晉南北朝逐漸興盛。北魏以平城爲都時期，除太武帝晚年敵視佛教外，歷代統治者皆尊奉佛教。孝文帝遷都洛陽以後，帝王后妃、公侯權貴崇佛勢頭愈益迅猛，一方面開鑿了儷匹雲岡的龍門石窟，一方面在京城內外大量建造佛寺，洛陽佛寺由西晉永嘉中的四十二所驟增至一千多所。然盛況難永，北魏末期，政局紛爭，兵禍迭起，極度繁華的洛陽遭受嚴重的破壞，「城郭崩毀，宮室傾覆，寺觀灰燼，廟塔丘墟」，軍閥高歡逼迫孝靜帝將首都東遷鄴城，北魏王朝隨之分裂。東魏武定五年（547 年）。楊衒之因公務重返洛陽，目睹淒涼殘破之故都，麥秀黍離之感，油然而生，撫今追昔，思緒萬端，因作此書。

《洛陽伽藍記》在歷史、地理、宗教、考古、文學、建築、民俗等方面都有一定價值，而尤爲重要的是歷史價值和文學價值。清人吳若準《〈洛陽伽藍記〉集記》自序稱此書云：「慨念故都，傷心禾黍，假佛寺之名，誌帝京之事。凡夫朝家變亂之端，宗藩廢立之由，藝文古蹟之所關，苑囿橋梁之所在，以及民間怪異，外夷風土，莫不鉅細畢陳，本末可觀，足以補魏收所未備，爲拓跋之別史。」這是較符合實際情況的。就楊衒之的撰作目的和思想傾向看，在兩個方面流露得比較明顯。其一，通過洛陽佛寺興廢的描述，反映北魏政治的盛衰，並寄託自己由此而生的悲哀和感慨。如《永寧寺》（卷一）在記述寺院輝煌之後，委曲詳盡地兼敘尒朱榮等變亂事，最後點出寺毀而國崩的景況：

> 永熙三年二月，浮圖爲火所燒，帝登淩雲臺望火；遣南陽王寶
> 炬、錄尚書事長孫稚將羽林一千救赴火所；莫不悲惜，垂淚而去。
> 火初從第八級中平旦大發，當時雷雨晦冥，雜下霰雪，百姓道俗，

咸來觀火，悲哀之聲，振動京邑。時有三比丘赴火而死。火經三月不滅，有火入地尋柱，週年猶有煙氣。其年五月中，有人從東萊郡來，云：「見浮圖於海中，光明照耀，儼然如新，海上之民，咸皆見之；俄然霧起，浮圖遂隱。」至七月中，平陽王爲侍中斛律椿所使，奔於長安。十月，而京師遷鄴。〔註8〕

永寧寺之宏麗精美爲洛陽佛寺之首，尒朱榮變亂則是北魏走向崩潰的關鍵，作者把二者縮合一體，於寺毀國崩中寄託盛衰之慨、悲哀之情，用意是極爲深刻的。其中兼涉奇異傳聞，在此虛無縹緲的傳聞中，似乎折射了包括作者在內的人們對壯麗無比的永寧寺塔被焚的深切惋惜，以及希望它重現人間的美好願望。其二，在一定程度上暴露和諷刺統治集團競相驕奢淫逸，侵漁百姓，不恤眾庶的行徑。這不僅在書中有不少具體記載，更有直接的概括性的議論。如《法雲寺》（卷四）說：「帝族王侯，外戚公主，擅山海之富，居川林之饒，爭修園宅，互相誇競。」

二、文學成就

《洛陽伽藍記》的文學成就是頗高的。首先，作爲一種較大部頭的散文著作，它具有體例明晰，結構完整的特點。全書共五卷，記述順序由城內到城外依次展開，卷一爲城內，卷二爲城東，卷三爲城南，卷四爲城西，卷五爲城北，「其書組織之嚴密，體段之分明，爲前古所無，可謂地志書之絕唱也。」〔註9〕每卷以著名佛寺爲記述的中心線索，把北魏都洛四十年間的政治變動、人物事蹟、市井景象、民間習俗、傳說異聞、南北往來、中外交通等內容穿插連綴起來，既展得開，又收得攏，伸縮自如，疏而不散，繁而不亂，條貫清晰，結構整嚴。《洛陽伽藍記》原有正文、注文之分，在後世流傳中正文、注文混雜一體，有學者認爲，「凡言寺宇之興廢建置，寺宇所在之景物記載，均爲正文。其旁及之事物，則爲注文。」〔註10〕注文之記述往往比較詳細。如卷一記述建義元年太原王尒朱榮率軍入洛，永安二年北海王元顥與尒朱榮戰於河陽，永安三年尒朱兆擒莊帝於式乾殿諸事件，以展示北魏王朝盛極而衰的歷程。其正文僅僅提示時間、地點、人物，相當簡括；而

〔註8〕楊勇：《洛陽伽藍記校箋》，北京：中華書局，2006年版，第17頁。
〔註9〕楊勇：《洛陽伽藍記校箋》再版自序，北京：中華書局，2006年版，第14頁。
〔註10〕楊勇：《洛陽伽藍記校箋》，何敬群序，北京：中華書局，2006年版，第8頁。

注文則詳眩原委，十分細密。

其次，對佛寺、園林等景觀的描寫頗具功力，相當精彩。作者創造性地吸收了漢代以來辭賦作品寫物圖貌，一經一緯，遞次相屬的手法，尤其是晉宋地記的描述技巧，在力求鉅細畢陳的基礎上，又往往能重點突出，繁簡適度。如書中記載洛陽群寺之冠永寧寺，可寫的景觀不可謂少，但他沒有不分主次地使用筆墨，而是把重點放在最能標誌該寺特色的高塔的描述上，然後用簡筆兼及其他景觀。茲對文中寫塔的部分略加引述，以窺其行文之妙：

> 中有九層浮圖一所，架木為之，舉高九十丈。有剎復高十丈，合去地一千尺。去京師百里，已遙見之。

此寫塔身的高度。

> 剎上有金寶瓶，容二十五石。寶瓶下有承露金盤三十重，周匝皆垂金鐸。復有鐵鑕四道，引剎向浮圖四角，鑕上亦有金鐸，鐸大小如一石甕子。浮圖有九級，角角皆皆懸金鐸，合上下有一百二十鐸。浮圖有四面，面有三戶六窗，戶皆朱漆。扉上各有五行金鈴，其十二門二十四扇，合有五千四百枚。

此寫裝飾之豪華壯麗，氣勢宏偉：

> 殫土木之功，窮造化之巧，佛事精妙，不可思議，繡柱金鋪，駭人心目。

此穿插議論。

> 至於高風永夜，寶鐸和鳴，鏗鏘之聲，聞及十餘里。

此寫夜晚金鐸聲響傳聞之遠。接著依次記述永寧寺佛殿、僧房、寺牆、南、東、西、北四座寺門、寺外之青槐綠水等景觀，亦極壯麗優美。然後以三種不同身份的登覽者的感受，烘託永寧寺塔的高絕精麗：

> 裝飾畢功，明帝與太后共登浮圖，視宮內如掌中，臨京師如家庭。以其目見宮中，禁人不聽升。衒之嘗與河南尹胡孝世共登之，下臨雲雨，信哉不虛！時有西域沙門菩提達摩者，波斯國胡人也，起自荒裔，來遊中土，見金盤炫日，光照雲表，寶鐸含風，響出天外，歌詠讚歎，實是神功。自云：「年百五十歲，歷涉諸國，靡不周遍，而此寺精麗，閻浮所無也。極佛境界，亦未有此。」口唱南無，合掌連日。〔註11〕

〔註11〕楊勇：《洛陽伽藍記校箋》，北京：中華書局，2006年版，第13頁。

　　其他如寫景林寺（卷一），突出其園林的清幽脫俗；寫景樂尼寺（卷一），突出佛殿歌舞技藝之盛，觀者如潮；寫景明寺（卷三），突出三池水草魚鳥的勃勃生機，都能著意捕捉各寺景觀的風格特點加以描述，既避免了一些相關景觀的雷同重複，又可收到氣象萬千、引人入勝的藝術效果。

　　第三，寫人敘事，生動有趣。作者往往以冷峻的筆調，捕捉人物的典型性的行動和語言，展示其性格特徵，如《法雲寺》（卷四）寫河間王元琛豪富無比，先列舉他有一次在宗室諸王面前極盡擺闊顯豪之能事，爾後筆鋒一轉云：「琛忽謂章武王融曰：『不恨我不見石崇，恨石崇不見我』。」這樣，其恃財矜富、目空一切的性格特點畢現無遺。同篇刻畫章武王元融的貪鄙個性，亦極活靈活現：

> 融立性貪暴，志欲無限，見之（按指元琛財大氣粗）惋歎，不覺生疾，還家臥三日不起，江陽王繼來省疾，謂曰：「卿之財產，應得抗衡，何爲歎羨，以至於此？」融曰：「常謂高陽（王）一人，寶貨多融，誰知河間，瞻之在前！」……及太后賜百官絹，任意自取，朝臣莫不稱力而去，唯融與陳留侯李崇負絹過任，蹶倒傷踝。〔註12〕

　　作者還長於採撷加工一些富於傳奇色彩的人物故事，如卷四記述洛陽大市市南調音、樂律二里的田僧超善吹笳，隨軍出征，以悲壯的笳聲鼓舞士卒衝鋒陷陣；洛陽大市市西延酤、治觴二里的劉白墮善釀酒，味香美，朝貴多以爲饋贈禮品，名曰「騎驢酒」，有一人持酒遠行遭劫，盜賊飲之即醉，因被擒，復名爲「擒奸酒」；又如寫河間王元琛婢女朝雲假扮貧婦，吹箎感動反叛的羌人：

> 有婢朝雲，善吹箎，能爲《團扇歌》、《隴上聲》。琛爲秦州刺史，諸羌反叛，屢討之，不降。琛令朝雲假爲貧嫗，吹箎而乞。諸羌聞之，悉皆流涕，迭相謂曰：「何爲棄墳井，在山谷爲寇也！」即相率歸降。秦民語曰：「快馬健兒，不如老嫗吹箎。」〔註13〕

　　這類故事顯然多屬流傳於民間的軼事傳聞，而一經作者整理加工，則更富簡潔雋永、幽默生動之趣。書中還記載了一些神怪靈異的故事，如隱士趙逸年二百餘，通曉晉朝舊事（卷二《景興尼寺》）；惠凝和尚死而復生（卷二

〔註12〕楊勇：《洛陽伽藍記校箋》，北京：中華書局，2006年版，第179頁。
〔註13〕楊勇：《洛陽伽藍記校箋》，北京：中華書局，2006年版，第179頁。

《崇眞寺》）；輓歌人孫岩妻爲狐魅（卷四《法雲寺》），等等，性質已與志怪小說相類。清周中孚將之與《水經注》相提並論，稱《洛陽伽藍記》「搜探繁富，文詞秀逸，足以資考證而廣異聞，與酈氏《水經注》爲伯仲。」〔註14〕作者或在平實的記述中，添加某些富於情韻的穿插，如卷一寫尒朱弗律歸向莊帝陳述願得尒朱榮屍體歸晉陽，「發言雨淚，哀不自勝；群胡慟哭，聲振京師。帝聞之，亦爲傷懷」。又如莊帝被尒朱兆擒於式乾殿，遂囚還晉陽，縊殺之於三級寺；莊帝臨崩禮佛，又作五言絕命詩，「朝野聞之，莫不悲慟，百姓觀者，悉皆掩涕而已」，情韻彌漫，頗能給讀者留下深刻的印象。

第四，駢散相間，穠麗透逸的語言風格。本書語言風格與《水經注》有一定的差異，遣辭造句方面往往講究整齊偶對，行文時或運用誇飾渲染的筆法；但又不同於辭賦、駢文那樣鋪張揚厲，刻意追逐華辭儷句，敘事以散體爲主，議論描寫則多用駢體，駢散相間，隨文適變，藻飾頗能把握分寸，綺麗與清疏相輔，琢煉而不失樸素自然之致，前人以「穠麗秀逸」四字概括，可謂精當。

第三節　域外行記之珍品《佛國記》及其他

魏晉南北朝時期中外文化及政治經濟交流趨於活躍，有關記述應運而生，今存作品有《佛國記》和《宋雲行記》。此類著述記述了當時中外政治及文化交流的某些情況，文筆或古雅或秀逸。其中釋法顯《佛國記》記述本人西行求法十幾年中的見聞，尤受古今讀者推重。

一、域外記的興起

域外記興起於西漢武帝時期。漢武帝爲聯絡西域諸國，抗擊匈奴的侵擾，派遣張騫兩次出使西域，張騫歷經艱險而獲得很大成功，漢朝與西域的交往越來越頻繁。據《史記・大宛列傳》記載，武帝時期出現紛紛傚仿張騫，爭著上書言外國奇怪利害，請求出使的熱潮，「諸使外國一輩大則數百，少者百餘人」，「一歲中使者多者十餘，少者五六輩，遠者八九歲，近者數歲而反」，「西北外國使，更來更去」，「使者相望於道」。漢在西域取得宗主地位。漢宣

〔註14〕　〔清〕周中孚：《鄭堂讀書記補逸》，卷17，《鄭堂讀書記》，上海：上海書店出版社，2009年版，第1540頁。

帝時，在西域設立都護府，西域諸國與漢朝的臣屬關係確立。在此期間，乘國力強盛之勢，許多人自覺地以張騫爲楷模，投身於出使西域的行列，宣揚漢朝聲威，立志建立奇功，報效國家。其影響一直到東漢。《後漢書‧西域傳》記載云：「西域風土之載，前古未聞也。漢世張騫懷致遠之略，班超奮封侯之志，終能立功西遐，羈服外域。自兵威之所肅服，財略之所懷誘，莫不獻方奇，納愛質，露頂肘行，東向而朝天子。故設戊己之官，分任其事；建都護之帥，總領其權……立屯田於膏腴之野，列郵置於要害之路。馳命走驛，不絕於時月；商胡販客，日款於塞下。其後甘英乃抵條支而歷安息，臨西海以望大秦，拒玉門、陽關者四萬餘里，靡不周盡焉。」〔註 15〕司馬遷根據張騫上奏朝廷的有關西域諸國情況的材料，寫成《史記‧大宛列傳》的前半部分；後來班固《漢書》之《張騫傳》《西域傳》也予以沿用。清嚴可均《全漢文》卷二十六據《史》《漢》輯錄張騫文三篇，分別題名爲《具言西域地形》、《言通大夏宜從蜀》、《請招烏孫居渾邪故地》。《具言西域地形》敘述了西域諸國的地理方位、物產、人口、習俗等情況。東漢班超子班勇出使西域，撰《西域記》，爲范曄《後漢書‧西域傳》所依據。魏晉南北朝時期，伴隨著佛教傳播、商貿往來等中外經濟文化交流的進一步興盛，有關的域外行記呈水漲船高之勢，成爲彼時文壇的一大景觀。爲弘揚佛教，大量中土僧侶西行求法，據梁代釋慧皎《高僧傳》、唐代釋道宣《釋迦方志》等書記載，從曹魏末期甘露年間朱士行西行求法起，兩晉南北朝繼承此事業者絡繹不絕，先後有十多批僧侶不畏艱險西行求法，《釋迦方志》卷下《遊履篇》載云：

> 晉武世，敦煌沙門竺法護西遊三十六國，大賚法經，沿路譯出。至長安青門外立寺，結眾千餘。教相廣流東夏者，法護深有殊功。故釋道安云：「若親得此公筆，自綱領必正。」斯至言也。

> 東晉隆安初，涼州沙門釋寶雲與釋法顯、釋智嚴等前後相從，俱入天竺。而雲通歷大廈諸國，解諸音義。後還長安，及以江表詳譯諸經，即當今盛行，莫非雲出。而樂棲幽靜，終於六合山，遊西有傳。

> 東晉後秦姚興弘始年，京北沙門釋智猛與同志十五人，西自涼州鄯善諸國至罽賓，見五百羅漢，問顯方俗。經二十年，至甲子歲

〔註 15〕〔南朝宋〕范曄：《後漢書》，卷88《西域傳》，北京：中華書局，1979年版，第 2931 頁。

與伴一人還東，達涼入蜀。宋元嘉末年卒成都。遊西有傳，大有明據，題云《沙門智猛遊行外國傳》，曾於蜀部見之。

後燕建興末，沙門曇猛者從大秦路入，達王舍城。及返之日，從陀歷道而還東夏。

後秦弘始二年，沙門法顯與同學慧景等發自長安，歷于闐道，凡經三十餘國。獨身達南海師子國，乃泛海將經像還。至青州牢山，登晉地，往揚、荊等州出經，所行出傳。

宋初，涼州沙門智嚴遊西域，至罽賓受禪法，還長安。南至揚州宋都，廣譯諸經。然以受戒有疑，重往天竺，羅漢不決，爲上天諮彌勒，告之得戒。於是返至罽賓而卒，遣弟子智羽等報徵西返。

宋永初六年，黃龍沙門釋法勇操志雄遠，思慕聖跡，招集同志僧猛、曇朗等二十五人，發跡雍部，西入雪山，乘索橋，並傳代度石壁，及至平地，已喪十二人。餘伴相攜，進達罽賓，南歷天竺。後泛海東還廣州，所行有傳。

宋元嘉中，涼州沙門道泰西遊諸國，獲《大毗婆沙》還，於涼都沮渠氏集眾譯出。

宋元嘉中，冀州沙門惠叡，遊蜀之西界，至南天竺。曉方俗音義。還廬山，又入關，又返江南。

後魏太武末年，沙門道藥（《洛陽伽藍記》卷五作「道榮」），從疏勒道入，經懸度到僧伽施國。及返，還尋故道。著傳一卷。

宋世高昌沙門道普經遊大夏，四塔道樹靈跡通謁，別有大傳。又高昌法盛者亦經往佛國，著傳四卷。

後魏神龜元年，敦煌人宋雲及沙門惠生等從赤嶺山旁鐵橋至乾陀衛國雀離浮圖所。及返，尋於本路。〔註16〕

僧侶們在西行求法過程中，跋涉於茫茫大漠、巍巍峻嶺，野餐露宿，寒風烈日，不畏艱險，奮而忘身，其信念之堅定，其行爲之執著，實在令人敬佩讚歎。釋道宣指出西行僧侶撰文記述其求法經歷的，有釋法雲、釋智猛、釋法顯、釋法勇、釋道藥、釋道普、釋法盛等七人。又據楊衒之《洛陽伽藍

〔註16〕　〔唐〕道宣撰，范祥雍點校：《釋迦方志》，北京：中華書局，2000 年版，97
　　　　～98 頁。

記》卷四載，宋雲及惠生皆撰有西域行記，其中宋雲之文數千字爲楊衒之書徵引。還有一些並非寫求法經歷的域外著述，如三國時東吳朝廷派遣康泰、朱應出使南洋諸國，二人皆有著述記載其見聞。這類涉及西域和南海的著述，被《隋書·經籍志》著錄者有：《佛國記》一卷，沙門釋法顯撰；《遊行外國傳》一卷，沙門釋智猛撰；《慧生行傳》一卷；《外國傳》五卷，釋曇景撰；《歷國傳》二卷，釋法盛撰；朱應《扶南異物志》一卷；闕名《交州以南外國傳》一卷，《林邑國記》一卷。《舊唐書·經籍志》、《新唐書·藝文志》著錄：《魏國以西十一國事》一卷，宋雲撰。此外，被《水經注》、《北堂書鈔》、《藝文類聚》、《太平御覽》諸書徵引的還有道安《西域志》、康泰《吳時外國傳》、《扶南記》，竺枝《扶南記》，支僧載《外國事》，竺法維《佛國記》，闕名《西域記》等。

二、釋法顯與《佛國記》

　　《佛國記》的作者爲東晉名僧法顯〔註17〕。法顯本姓龔，平陽武陽（今山西臨汾西南）人。他的三個哥哥皆幼年夭亡，家人害怕他也遭遇夭亡之禍，便在他三歲時送其進入佛寺度爲小沙彌，求佛保祐。法顯在佛寺成長過程中越來越篤信佛教，家人屢逼他還俗，他皆予以拒絕。後來他到了佛教中心長安。後秦弘始元年（399），法顯以逾六十的高齡，爲弘揚佛學，從長安出發，西行取經，跋涉於荒原大漠，翻越世界屋脊蔥嶺，漂泊於茫茫海洋，歷千難萬險，置生死於度外，陸往海返，遊歷三十餘國，學習梵語梵文，取經數百卷，於東晉義熙八年（412）帶回中土。法顯回到中土時，先於長廣郡牢山（今山東省即墨市嶗山）上岸，義熙九年（413）夏，由長廣到了首都建康。作爲虔誠於佛教事業，執著於理想信念的高僧，其偉大的精神境界，卓越的人格魅力，彪炳千古，永垂不朽，永遠值得敬仰。魯迅先生曾說：「中國歷史上這許許多多捨身求法的人，正是中國的脊樑。」法顯堪稱捨身求法者中最傑出的代表。

　　《佛國記》記述法顯西行求法經歷，從文學的角度來看，書中對行程之艱險困苦，以及懷念同伴與故土之情的記述較爲真切動人，如寫敦煌至鄯善間浩瀚之大沙漠：

〔註17〕此書有異名數種，除《佛國記》外，尚有《法顯傳》、《釋法顯行傳》、《佛遊天竺記》、《歷遊天竺記》等名稱。

沙河中多有惡鬼、熱風，遇則皆死，無一全者。上無飛鳥，下無走獸。遍望極目，欲求度處，則莫知所擬，唯以死人枯骨爲標識耳。〔註18〕

寫北天竺之高巖絕壁：

於此順嶺西南行十五日。其道艱阻，崖岸險絕，其山惟石，壁立千仞，臨之目眩，欲進則投足無所。〔註19〕

寫南度小雪山，對同伴死去的悲哀：

法顯等三人南度小雪山，雪山冬夏積雪。山北陰中遇風暴起，人皆噤戰。慧景一人不堪復進，口出白沫，語法顯云：「我亦不復活，便可時去，勿得俱死！」於是遂終。法顯撫之悲號：「本圖不果，命也奈何！」復自力前，得過嶺。〔註20〕

寫在獅子國（今斯里蘭卡）佛殿看見中國產白絹扇時頓生懷鄉之情：

法顯去漢地積年，所與交接悉異域人，山川草木，舉目無舊，又同行分披，或留或亡，顧影唯己，心常懷悲。忽於此玉像邊見商人以晉地一白絹扇供養，不覺悽然，淚下滿目。〔註21〕

《佛國記》文風總的特點是樸實明暢，簡潔古雅，全書極少有誇飾渲染的成分，故得以在一萬多字的篇幅中記述遊歷三十多國的見聞，其中包蘊著豐富的歷史地理與思想文化信息，素被視爲研究中西交通史、中亞南亞史的珍貴文獻，陳士強先生指出：「由於書中記敘的西域古國早已滅亡，典冊罕存，紀實性的《法顯傳》便成了研究這些古國的歷史變遷的稀世珍寶，因而受到中外學者的高度重視。自十九世紀以來，先後被譯成法文、英文、日文等，出現了一批專門研究此書的著作。」〔註22〕孫昌武先生《六朝僧人的文學成就》一文則從遊記文體的角度指出六朝求法行記的開創性的貢獻：「南北朝接近遊記一體的作品有山水記和地志等。而僧人的求法行記，開創出作爲散文裏的眞正遊記一體。」〔註23〕釋法顯《佛國記》是今存此類著述的珍品，王

〔註18〕章巽：《法顯傳校注》，北京：中華書局，2008年版，第6頁。
〔註19〕章巽：《法顯傳校注》，北京：中華書局，2008年版，第22頁。
〔註20〕章巽：《法顯傳校注》，北京：中華書局，2008年版，第43頁。
〔註21〕章巽：《法顯傳校注》，北京：中華書局，2008年版，第128頁。
〔註22〕陳士強：《佛典精解》，上海：上海古籍出版社，1992年版，第1209頁。
〔註23〕首都師範大學文學院編：《中國中古文學研究》，北京：學苑出版社，2005年版，第334頁。

成祖先生指出，它不僅在東方，而且在世界上，是一部最古老而內容充實的旅遊記。〔註24〕

三、《宋雲行記》

《洛陽伽藍記》卷五在記述「洛陽城東北有聞義里，聞義里有敦煌人宋雲宅，宋雲與惠生俱使西域」之後，用數千字的篇幅詳細敘述宋雲出使西域的經歷，這些文字是楊衒之依據宋雲所寫《宋雲家傳》及道榮所寫《道榮傳》中的有關記述整理而成的，學界一般稱其為《宋雲行記》。在今傳六朝西域行記中，《宋雲行記》記述之詳，僅次於釋法顯《佛國記》，而文采則逾之。茲略引錄，以窺一斑：

> 自此以西，山路欹側，長阪千里，懸崖萬仞，極天之阻，實在於斯。太行、孟門，匹茲非險；崤關、隴阪，方此則夷。自發蔥嶺，步步漸高，如此四日，乃得至嶺。依約中下，實半天矣。漢盤陀國正在山頂。自蔥嶺以西，水皆西流，世人雲是天地之中。人民決水以種，聞中國田待雨而種，笑曰：「天何由可共期也？」城東有孟津河，東北流向沙勒。蔥嶺高峻，不生草木。是時八月，天氣已冷，北風驅雁，飛雪千里……〔註25〕

> 十二月初入烏場國。北接蔥嶺，南連天竺，土氣和暖，地方數千。民物殷阜，匹臨淄之神州；原田膴膴，等咸陽之上土……國王精進，菜食長齋，晨夜禮佛，擊鼓吹貝，琵琶箜篌，笙簫備有。日中已後，始治國事。假有死罪，不立殺刑，唯徙空山，任其飲啄。事涉疑似，以藥服之，清濁則驗；隨事輕重，當時即決。土地肥美，人物豐饒，五穀盡登，百果繁熟。夜聞鐘聲，遍滿世界。土饒異花，冬夏相接，道俗採之，上佛供養。國王見宋雲，云「大魏使來，膜拜受詔書」。聞太后崇奉佛法，即面東合掌，遙心頂禮。遣解魏語人問宋雲曰：「卿是日出人也？」宋雲答曰：「我國東界有大海水，日出其中，實如來旨。」王又曰：「彼國出聖人否？」宋雲具說周孔莊老之德，次序蓬萊山上銀闕金堂，神仙聖人並在其上。說管輅善卜，

〔註24〕王成祖：《中國地理學史》，北京：商務印書館，2005 年版，第 204 頁。
〔註25〕楊勇：《洛陽伽藍記校箋》，北京：中華書局，2006 年版，第 211 頁。

華佗治病，左慈方術。如此之事，分別說之。王曰：「若如卿言，即是佛國，我當命終，願生彼國。」〔註26〕

王城西南五百里，有善特山，甘泉美果，見於經記。山谷和暖，草木冬青。當時太簇御辰，溫風已扇，鳥鳴春樹，蝶舞花叢。宋雲遠在絕域，因矚此芳景，歸懷之思，獨軫中腸，遂動舊疹，纏綿經月，得婆羅門咒，然後平善。〔註27〕

這些記述內容與釋法顯《佛國記》相似，而文采過之。其文采之所以勝於《佛國記》，原因大抵有二，一是《洛陽伽藍記》卷五所載《宋雲行記》的寫作時間晚於《佛國記》一百多年，而魏晉南北朝文風總的發展趨勢為日益講究文采，今傳南北朝文章對文采的講究顯然超過東晉十六國，這是大的文風演變背景；二是《宋雲行記》既被《洛陽伽藍記》引錄，為了使之與全書文風保持一致，楊衒之很可能經過必要的加工改寫。

第四節　六朝地記的影響及其評價

六朝地記作為融歷史地理價值與文學價值於一爐的著述形式，對後世的相關作品產生了較深刻的影響。由於立場、觀念及視角的差異，後人對六朝地記的評價，往往發出不同的聲音。

一、六朝地記的影響

作為中國中古時期最繁榮而最引人矚目的地理文獻，六朝地記具有不可小視的地學價值。眾所周知，《水經注》融合自然地理與人文地理為一體，具有極高的地學成就。酈注之外的其他六朝地記，篇幅或大或小，由於作者身份經歷及寫作素質等方面的差異，其中蘊含的地學價值及文學價值當然也不盡相同。如常璩《華陽國志》篇幅較大，作者主要身份屬於學者，故此書地學價值較大而文學價值較小，至今仍是研究西南地區歷史地理、民族文化的最重要的著作。釋法顯《佛國記》文風總的特點是樸實明暢，簡潔古雅，全書極少有誇飾渲染的成分，得以在一萬多字的篇幅中記述遊歷三十多國的見聞，其中包蘊著豐富的歷史地理與思想文化信息，所涉及西域古國早已滅亡，

〔註26〕楊勇：《洛陽伽藍記校箋》，北京：中華書局，2006年版，第212頁。
〔註27〕楊勇：《洛陽伽藍記校箋》，北京：中華書局，2006年版，第213頁。

典冊罕存，故法顯此書素被視爲研究這些古國之歷史變遷的稀世珍寶。《洛陽伽藍記》對北朝洛陽建置盛況的精確還原以及鮮活的文學氣息，顯然具有其他文獻無與倫比的重要價值。

盛弘之《荊州記》原來篇幅也不小，《隋志》著錄爲三卷，但在流傳中散佚嚴重，今存輯本卷帙尚頗可觀，其中富含地學價值和文學價值。就地學價值言，大體上具有唐人杜佑《通典・州郡典序》所謂「辨區域，徵因革，知要害，察風土」的實用功能。如書中述及荊州自東晉以來極其重要的戰略地位：「自晉室東遷，王居建業，則以荊揚爲京師根本之所寄。荊楚爲重鎮，上流之所總，擬周之分陝，故有西陝之號焉。自後桓沖爲大將軍屯上明，使劉波守江陵是也。」〔註28〕又如書中對荊楚西部軍事要塞的記述：「（宜都）郡西溯江六十里，南岸有山名曰荊門，北岸有山名曰虎牙。二山相對，楚之西塞也。虎牙石壁紅色，間有白文，如牙齒狀；荊門上合下開，開達山南，有門形，故因以爲名。」〔註29〕但作者盛弘之主要身份爲文人，故其書因文學價值高而備受後世推重，可謂六朝地記中以寫景傳神而見長的代表之作。吳沈瑩《臨海水土異物志》，今存輯本，輯得佚文二百餘條，其中最早較詳細地記述了夷洲（臺灣古名）的風土、物產、習俗等方面的情況，具有非常重要的歷史地理價值。羅含《湘中記》記述諸水流注湘水，臚述十五條水流云：「有營水，有洮水，有灌水，有祁水，有宜水，有舂水，有烝水，有耒水，有米水，有涤水，有連水，有瀏水，有潙水，有汨水，有資水，皆注湘。」〔註30〕也具有詳於當時其他書籍的地學價值。整體而言，酈注之外的六朝地記一般來說兼具地理與文學的雙重價值。其文學價值的主要方面，上文已經做了大致的論述。其對後世的影響，當然也兼有地理與文學的雙重意義。後世作者多偏重六朝地記之地理價值的發掘和利用，如沈約《宋書》、蕭子顯《南齊書》、姚思廉《梁書》中關於南海諸國的記述，其最重要的文獻來源便是三國孫吳康泰所撰《吳時外國傳》以及朱應所撰《扶南異物志》。其他如《史記》三家注（劉宋裴駰《史記集解》、唐司馬貞《史記索隱》、張守節

〔註28〕〔宋〕樂史撰，王文楚等點校：《太平寰宇記》，卷146引，北京：中華書局，2007年版，第2831頁。

〔註29〕《文選・郭璞〈江賦〉》李善注引盛弘之《荊州記》。〔梁〕蕭統編，〔唐〕李善注：《文選》，北京：中華書局，1977年版，第184頁。

〔註30〕〔南朝宋〕范曄：《後漢書》，卷22《郡國志四》劉昭注引，北京：中華書局，1965年版，第3483頁。

《史記正義》）、《漢書》顏師古注、梁劉昭《續漢書‧郡國志注》、劉峻《世說新語注》、唐李善《文選注》乃至元胡三省《資治通鑑注》皆注重引用六朝地記；隋至唐宋《北堂書鈔》、《藝文類聚》、《初學記》、《太平御覽》等類書多引用六朝地記。又如子書農家類的名著北魏賈思勰《齊民要術》也大量引用六朝地記。諸家注本及類書面對六朝地記文獻，基本上爲隨意採擷，各取所需，予以引用。就諸類書而言，《太平御覽》徵引作品量頗爲豐富，所涉及的內容較爲詳細，其文獻價值當然也較高。

　　六朝地記對地理類著述的影響尤爲重要、深遠。酈道元好博覽奇書，在他的著作中不但大量採擷六朝地記，而且他本人的記述文字也繼承借鑑了六朝地記的語言風格和描寫技巧，故得以造就集其大成的宏偉風貌。唐代地記直接承自六朝，從《太平御覽》、《太平寰宇記》、《方輿勝覽》等較大著作所徵引唐人著述即可知曉。唐太宗李世民第四子魏王李泰主持編寫的大型地理總志《括地記》五百五十卷，在文獻材料來源上及寫法上皆與六朝有密不可分的關係，清孫星衍對《括地記》評價頗高，稱云：「其書稱述經傳，山川城冢，皆本古說。載六朝時地理書甚多，以此長於《元和郡縣圖志》……按（李）泰等以四年成此書，當極精博。」〔註31〕李吉甫《元和郡縣圖志》引用六朝地記逾二十種，顯然遜於《括地記》，所採僅涉地學內容，有關的文學性描述一概摒棄，但由此可見此書與六朝地記還是有所關聯的。其他部頭不大的地記也有與六朝地記關係密切者，如唐吳從政撰《襄沔記》三卷，宋陳振孫《直齋書錄解題》卷八已經指出，此書是在習鑿齒《襄陽耆舊記》、盛弘之《荊州記》、郭仲產《襄陽記》、鮑堅《南雍州記》、宗懍《荊楚歲時記》等六朝地記的基礎上刪定而成。劉恂《嶺表錄異》、段公路《北戶錄》、莫休符《桂林風土記》等專記某地域的著述，其記述內容與寫法基本上與六朝地記一脈相承。

　　作爲大型地理總志，宋人樂史編撰的《太平寰宇記》、祝穆等編撰的《方輿勝覽》，書中不僅大量徵引了六朝地記，而且作者自己的記述也借鑑了六朝地記的寫法，往往喜好採擷奇異虛誕的傳聞故事，或長於描述景物，如《太平寰宇記》卷一四七記述峽州之清江、卷一百記述南劍州之七朵山：

　　　　清江，一名夷水，東自施州開夷縣界流入。昔巴蠻有五姓，未

<hr />

〔註31〕譚其驤：《清人文集地理類彙編》第一冊，杭州：浙江人民出版社，1986年版，第139頁。

有君長，俱事鬼神。又各令乘土船，約浮當以為君。唯務相獨浮，因共立之，是為廩君。乃乘土舟，從夷水下至陽鹽。鹽水有神女，謂廩君曰：「此地廣大，魚鹽所出，願留共居。」不許，鹽神暮輒來宿，旦化為蟲，群飛蔽日，天地晦冥。積十餘日，廩君因伺便射殺之，天乃開明。廩君乘土船，下及夷城。夷城山石險曲，其水亦曲，廩君望之而歎，山崖為崩。廩君登之，上有平石，方二丈五尺，因立城其傍而居之，四姓臣之。後死，精魂亦化為白虎也。〔註32〕

七朵山，在縣前水南。山分七峰，踴成石壁，岩面生石桶、青陽、盧木等樹，春冬長青翠，上有木棲花，每深秋競發，馨香散漫市郭，人咸有美色。〔註33〕

《方輿勝覽》卷十記述福州之榴花洞：

榴花洞，在閩縣之東山。唐永泰中，樵者藍超遇白鹿逐之，渡水入石門，始極窄，忽豁然，有雞犬人家。主翁謂曰：「吾避秦人也，留卿可乎？」超云：「欲與親舊訣乃來。」與榴花一枝而出，恍若夢中。再往，竟不知所在。〔註34〕

明清時期情況亦基本如是，某些地方志書在撰寫中或效法六朝地記。明牛若麟《重修吳縣志序》指出郡邑志兼容郡書、地理書二體之內容，模擬對象或為六朝地記：「竊考劉子玄述書有十品，而郡書、地理書居其二，後世郡邑之志兼而有之。其敘土宇、山川，洎物產、風化，往往模擬《湘中》，斟酌《三秦》，是地理書體也。」〔註35〕如明初修撰《韶州府志·山州》中關於錦石巖景色的描寫，便酷似六朝地記風神，略引於下：「至上巖益奇麗，石壁赭如渥丹，頂上橫陳一帶苔色，皆小石竅，狀如蜂窠，蒼翠可愛，紅綠間映，故曰錦巖。傍有飛瀑，灑崖如雪。前倚石檻，下臨大江，危崖絕壁，俯視使人悸栗。巖正向西北，前覿皆石峰，夕照嵐煙，宛然紫染……雲霞出沒，千

〔註32〕 〔宋〕樂史撰，王文楚等點校：《太平寰宇記》，卷147，北京：中華書局，2008年版，第2865頁。按此傳說較早見於《世本》，《後漢書》卷86《南蠻西南夷列傳》、《晉書》卷120《李特載記》也有類似的大同小異的記述。

〔註33〕 〔宋〕樂史撰，王文楚等點校：《太平寰宇記》，卷100，北京：中華書局，2008年版，第1999頁。

〔註34〕 〔宋〕祝穆撰、祝洙增訂，施金和點校：《方輿勝覽》，卷10，北京：中華書局，2003年版，第166頁。

〔註35〕 《天一閣藏明代方志選刊續編》第十五冊，上海：上海書店，1990年版，第65～66頁。

態萬狀，炫耀心目，觀者忘倦。」〔註 36〕崇禎年間劉侗、于奕正撰寫的《帝京景物略》，記述北京及畿輔的山川風物、名勝古蹟等，在一定程度上也借鑒了六朝地記的傳統；于奕正所作的《略例》，以及方逢年所寫的《序》中，皆將此書與《華陽國志》、《襄陽耆舊記》、《水經注》、《洛陽伽藍記》等相提並論，由此可見他們對六朝地記著述的青睞。此後，與六朝地記較爲接近的是清初粵籍著名文人屈大均的《廣東新語》。此書洋洋灑灑近四十萬言，共二十八卷，每卷述一類事物，凡廣東之天文地理、經濟物產、人物風俗，無所不包。屈氏在撰述中廣泛涉獵參考了前代的地記類作品，並進行了實地考察。當時著名文士潘耒爲《廣東新語》作序，揭示屈氏記述鄉梓獨特的自然景觀和人文景觀，來開闊人們視野的寫作動機：「又以山川之秀異，物產之瑰奇，風俗之推遷，氣候之參錯，與中州絕異，未至其地者不聞，至其地者不盡見，不可無書以敘述之。於是考方輿，披志乘，驗之以身經，徵之以目睹，久而成新語一書。」〔註 37〕潘氏還從遊者、官員、史家、文人等不同角度讚揚了此書的價值，而後高度評價其文筆之美，在概括中兼及文體源流，特別拈出六朝及唐宋諸地志《華陽國志》、《嶺南異物志》、《桂海虞衡志》、《入蜀記》進行類比。《廣東新語》的筆法與六朝地記頗爲接近，如卷五寫貞女峽之望夫石：「清遠縣有貞女峽，西岸一石狀女子，是曰貞女。相傳秦世有女數人，採螺於此，風雨晝昏，一女化爲此石，即今望夫石也。」這直接取自南朝宋王韶之《始興記》。某些記述嶺南植物、動物的文字，筆法酷似魏晉地志中的異物記。其他如田雯《黔書》、俞志燮《黟縣山水記》等承此流風餘韻，或徵引六朝地記內容，或借鑒其筆法。私撰之外，清代官修的大型志書在某些方面的記述上也受到六朝地記的影響，如林傳甲《籌筆軒讀書日記》批評《大清一統志》「搜羅人物，流連風景，於形勢險要略焉。蓋詞臣不知大體耳。」〔註38〕且不說「搜羅人物」，單說「流連光景」便顯然是六朝地記的傳統。

清代方志中盛行地方「八景」的記述和描寫，有關作品往往涉及並關注地方上代表性的自然景觀和人文景觀的描述，作者不僅流露了濃重的熱愛鄉土、美化鄉土的意識，而且筆下關於山川、風物的記載，具體真切，不乏文

〔註 36〕 馬蓉、陳抗等點校：《永樂大典方志輯佚》，北京：中華書局，2004 年版，第2472 頁。

〔註 37〕 〔清〕屈大均：《廣東新語》，北京：中華書局，1985 年版，第 1 頁。

〔註 38〕 傅振倫：《著名輿地方志學者林傳甲》，黃德馨、傅登舟主編：《中國方志學家研究》，武漢：武漢出版社，1989 年版，第 239 頁。

采，給讀者以生動傳神的深刻印象，其審美觀念與書寫風格頗類似於六朝地記著述中重文采的一脈。如乾隆年間黃寬編修的《平利縣志》卷一「古蹟」之「鳳山滴翠」、「錦屏春霽」，描述該縣的自然風光有云：「自州城四十五里入縣境，過鳳山鋪而下，一路古樹參天，人行濃青鮮綠中，老幹古藤與清泉秀石互相映發，如是者凡十餘里，令人有武陵桃源之想。」「錦屏山高數百仞，環峙城之東南西三面，出城不數十武即是山麓，城中人起居飲食無不與山接者。每至三春時，草色如茵，花容若繡，嫩綠嫣紅，輝映几席，昔人所謂城市山林之勝，莫逾於此。」〔註39〕道光年間鄭珍、莫友芝撰修的《遵義府志》卷四「山川」記述湘山景色云：「在城東南二里，上有大德護國寺。山怪石壘砢，面湘一帶，石猶蒼瘦。古木千章，清陰夾徑，幽風徐引，綠塵細霏。炎天坐臥其間，日影碎金，時聞鳥語，人境雙寂，恍然世外也。」〔註40〕劉知幾《史通・雜述》謂六朝地記作者「人自以為樂土，家自以為名都，競美所居，談過其實」，據以對照上述例子，可見六朝地記對自然山水的熱愛態度，以及寫景手法，潛移默化地對明清方志產生了影響。

清人地理類著作，由於其性質上的原因，還有主要繼承酈道元《水經注》者，如徐松《西域水道記》。此書傚仿《水經注》之體例，「因水以證地，即地以存古」，有記有注，記猶《水經注》之經文，注猶《水經注》之注文，有的注文還附有補注。在寫法上或繼承六朝地記傳統，語言古雅，記述真切，生動傳神，如卷二記述阿克蘇城北四百四十五里木箚爾特冰嶺，卷三記述蘇勒河經過安西州城北一帶優美如畫的景色，皆頗為簡妙。卷四記述哈什河流域風光較為細緻，乃因其在此有過與友人布彥泰等一起流連遊賞的經歷：「哈什河又西，傍北山流二十里，稍折而南，摩多圖吉爾瑪臺水自北來彙……水來自山東北隅峽中，澄清無滓。余與領隊大臣布君彥泰策馬峽中，溯流十里，屏顏積黛，蒙籠撥雲，幽討造深，賞心斯契，垂綸投餌，白小盈筐。水自峽出南流，經將軍營東，自山東南隅峽出。峽長里許，怪石猙獰，累累塞路，激湍環曲，琴築齊鳴。層嶂銜日，晚照薄林，余復與布君褰衣躡磴，徙倚山腹。晉齋將軍籃輿相就，料數茶鎗，指揮談塵，清言畢景，無負溪山矣……哈什河自巴爾加圖以西，渠並漸多，波瀾增遠。南岸峭壁，卓立水次，石罅

〔註39〕鳳凰出版社編選：《中國地方志集成・陝西府縣志輯》第 53 冊，南京：鳳凰出版社，2007 年版，第 397 頁。

〔註40〕黃加服、段志洪主編：《中國地方志集成・貴州府縣志輯》第 32 冊，成都：巴蜀書社，2006 年版，第 88 頁。

松林，重掩蒼翠，閒花野蔓，雜綴青紅。北岸石磯，與水吞吐。余偕布君，每向日晡，河干促坐，借彼濤聲，滌茲塵耳。澄泓深碧，似鏡通明，俯拾文石，盈於懷袖。」〔註41〕書中凡是他興致勃發而遊覽過的地方皆寫得眞切生動。讀到這裡，不由地令人聯想到《水經注》中酈道元記述他早年在青州遊賞湖光山色的文字。某些段落略似晉釋法顯《佛國記》，在記述中流露了濃濃的情感，如卷四寫特克斯河，述及自己乙亥年除夕曾宿沙圖阿璊軍臺：「雪氣不寒，檉樺萌苴，氈廬燭炮，殘杯不乾。澗聲淙淙，胡歌四面，歲暮崢嶸，泣數行下。異鄉之悲，至斯已極。」〔註42〕抒情色彩很濃，宛如釋法顯在天竺所流露之懷念中土的情調。總之，徐松《西域水道記》對《水經注》等六朝地記的書寫傳統多有借鑒吸納，故清彭邦疇爲此書題詞有云：「陸澄、任昉外，遐思酈道元。」

　　六朝地記中以釋法顯《佛國記》爲代表的域外行記，對以後同類著述亦有深遠的影響。如由玄奘口述，辯機撰文，最後經玄奘校訂而成的《大唐西域記》，在一定程度上借鑒了六朝的域外行記。其他如唐悟空《悟空入竺記》、慧超《往五天竺國傳》、杜環《經行記》，宋王延德《西州使程記》、元耶律楚材《西遊錄》、李志常《長春眞人西遊記》、劉郁《西使記》、汪大淵《島夷志略》、周達觀《眞臘風土記》、周致中《異域志》，明陳誠《西域行程記》、《西域番國志》、馬歡《瀛涯勝覽》、費信《星槎勝覽》、鞏珍《西洋蕃國志》等，大體上與釋法顯《佛國記》等爲同一系列的著述。清康熙年間樊守義遊歷歐洲，將親身經歷寫成《身見錄》，也屬同類著述，閻宗臨先生稱「這是我國最早的一部旅歐遊記」，「其性質與《佛國記》相彷彿」。〔註43〕又圖理琛《異域錄》記述異域，主要涉及歐亞北部地區地理風物，其中較生動地描述了貝加爾湖景色。

二、六朝地記的評價

　　與史書地理志相比，六朝地記作者崇尚實用的觀念較爲淡薄，他們在記述中往往講究形象性、生動性、趣味性，喜歡獵奇，乃至採納爲正統史家所不屑的虛誕不經的故事。這種創作傾向，由前面所列舉的地記作品中可以清

〔註41〕〔清〕徐松撰，朱玉麟整理：《西域水道記》，北京：中華書局，2005 年版，第 225 頁。

〔註42〕〔清〕徐松撰，朱玉麟整理：《西域水道記》，北京：中華書局，2005 年版，第 208 頁。

〔註43〕閻宗臨：《中西交通史》，桂林：廣西師大出版社，2007 年版，第 198 頁。

晰地體會出來。有關作者在描寫自然景物方面追求生動傳神，記述人文景觀時則多關注並採納有關奇異傳聞。「競美所居」與「傳諸委巷」是六朝地記之所以具有文學性的兩個重要因素。前者造成了其中自然山水審美意識的高漲，以及描寫景物內容的增多和描寫景物水平的提高；後者則造成作品中對民間傳聞的大膽採擷，許多怪誕神奇的故事強化了此類著述的趣味性、文學性。

　　唐代以來的某些學者，因爲用史書地理志之實用的標準去衡量並要求六朝地記，所以對多數六朝地記持明顯的批評態度。如劉知幾《史通‧雜述》云：「九州土宇，萬國山川，物產殊宜，風化異俗，如各志其本國，足以明此一方，若盛弘之《荊州記》，常璩《華陽國志》，辛氏《三秦》，羅含《湘中》，此之謂地理書也……地理書者，若朱贛所採，浹於九州；闞駰所書，殫於四國。斯則言皆雅正，事無偏黨者矣。其有異於此者，則人自以爲樂土，家自以爲名都，競美所居，談過其實。又城池舊跡，山水得名，皆傳諸委巷，用爲故實，鄙哉！」〔註 44〕這裡僅肯定了朱贛和闞駰二人之書「言皆雅正，事無偏黨」；而否定異於此的著述「競美所居，談過其實」、「傳諸委巷，用爲故實」，內容不眞實、欠雅正。朱贛爲漢成帝時丞相張禹屬吏，奉命博採各地風俗，按地區條貫編之，其內容爲班固《漢書‧地理志》所採。闞駰，十六國至北魏敦煌人，《魏書》卷五十二本傳稱其博通經傳及三史群言，撰《十三州志》行於世，北涼君主沮渠蒙遜甚重之，常侍左右，又主持典校經籍，刊定諸子三千餘卷。其《十三州志》因屬於體例宏偉的地理總志且眞實性強而受到唐代學者的稱道，劉知幾之後，顏師古也青睞此書。顏氏注《漢書‧地理志》時，棄而不採眾多的六朝地記，他明確指出：「中古以來，說地理者多矣，或解釋經典，或撰述方志，競爲新異，妄有穿鑿，安處互會，頗失其眞。後之學者，因而祖述，曾不考其謬論，莫能尋其根本。今並不錄，蓋無尤焉。」〔註 45〕但卻大量徵引了《十三州志》，可見在顏師古心目中，《十三州志》異

〔註 44〕　〔唐〕劉知幾撰，〔清〕浦起龍釋：《史通通釋》，上海：上海古籍出版社，1978年版，第 274～276 頁。

〔註 45〕　《漢書》卷 28 上《地理志上》，北京：中華書局，1962 年版，第 1543 頁。需要指出，顏師古所注《漢書》的其他篇章中，或有徵引《十三州志》以外之六朝地記者。如《張耳傳》注引用了晉裴淵《廣州記》及宋鄧德明《南康記》；即使是注《地理志》時，也還引用了《晉太康地記》、《華陽國志》、《秦州記》、《廣州記》等，其內容且涉及民間傳聞，如注雁門郡馬邑縣時引《太康地記》云：「秦時建此城輒崩不成，有馬周旋馳走反覆，父老異之，因依以築城，遂名爲馬邑。」注南海郡龍川縣時引《廣州記》云：「本博羅縣之東鄉也，有龍

於其他地志，未沾染競爲新異、穿鑿附會、虛妄失眞之弊。杜佑、李吉甫的基本立場及觀念同於劉知幾、顏師古，主徵實而斥虛妄，並進一步突出強調地記之體國經野有裨於治的實用功能。杜佑《通典・州郡典序》指出地理書的佐治功能：「凡言地理者，在辨區域，徵因革，知要害，察風土。」在此觀念的基礎上，他批評辛氏《三秦記》、常璩《華陽國志》、羅含《湘中記》、盛弘之《荊州記》之類地理書「誕而不經，遍記雜說」，「皆自述鄉國靈怪，人賢物盛，參以他書，則多紕謬」。當然這是他從大體上而言的，就具體而言，杜佑《通典》「州郡典」十四卷之中的某些記述，不僅參考吸收了六朝地記的有關內容，間或直接引用了《三秦記》、《荊州記》、《武陵記》、《輿地記》、《南雍州記》、《吳興記》、《錢塘記》、《會稽記》、《南康記》、《宜都記》、《述征記》等十來種六朝地記，由此可見他在一定程度上還是認可六朝地記的地理價值的。李吉甫的言論則愈益旗幟鮮明，其《元和郡縣圖志序》特別看重地理書體國經野的資治功能：「臣吉甫……以爲成當今之務，樹將來之勢，則莫若版圖地理之爲切也……況古今言地理者凡數十家，尙古遠者或搜古而略今，採謠俗者多傳疑而失實，飾州邦而敘人物，因丘墓而徵鬼神，流於異端，莫切根要。至於丘壤山川，功守利害，本於地理者，皆略而不書，將何以佐明王扼天下之吭，制群生之命，收地保勢勝之利，示形束壤制之端，此微臣之所以精研，聖后之所宜周覽也。」〔註46〕以如此觀念、立場看待熱衷於「鄉國靈怪，人賢物盛」之內容記述的六朝地記，當然會發出不滿、輕視的言論或否定的判斷〔註47〕。類似的立場、觀念，以後也時有所見，雖然其並非專門或直接針對六朝地記，但其指責的內容卻是與六朝地記一脈相承的，其觀念則是與唐人前後相續的。如元許汝森《嵊志・序》不滿某些方志：「紀山川則附以幽怪之說，論人物則偏於清放之流……他如草木禽魚之詁，道館僧廬之疏，率皆附以浮詞而過其實。」〔註48〕清齊召南撰《水道提綱》二十八卷，「其自序譏古來記地理者，志在藝文，情侈觀覽。或於神仙荒怪，遙續《山海》；

穿地而出，即穴流泉，因以爲號。」雖僅用以解釋地名來源，但亦可見顏師古並未完全抹殺《十三州志》以外六朝地記的地學價值。

〔註46〕〔唐〕李吉甫撰，賀次君點校：《元和郡縣圖志》，北京：中華書局，1983年版，第2頁。

〔註47〕參見胡寶國撰：《漢唐間史學的發展・州郡地志》，北京：商務印書館，2003年版。

〔註48〕張國淦：《中國古方志考》，北京：中華書局，1962年版，第379頁。

或於洞天梵宇，揄揚仙佛；或於遊蹤偶及，逞異炫奇。形容文飾，只以供詞賦之用。」〔註49〕章學誠認為志書的功能在於實用，《文史通義·記與戴東原論修志》：「夫修志者，匪示觀美，將求其實用也。」秉持這種觀念，其《答甄秀才論修志第一書》批評張揚文采的志書云：「志乃史體，原屬天下公物，非一家墓誌壽文，可以漫為浮譽，悅人耳目者……每見文人修志，凡景物流連，可騁文筆，典故考訂，可誇博雅之處，無不津津累牘。」其《修志十議》總結修志「八忌」，其中有忌偏尚文辭、忌妝點名勝、忌貪載傳奇。〔註50〕

相反，若衝破崇實尚用的觀念，從文學價值的角度看待六朝地記，則會得出與唐代某些學者截然不同的判斷，前者輕視或否定的，往往變成了後者重視且肯定的。故評價六朝地記，當然也會有從審美角度著眼的一脈。

如明代楊慎《升菴集·論文》「諸家地理」條，就從文學的視角，對六朝幾部篇幅較大的地記著作格外關注，予以直接的高度的評價：「地志諸家，予獨愛常璩《華陽國志》，次之則盛弘之《荊州記》。《荊州記》載鹿門事云：『龐德公居漢之陰，司馬德操定州之陽，望衡對宇，歡情自接，泛舟騫裳，率爾體暢。』記沮水幽勝云：『稠木傍生，淩空交合，危巒傾嶽，恒有體勢。風泉傳響於青林之下，巖猿流聲於白雲之上。遊者常苦目不周玩，情不給賞。』若此二段，讀之使人神遊八極，信奇筆也。記三峽水急云：『朝發白帝，暮宿江陵，凡一千二百餘里，雖飛雲迅鳥，不能過也。』李太白詩：『朝發白帝彩雲間，千里江陵一日還。』杜子美云：『朝發白帝暮江陵』，皆用盛弘之語也。」〔註51〕其後的鍾惺、譚元春酷愛《水經注》之寫景內容，甚至認為酈注的唯一價值在於山水描寫，譚氏在其《刻水經注批點序》中云：「夫予之所得於酈注者，自空濛蕭瑟之外，真無一物，而獨喜善長讀萬卷書，行盡天下山水，囚捉幽異，掬弄光彩，歸於一緒。」〔註52〕此外的某些對《水經注》的高度評價，也往往擺脫實用觀念的束縛，而重視其採擷廣博、記述細緻、文辭生動的特色。如明周嬰《卮林》卷一《析酈》高度稱贊此書云：「若其括地脈川，紬奇甄異，六合之外，宛在目中，三竺之流，如濯足下，神州地志，斯為最

〔註49〕〔清〕永瑢、紀昀等：《四庫全書總目》，卷69《史部地理類二》，北京：中華書局，1965年版，第616頁。

〔註50〕〔清〕章學誠撰，葉瑛校注：《文史通義校注》，北京：中華書局1985年版，第870、821、843頁。

〔註51〕王水照：《歷代文話》第二冊，上海：復旦大學出版社，2007年版，第1667頁。

〔註52〕〔明〕譚元春撰，陳杏珍標校：《譚元春集》，上海：上海古籍出版社，1998年版，第598頁。

環矣。」〔註53〕清劉獻廷《廣陽雜記》卷四以「妙絕古今」評價了酈注高超的寫景藝術。趙一清《水經注釋・自序》盛讚酈注，亦頗關注其內容富贍、講究文采之美的寫作追求。有些評價雖非直接針對《水經注》，但不免涉及對此書文學因素的間接肯定，如清四庫館臣評價宋高似孫《剡錄》有云：「徵引極為該洽，唐以前佚事遺文頗賴以存。其先賢傳每事必注其所據之書，可以為地志紀人物之法；其山水記仿酈道元《水經注》例，脈絡井然，而風景如覿，亦可為地志紀山水之法。」〔註54〕其指出《剡錄》傚仿《水經注》而在記述山水方面所取得的成就，是對《水經注》傑出的山水描寫水平的認可和肯定，這樣的立場與視角頗異於劉知幾等。陳橋驛先生概括酈注的成就，不僅著眼於其以河流為綱的自然地理與人文地理等方面偉大貢獻，亦著眼於其以文筆生動而卓立歷代地理著作之上的獨特價值，有云：「區域地理著作，內容易於刻板化，近人稱此為『地理八股』。其實這種情況並不始於今日，如《禹貢》各州，《漢書・地理志》各郡縣，所寫也都是千篇一律的東西。以後如《元和郡縣志》、《太平寰宇記》等，都不能跳出這一窠臼。但《水經注》描寫每一流域，卻是文字生動，內容多變，使人百讀不厭。這是區域地理著作在我國地學史上的一個突出例子。」〔註55〕這段話除了對《太平寰宇記》的評價略覺欠妥之外，總體上屬於卓見。我國古代志書的基本發展軌跡是體例越來越完備，內容越來越凝固而趨於程序化。張國淦先生云：「方志之書，至趙宋而體例始備，舉凡輿圖、疆域、山川、名勝、建置、職官、賦稅、物產、鄉里、風俗、人物、方技、金石、藝文、災異，無不彙於一編。」〔註56〕趙宋以後更是如此。其負面的後果則是作者自由靈活的寫作空間日益受到擠壓而趨於狹窄。與史書地理志及程序化了的方志之崇尚質實、追求經世致用相比，六朝地記是一種很個人化的寫作體裁，作者的寫作態度不必像史家那樣嚴謹，在對材料的選擇加工處理上亦很隨便自由，可以獵奇搜異，可以馳騁文采，可以潤色美化，可以想像虛構，可以張揚個性，因而文學因素得以滲透和強化。這種情況雖在一定程度上削弱了其作為地理書的實用性質，但卻提升了其文學審美價值，因而在中國文學發展的歷程中留下不可磨滅的印跡。

〔註53〕〔明〕周嬰撰，王瑞明點校：《卮林》，福州：福建人民出版社，2006年版，第22頁。

〔註54〕〔清〕永瑢、紀昀等：《四庫全書總目》，卷68《史部二十四地理類一》「《剡錄》」條，北京：中華書局，1965年版，第616頁。

〔註55〕陳橋驛：《酈學新論》，太原：山西人民出版社，1992年版，第58頁。

〔註56〕張國淦：《中國古方志考・敘例》，北京：中華書局，1962年版，第2頁。

第三章 六朝散文抒情性的強化

抒情是古今文學作品的重要功能。先秦兩漢文學之抒情，主要載體爲詩賦作品，而其時散文的主要功能爲說理議政、敘事寫人，抒情性則較爲淡薄。魏晉南北朝時期，散文的抒情性得以空前強化，成爲本期文學發展中呈現出的一大亮點。就諸文體比較而言，哀祭文和書牘文的抒情性尤爲突出。本章將對此予以重點論述。

第一節 六朝重情風尙

魏晉南北朝散文抒情性之高漲，與那個時代士林中之重情風尙的流行密切相關。《世說新語》對魏晉時期士人的重情風尙有較豐富的記載。此外，其他作品也不乏某些相關的議論。本節對有關材料略作梳理。

宗白華先生在《論〈世說新語〉與晉人的美》一文中指出：「漢末魏晉六朝是中國政治上最混亂、社會上最痛苦的時代，然而卻是精神史上極自由、極解放，最富於智慧、最濃於熱情的一個時代。」此爲宏觀之精當概括。魏晉人往往肯定並突出人之情感的重要性或普遍性，如魏晉之際的袁準主張「緣情制禮」，淡化並調和情與禮的衝突，其《袁子正書》云：「禮者，何也，緣人情而爲之節文者也」。何晏認爲聖人無喜怒哀樂之情，王弼對此持異議，「以爲聖人茂於人者神明也，同於人者五情也。」〔註1〕聖人與凡人一樣，也有喜怒哀樂之情。「情」是人之爲人的自然屬性，「夫喜、懼、哀、樂，民之自然，應感而

〔註1〕〔晉〕陳壽撰，〔南朝宋〕裴松之注：《三國志》，卷28《鍾會傳》注引何劭《王弼傳》，北京：中華書局，1959年版，第795頁。

動，則發乎聲歌」〔註2〕。見到知己則喜，親人死亡則悲，此乃人之常情，聖人也不例外：「夫明足以尋極幽微，而不能去自然之性。顏子之量，孔子之所預在，然遇之不能無樂，喪之不能無哀。」〔註3〕王弼之前，山陽王氏的著名人物王粲在《登樓賦》抒寫懷念故鄉之情，以孔子、鍾儀、莊舄等人爲例，表明無論是聖人，還是凡人，無論是窮，還是達，皆有懷鄉之情，云：「昔尼父之在陳兮，有歸歟之歎音；鍾儀幽而楚奏兮，莊舄顯而越吟。人情同於懷土兮，豈窮達而異心！」此映證了王弼的觀念淵源有自，可謂魏晉時期典型的「聖人有情」的聲音。西晉著名文人潘岳也認爲即使是聖賢，懷鄉之情亦同於凡人，其《西征賦》云：「丘過魯而顧歎，季過沛而涕零。伊故鄉之可懷，疢聖達之幽情。」觀念與王粲一脈相承。某些作品表現的雖然不是什麼社會重大問題，但卻是人世間最普遍而動人的感情。六朝是一個亂而不已，人命危淺的時代，又是一個思想相對解放的時代。在這個時代，被漢代經學政教文論觀所抑制的人之常情，即日常生活中的悲歡愛惡情懷，日益受到人們的關注，在此背景中，時人對違背人之常情的行爲不免有所微詞。如西晉著名文人孫楚，雖頗爲推重老莊之學，但其在《莊周贊》一文中卻毫不留情地批評莊周：「妻亡不哭，亦何所懼？慢弔鼓缶，放此誕言。殆矯其情，近失自然。」〔註4〕時人對重情的人物及故事持欣賞態度。從《世說新語》的記載中，可以看出魏晉人特別重情，對情感表現確實是較少節制的。

> 衛洗馬（衛玠）初欲渡江，形神慘頓，語左右云：「見此芒芒，不覺百端交集。苟未免有情，亦復誰能遣此！」〔註5〕

> 郗（郗超）受假還東，帝（簡文帝司馬昱）曰：「致意尊公（郗愔），家國之事，遂至於此！由是身不能以道匡衛，思患預防，愧歎之深，言何能喻！」因泣下流襟。〔註6〕

〔註2〕 樓宇烈：《王弼集校釋》，北京：中華書局，1980 年版，第 625 頁。

〔註3〕 〔晉〕陳壽撰，〔宋〕裴松之注：《三國志》，卷 28《鍾會傳》注引何劭《王弼傳》，北京：中華書局，1959 年版，第 796 頁。

〔註4〕 〔清〕嚴可均：《全晉文》，卷 60，《全上古三代秦漢三國六朝文》，北京：中華書局，1958 年版，第 1803 頁。

〔註5〕 余嘉錫：《世說新語箋疏》，《言語第二》第 32 條，北京：中華書局，1983 年版，第 111 頁。

〔註6〕 余嘉錫：《世說新語箋疏》，《言語第二》第 59 條，北京：中華書局，1983 年版，第 141 頁。

王戎（一作王衍）喪兒萬子，山簡往省之，王悲不自勝。簡曰：「孩抱中物，何至於此？」王曰：「聖人忘情，最下不及情；情之所鍾，正在我輩。」〔註7〕

郗嘉賓（郗超）喪，左右白郗公（郗愔）：「郎喪。」既聞，不悲，因語左右：「殯時可道。」公往臨殯，一慟幾絕。〔註8〕

王子猷（王徽之）、子敬（王獻之）俱病篤，而子敬先亡。子猷問左右：「何以都不聞消息？此已喪矣！」語時了不悲。便索輿來奔喪，都不哭。子敬素好琴，便徑入坐靈床上，取子敬琴彈，弦既不調，擲地云：「子敬！子敬！人琴俱亡。」因慟絕良久，月餘亦卒。〔註9〕

孫子荊（孫楚）除婦服，作詩以示王武子（王濟）。王曰：「未知文生於情，情生於文。覽之悽然，增伉儷之重。」〔註10〕

荀奉倩（荀粲）與婦至篤，冬月婦病熱，乃出中庭自取冷，還以身熨之。婦亡，奉倩後少時亦卒。〔註11〕

王仲宣（王粲）好驢鳴。既葬，文帝（曹丕）臨其喪，顧語同遊曰：「王好驢鳴，可各作一聲以送之。」赴客皆一作驢鳴。〔註12〕

顧彥先（顧榮）平生好琴，及喪，家人常以琴置靈床上。張季鷹（張翰）往哭之，不勝其慟，遂徑上床，鼓琴，作數曲竟，撫琴曰：「顧彥先頗復賞此不？」因又大慟，遂不執孝子手而出。〔註13〕

〔註7〕 余嘉錫：《世說新語箋疏》，《傷逝第十七》第4條，北京：中華書局，1983年版，第751頁。

〔註8〕 余嘉錫：《世說新語箋疏》，《傷逝第十七》第 12 條，北京：中華書局，1983年版，第756頁。

〔註9〕 余嘉錫：《世說新語箋疏》，《傷逝第十七》第 16 條，北京：中華書局，1983年版，第759頁。

〔註10〕 余嘉錫：《世說新語箋疏》，《文學第四》第72條，北京：中華書局，1983年版，第300頁。

〔註11〕 余嘉錫：《世說新語箋疏》，《惑溺第三十五》第2條，北京：中華書局，1983年版，第1075頁。

〔註12〕 余嘉錫：《世說新語箋疏》，《傷逝第十七》第 1 條，北京：中華書局，1983年版，第748頁。

〔註13〕 余嘉錫：《世說新語箋疏》，《傷逝第十七》第 7 條，北京：中華書局，1983年版，第753頁。

支道林（支遁）喪法虔之後，精神實喪，風味轉墜。常謂人曰：「昔匠石廢斤於郢人，牙生輟絃於鍾子，推己外求，良不虛也！冥契既逝，發言莫賞，中心蘊結，余其亡矣！」卻後一年，支遂殞。〔註14〕

桓公（桓溫）北征經金城，見前為琅邪時種柳，皆已十圍，慨然曰：「木猶如此，人何以堪！」攀枝執條，泫然流淚。〔註15〕

王子敬（王獻之）曰：「從山陰道上行，山川自相映發，使人應接不暇。若秋冬之際，尤難為懷。」〔註16〕

桓公（桓溫）入蜀，至三峽中，部伍中有得猿子者。其母緣岸哀號，行百餘里不去，遂跳上船，至便即絕。破視其腹中，腸皆寸寸斷。公聞之，怒，命黜其人。〔註17〕

親情、友情、故國之情、山水之情、年華流逝之情等等，一一展示，真實自然，可謂六朝人豐富情感世界之薈萃。其中有兩條記述涉及桓溫這位東晉文武奇才那麼深於情，尤為感人。

先秦兩漢文，主要功能是論政說理、寫人記事，偶有一些抒情性較強的作品，所抒發的也多是仕途榮悴等與士人政治命運有關的感情，這種情況至魏晉時期終於發生了較大的轉變。魏晉南北朝散文長於抒情，首先表現在抒情色彩濃重的散文作品騰踊，數量空前；其次表現在抒情範圍擴大，抒情性質有所變化，既有抒發政壇上受挫、懷才不遇或盡忠報國之情的，也有抒發日常生活中親情、友情及生離死別之情等各種各樣情緒的；而從數量上看，後者已取代前者，成為抒情散文的主流。其原因：1、以修齊治平為人生價值取向的儒家思想喪失獨尊的地位，士人思想獲得春秋戰國以來又一次巨大的解放，向內發現自我的豐富情懷，向外則發現自然景物的美；2、社會思想的解放影響到文學觀念的變化，漢代盛行的政教功利主義文學觀受到巨大的衝

〔註14〕余嘉錫：《世說新語箋疏》，《傷逝第十七》第 11 條，北京：中華書局，1983年版，第 755 頁。

〔註15〕余嘉錫：《世說新語箋疏》，《言語第二》第 55 條，北京：中華書局，1983 年版，第 135 頁。

〔註16〕余嘉錫：《世說新語箋疏》，《言語第二》第 91 條，北京：中華書局，1983 年版，第 172 頁。

〔註17〕余嘉錫：《世說新語箋疏》，《黜免第二十八》第 2 條，北京：中華書局，1983 年版，第 1015 頁。

擊，文學的情感特徵、形象特徵受到前所未有的重視，表現日常生活內容與情懷，顯示自我才華與個性，成爲文人在創作上的普遍追求；3、書寫物質條件的進步。紙在這個時期逐漸成爲主要的文字書寫載體，在很大程度上解放與強化了人們的寫作熱情，不必依賴簡帛，無關政教的抒情文字可隨時書寫。

劉勰《文心雕龍・情采》批評「爲文而造情」，「淫麗而煩濫」的不良創作風氣：「遠棄風雅，近師辭賦，故體情之制日疏，逐文之篇愈盛。」把「體情」與「逐文」對立起來，將二者的存在視爲一種彼消此長的關係。這是基於宗經思想的一種片面看法。事實上，六朝時期許多文學作品「體情」與「逐文」是同步並進的，二者並非處於劉勰所謂的相互消長的關係之中。

第二節　一往情深的哀祭文

魏晉南北朝作爲文章抒情性空前高漲的時代，哀祭文的發達頗能顯示這一時期散文中抒情成分濃重的情形。誄、弔、哀、祭，古已有之，但數量較少且抒情色彩淡薄，到了魏晉時期，哀、誄、弔、祭的寫作，蔚然成風，不但誄別人，而且祭自己，不但哀時人，而且弔古人，使此類文體成爲宣洩感情的重要形式。

哀祭類文體中的祭、弔、哀辭，主觀性強，重在抒情。前代此類作品甚少，魏晉南北朝文章的抒情性在整體上得到強化，故此類主觀抒情性強烈的作品大盛。誄文性質則與之有所差異，原本重在記述死者德行，漢代誄文即以述德爲主，述哀一般作爲文章後半部分儀式性的點綴，故漢代誄文罕有以情動人的作品。魏晉南北朝誄文則轉爲述德、述哀並重，或偏重抒寫悲哀之情，故湧現不少以情動人的優秀作品，蕭統《文選》於誄體文部分，全部選錄的是魏晉南北朝作家的作品，道理即在此。其中所選曹植《王仲宣誄》，潘岳《楊荊州誄》、《楊仲武誄》、《夏侯常侍誄》、《馬汧督誄》，顏延之《陽給事誄》、《陶徵士誄》，謝莊《宋孝武宣貴妃誄》等皆有濃重的抒情性。陸機《文賦》概括誄文特色云：「誄纏綿而悽愴」，突出了魏晉誄文表現悲哀的抒情功能。劉勰《文心雕龍・誄碑》亦云：「詳夫誄之爲制，蓋選言錄行，傳體而頌文，榮始而哀終。論其人也，曖乎若可覿；道其哀也，悽焉如可傷。」〔註18〕這皆是針對魏晉南北朝誄文的中肯評價。

〔註18〕范文瀾：《文心雕龍注》，北京：人民文學出版社，1958 年版，第 213～214 頁。

一、潘岳與魏晉哀祭文

魏晉哀祭文最傑出的作家為西晉潘岳，但在他之前已經產生了一些優秀的作家作品，茲先從漢魏之際的禰衡談起。

禰衡生活於漢魏之際，其作品雖少卻精。《弔張衡文》抒寫對東漢最傑出之人才張衡的景仰，情深意長，辭云：「南嶽有精，君誕其姿；清和有理，君達其機。故能下筆繡辭，揚手文飛。昔伊尹值湯，呂望遇旦。嗟矣君生，而獨值漢。蒼蠅爭飛，鳳皇已散……余生雖後，身亦存遊。士貴知己，君其勿憂。」〔註 19〕作者以張衡的異代知己自居，在對張衡表示非常敬重以及對其不幸遭遇的同情中，流露了作者「見善若驚，疾惡如仇」的為人個性。

曹操《祀故太尉橋玄文》祭祀橋玄，亦為哀祭文名篇。橋玄為漢魏之際著名的人物品鑒家，曹操早年經其賞識而為士林所知，彼此關係密切，故曹操這篇祭文的重點在於通過追憶他與橋玄的交往，從而自然地引出自己的懷念與悲傷，抒情性相當濃重：「故太尉橋公，誕敷明德，汎愛博容，國念明訓，士思令謨。靈幽體翳，邈哉晞矣。吾以幼年逮升堂室，特以頑鄙之姿，為大君子所納。增榮益觀，皆由獎助，猶仲尼稱不如顏淵，李生之厚歡賈復。士死知己，懷此無忘。又承從容約誓之言：『殂逝之後，路有經由，不以斗酒隻雞過相沃酹，車過三步，腹痛勿怪。』雖臨時戲笑之言，非至親之篤好，胡肯為此辭乎？匪謂靈忿能詒己疾，舊懷惟顧，念之悽愴！」〔註 20〕其中述及當年橋玄與作者的戲謔瑣事，內蘊深厚的生死存亡感慨，有不勝晞噓之情致。

王粲的《弔夷齊文》則在憑弔古人以抒情的同時表現他歸曹以後積極用世的思想，辭曰：

> 歲旻秋之仲月，從王師以南征。濟河律而長驅，踰芒阜之崢嶸。覽首陽于東隅，見孤竹之遺靈。心於悒而感懷，意惆悵而不平。望壇宇而遙弔，抑悲古之幽情。知養老之可歸，忘除暴之為念。絜己躬以騁志，愆聖哲之大倫。忘舊惡而希古，退採薇以窮居。守聖人之清概，要既死而不渝。屬清風于貪士，立果志于懦夫。至于今而見稱，為作者之表符。雖不同于大道，合尼父之所譽。〔註 21〕

〔註 19〕〔清〕嚴可均：《全後漢文》，卷 87，《全上古三代秦漢三國六朝文》，北京：中華書局，1958 年版，第 943 頁。

〔註 20〕〔清〕嚴可均：《全三國文》，卷 3，《全上古三代秦漢三國六朝文》，北京：中華書局，1958 年版，第 1071 頁。

〔註 21〕〔清〕嚴可均：《全後漢文》，卷 91，《全上古三代秦漢三國六朝文》，北京：

　　王粲在文中對夷、齊有貶有褒。從政治倫理觀念上，他認爲夷齊「忘除暴之爲世」，「愆聖哲之大倫」，是「不同於大道」的，批評其消極避世，對社會不負責任，對革除暴政的正義事業持冷漠態度。齊梁著名文論家劉勰《文心雕龍・哀弔》稱這是一篇「傷其隘」，「譏呵實工」的作品。漢魏之際，天下動蕩不已，致使生靈塗炭，一些懷有政治理想的文人希望撥亂反正，拯救世難，具體表現爲積極用世，充滿建功立業的抱負。史稱王粲「性躁競」〔註22〕，實質是用世之心強烈，其《登樓賦》中「冀王道之一平兮，假高衢而騁力，懼匏瓜之徒懸兮，畏井渫之莫食」四句，渴望一展抱負之情溢於言表。《弔夷齊文》正是用弔文的形式寄託了這一思想。另一方面，作者對夷、齊的褒意，沿襲儒家先師的傳統觀念，側重於對其「厲清風於貪士，立果志於懦夫」的節操的肯定，「合尼父之所譽」云云〔註23〕，是一種人格精神的評價，自不可與前面的政治倫理評價等量齊觀。

　　曹植《王仲宣誄》懷念逝去的友人王粲，抒情性濃重，作者在誄文中以第一人稱撫今思昔，記述彼此友誼，涉及親密的戲謔，而今好友逝去，他幻想飛翔天衢與之神靈會見：「吾與夫子，義貫丹青，好和琴瑟，分過友生。庶幾遐年，攜手同征。如何奄忽，棄我夙零。感昔宴會，志各高厲。予戲夫子，金石難弊，人命靡常，吉凶異制。此驩之人，孰先殞越？何寤夫子，果乃先逝。又論死生，存亡數度。子猶懷疑，求之明據。儻獨有靈，游魂泰素，我將假翼，飄飆高舉，超登景雲，要子天路。」〔註24〕深情綿邈，十分感人。六朝誄文中這樣的寫法，子建開了一個好頭。劉勰《文心雕龍・誄碑》批評曹植《魏文帝誄》主觀性強烈，自抒情志的文字過多，乖於傳統誄體之風貌，云：「陳思叨名，而體實繁緩。《文皇誄》末，旨言自陳，其乖甚矣。」〔註25〕這不僅印證了曹植本人在《前錄序》中所謂「其所尙也，雅好慷慨」的審美表白，也說明了誄體文到了曹植手中，抒情性得以強化的事實。

　　　　中華書局，1958年版，第966頁。
〔註22〕〔晉〕陳壽撰，〔宋〕裴松之注：《三國志》，卷23《杜襲傳》，北京：中華書局，1959年版，第660頁。
〔註23〕《孟子・萬章下》：「孟子曰：伯夷……當紂之時，居北海之濱，以待天下之清也。故聞伯夷之風者，頑夫廉，懦夫有立志。」《論語・述而》：「子貢問孔子曰：『伯夷叔齊何人也？』孔子曰：『古之聖人也。』」
〔註24〕〔清〕嚴可均《全三國文》，卷19，《全上古三代秦漢三國六朝文》，北京：中華書局，1958年版，第1155頁。
〔註25〕范文瀾：《文心雕龍注》，北京：人民文學出版社，1958年版，第213頁。

　　潘岳以善寫哀誄文著稱。王隱《晉書》稱潘岳善屬文,「哀誄之妙,古今莫比,一時所推。」潘岳本「情深之子」,一生中又接連遭遇親友亡故的打擊,他的子、女幼齡而亡,尤其是結髮妻子楊氏的病故,更給她帶來沉重的創痛。這深於情的個性,特殊的慘痛境遇,一經匯入整個時代的重情的洪流,便思緒勃發,不能自持,從而成為六朝第一號撰寫哀祭文的高手。

　　潘岳所寫這類文字頗多,最有價值的就是那些哀悼家人、哀悼親戚朋友以及哀悼忠臣志士的作品。其之所以感動歷代讀者,在於「善敘哀情」、「慮善辭變,情洞悲苦」〔註26〕,清何焯稱其「含悲引泣,文以情變。」〔註27〕意思與劉勰相同。《哀永逝文》是悼念亡妻之作,其中抒發送葬時的哀痛之情,纏綿沉摯,淒婉欲絕,如寫送殯途中一段:

　　　　去華輦兮初邁,馬迴首兮旋斾,風泠泠兮入帷,雲霏霏兮承蓋。
　鳥俛翼兮忘林,魚仰沫兮失瀨。悵悵兮遲遲,遵吉路兮凶歸。思其
　人兮已滅,覽餘迹兮未夷。昔同塗兮今異世,憶舊歡兮增新悲。謂
　原隰兮無畔,謂川流兮無岸;望山兮寥廓,臨水兮浩汗;視天日兮
　蒼茫,面邑里兮蕭散,匪外物兮或改,固歡哀兮情換。〔註28〕

　　寫自己的哀痛之深,以至於感到山川為之改容,天日為之變色,確實深切到極至。為了表現淒婉欲絕、難以消釋的悲痛,作者採用反覆詠歎的方式,並通過較多的景物描寫以烘託渲染至悲氣氛,纏綿悽愴,充分體現了作者獨特的「淋漓傾注,宛轉側折,旁寫曲訴,刺刺不能休」(陳祚明《采菽堂古詩選》卷十一)的抒情藝術,晚明孫鑛稱其「由真寫出,委曲綿至」(清于光華《文選集評》卷十四引)。其中警策之句絡繹而出,如:「昔同途兮今異世,憶舊歡兮增新悲」,「視天日兮蒼茫,面邑里兮蕭散。匪外物兮或改,固歡哀兮情換」,「歸反哭兮殯宮,聲有止兮哀無終」,抒寫對亡妻的一往情深,清邵子湘稱其為「哀詞絕調」(同上)。

　　潘岳所寫誄文較多,最著名者為《馬汧督誄》、《楊荊州誄》、《楊仲武誄》、《夏侯常侍誄》等,其特點是主觀感情色彩很重,往往在誄文中插入與被誄對象在世時交往的回憶,正面抒發對逝者的深情。如《楊仲武誄》誄妻侄楊仲武,云:

〔註26〕范文瀾:《文心雕龍注》,北京:人民文學出版社,1958年版,第240頁。

〔註27〕高步瀛:《魏晉文舉要》,北京:中華書局,1989年版,第130頁。

〔註28〕〔清〕嚴可均:《全晉文》,卷93,《全上古三代秦漢三國六朝文》,北京:中華書局,1958年版,第1998頁。

> 嗚呼仲武，痛哉奈何！德宮之難，因次外寢。惟我與爾，對筵
> 接枕。自時迄今，曾未盈稔。姑任繼隕，何痛斯甚。嗚呼哀哉！披
> 帙散書，屢觀遺文；有造有寫，或草或眞。執玩周復，想見其人。
> 紙勞于手，涕沾于巾。〔註29〕

《楊荊州誄》誄岳父楊肇，云：

> 余以頑蔽，覆露重陰。仰追先考，執友之心；俯感知己，識達
> 之深。承諱忉怛，涕淚霑襟。豈忘載奔，憂病是沈。在疾不省，于
> 亡不臨。舉聲增慟，哀有餘音。〔註30〕

《夏侯常侍誄》誄友人夏侯湛，云：

> 存亡永訣，逝者不追。望子舊車，覽爾遺衣，愊抑失聲，迸涕
> 交揮。非子爲慟，我慟爲誰？嗚呼哀哉！日往月來，暑退寒襲，零
> 露沾凝，勁風淒急。慘爾其傷，念我良執。適子素館，撫孤相泣。
> 前思未弭，後感仍集。積悲滿懷，逝矣安及。〔註31〕

這些哀誄之作都顯示了抒情的深切化、生活化的特點。

潘岳《馬汧督誄》，表彰英烈，憎惡邪佞，是非鮮明，激情洋溢。作者以
無限景仰的筆調記述馬敦智勇兼備，誓死守衛汧城，救民於水火，保護數百
萬石糧食的英雄行爲；同時，對馬敦遭人誣陷，冤死牢獄的不幸命運滿懷悲
慨，義憤塡膺。誄乃四言韻文，敘事本非所長，但潘岳此誄在敘述中筆挾感
憤，運之以設身處地的細緻記述，故將馬敦艱苦抗敵的英雄事蹟寫得生氣凜
然：

> 知人未易，人未易知。嗟茲馬生，位末名卑。西戎猾夏，乃奮
> 其奇。保此汧城，救我邊危。彼邊奚危？城小粟富。子以眇身，而
> 裁其守。兵無加衛，墉不增築。婪婪群狄，豺虎競逐。鞏更恣睢！
> 潛時官寺，齊萬虓闞，震驚臺司。聲勢沸騰，種落煽熾，旌旗電舒，
> 戈矛林植，彤珠星流，飛矢雨集。惴惴士女，號天以泣。爨麥而炊，
> 負戶以汲。累卵之危，倒懸之急。

〔註29〕〔清〕嚴可均：《全晉文》，卷92，《全上古三代秦漢三國六朝文》，北京：中
　　　　華書局，1958年版，第1993頁。

〔註30〕〔清〕嚴可均：《全晉文》，卷92，《全上古三代秦漢三國六朝文》，北京：中
　　　　華書局，1958年版，第1993頁。

〔註31〕〔清〕嚴可均：《全晉文》，卷93，《全上古三代秦漢三國六朝文》，北京：中
　　　　華書局，1958年版，第1995頁。

馬生爰發，在險彌亮，精冠白日，猛烈秋霜，稜威可屬，懦夫克壯，霑恩撫循，寒士挾纊。蠢蠢犬羊，阻眾陵寡，潛隧密攻，九地之下。愜愜窮城，氣若無假，昔命懸天，今也惟馬。惟此馬生，才博智贍。偵以瓶壺，劋以長塹。錘未見鋒，火以起焰，薰屍滿窟，梧穴以斂。木石匱竭，箕稈空虛，瞠然馬生，傲若有餘。哭梁爲礌，柿松爲弩，守不乏械，歷有鳴駒。〔註32〕

作者還抒寫了對部司誣陷馬敦的痛恨及馬敦的死不瞑目：

猾哉部司，其心反側，斯善害能，醜正惡直。牧人逶迤，自公退食，聞穢鷹揚，曾不戢翼。忘爾大勞，猜爾小利，苟莫開懷，于何不至。慨慨馬生，琅琅高致，發憤圅圅，沒而猶脈。〔註33〕

潘岳滿懷正氣，義憤塡膺的創作狀態得以凸顯。晚清曾國藩父子及之後的高步瀛酷愛此文，高氏稱：「詞旨沉鬱，聲情激越，部司之嫉才，烈士之冤憤，俱能曲曲傳出。宜曾文公正篤好斯篇，並深許其子惠敏稱爲沉鬱似《史記》之言也。」〔註34〕曾氏父子及高步瀛皆桐城文派中人，素對六朝文懷有偏見，而竟然如此高度評價潘岳此文，足可見其價值不凡。

潘岳還有一些哀歎小孩夭折的作品。哀悼的對象，有自家孩子，也有親戚家的孩子。先說《爲任子咸妻作孤女澤蘭哀辭》。任子咸是潘岳的朋友，其妻爲潘岳的妻妹。子咸二十歲病卒，其妻寡居，潘岳曾爲作《寡婦賦》；後來其幼女澤蘭夭折，潘岳聞而悲傷，又爲妻妹作此哀辭。哀辭先突出澤蘭美麗聰慧，惹人喜愛，然後寫其不幸夭折，其母悲痛欲絕。眼前浮現澤蘭活潑可愛的面容，耳邊回響起澤蘭甜美親切的叫聲，撫摸澤蘭穿過的小衣服，可憐的母親徘徊墳壟，不忍離去：

鬒髮蛾眉，巧笑美目。顏耀榮苕，華茂時菊。如金之精，如蘭之馥。淑質彌暢，聰惠日新。朝夕顧復，夙夜盡勤。彼蒼者天，哀此矜人。胡寧不惠，忍子眇身。俾爾嬰孺，微命弗振。俯覽衾襚，仰訴穹旻，弱子在懷，既生不遂。存靡託躬，沒無遺類。耳存遺響，目想餘顏。寢席伏枕，摧心剖肝。相彼鳥矣，和鳴嚶嚶；矧伊蘭子，

〔註32〕〔清〕嚴可均：《全晉文》，卷92，《全上古三代秦漢三國六朝文》，北京：中華書局，1958年版，第1994頁。

〔註33〕〔清〕嚴可均：《全晉文》，卷92，《全上古三代秦漢三國六朝文》，北京：中華書局，1958年版，第1994頁。

〔註34〕高步瀛：《魏晉文舉要》引，北京：中華書局，1989年版，第125頁。

音影冥冥。彷徨丘壟，徙倚墳塋。〔註35〕

這種情景感人至深。一個家庭，尤其一個寡婦家庭，與母親相依為命的，在母親心目中最可愛的孩子去世，應該說是人世間莫大的悲劇。潘岳作為文學家的可貴，就在於用敏銳的眼光去及時地捕捉並表現這種人間的悲劇。潘岳還作有自述體的《金鹿哀辭》、《陽城劉氏妹哀辭》與《傷弱子辭》。西晉元康八年，岳妻楊氏病卒，不久其小女金鹿亦逝去，他悲慟欲絕，作《金鹿哀辭》。手法與《澤蘭哀辭》相同，先寫金鹿的美麗可愛，後抒發金鹿死後自己的悲痛，文字較為簡短，辭云：「嗟我金鹿，天姿特挺。鬒髮凝膚，蛾眉嶄領。柔情和泰，朗心聰警。嗚呼上天，胡忍我門。良嬪短世，今子夭昏。既披我幹，又剪我根。塊如瘣木，枯荄獨存。捐子中野，遵我歸路。將反如疑，迴首長顧。」〔註36〕讀來可以感受到作者呼天搶地的悲慟。《陽城劉氏妹哀辭》哀念嫁於劉氏而去世的妹妹，此文善於渲染氣氛，悲情悱惻動人，如：「鳥鳴於柏，烏號於荊，徘徊躑躅，立聞其聲。相彼羽族，矧伊人情，叩心長叫，痛我同生。」〔註37〕《傷弱子辭》痛悼出生不到七旬而夭的愛子：「奈何兮弱子，邈棄爾兮丘林。還眺兮墳瘞，草莽莽兮木森森。……葉落永離，覆水不收；赤子何辜，罪我之由。」〔註38〕父子永絕的悲哀及內疚，綿綿真摯，使人鼻酸。

潘岳哀誄文成就為六朝之最。茲引劉師培評語作結：「潘安仁之誄文，純表心中之哀思，以空靈勝，情文相生，非客觀所能有，故能獨步當時，見稱後代也。」〔註39〕

與潘岳並稱「潘陸」的西晉文學大家陸機，哀誄文的成就遜於潘岳，但也有個別優秀作品，這就是被蕭統收錄《文選》的《弔魏武帝文》

晉武帝元康八年，陸機由尚書郎升為著作郎，出入朝廷藏書及檔案之所，得見魏武帝曹操臨終遺令，頓生感慨而撰此弔文。作者在其序中採擷曹操遺

〔註35〕〔清〕嚴可均：《全晉文》，卷93，《全上古三代秦漢三國六朝文》，北京：中華書局，1958年版，第1997頁。

〔註36〕〔清〕嚴可均：《全晉文》，卷93，《全上古三代秦漢三國六朝文》，北京：中華書局，1958年版，第1997頁。

〔註37〕〔清〕嚴可均：《全晉文》，卷93，《全上古三代秦漢三國六朝文》，北京：中華書局，1958年版，第1997頁。

〔註38〕〔清〕嚴可均：《全晉文》，卷93，《全上古三代秦漢三國六朝文》，北京：中華書局，1958年版，第1997頁。

〔註39〕陳引馳編：《劉師培中古文學論集》，北京：中國社會科學出版社，1997年版，第133頁。

令的有關文字，以爲議論、抒情的基礎。從陸機所採曹操遺令文字，可見這位叱吒風雲的偉大人物臨終時對人生的眷戀。將幼子稚女託付成年兒子照顧，此其一。曹操酷好音樂，遺令將婕妤妓人安置銅雀臺，於臺堂設靈帳，每月初一、十五，婕妤妓人向著靈帳表演歌舞；並要求諸子經常登銅雀臺，看望其西陵墓地，此其二。分薰香於眾夫人，各房眷屬閒居無事，可學著編織有絲帶飾物的鞋去賣；分綬帶、衣裘於諸子，此其三。總之，絮絮叨叨，所述之事頗爲瑣細，皆透露了曹操臨終之時仍然如此執著地留戀人生。陸機就此反覆展開詠歎，抒發自我感慨。開頭云見魏武帝遺令，「愾然歎息，傷懷者久之」；然後在議論中以「嗚呼」、「傷哉」、「悲夫」之類感歎句直接宣洩感情；最後以「於是遂憤懣而獻弔云爾」，點明撰作之源於睹文動情，以爲收束。以情綴連，前後照應，意脈契合。曹丕《典論》云：「生之必死，成之必敗，天地所不能變，聖賢所不能免。」曹植《箜篌引》云：「盛時不可再，百年忽我遒。生存華屋處，零落歸山丘。」讀之深深感覺到個體生命在死亡面前的無奈。陸機之文針對具體人物表達這種無奈。曹操可謂雄才大略的偉人，漢魏之際的大動亂中，他掃蕩群雄，或處於厄境弱勢，而皆以其超智，轉危爲安，反敗爲勝，功業超越齊桓、晉文，自稱沒有孤，則不知幾人稱王，幾人稱霸。如此風雲人物，躊躇滿志，睥睨天下，到頭來也與碌碌無爲的芸芸眾生一樣，逃脫不了面對死神降臨的淒傷、無奈。陸機長於將遺令的引述與自己的議論、感慨有機地鎔鑄一體，讀來極富感染力、震撼力，高步瀛評云：「情生文邪，文生情邪？讀之令人俯仰自失，文之移情如此。」〔註40〕以下數句表情尤爲沉鬱動人：「夫以迴天倒日之力，而不能振形骸之內；濟世夷難之智，而受困魏闕之下。已而格乎上下者，藏於區區之木；光於四表者，翳乎蕞爾之土。雄心摧于弱情，壯圖終于哀志，長算屈于短日，遠跡頓于促路。嗚呼！豈特瞖史之異闕景，黔黎之怪頹岸乎？觀其所以顧命冢嗣，貽謀四子，經國之略既遠，隆家之訓亦弘……持姬女而指季豹，以示四子曰：『以累汝！』因泣下。傷哉！曩以天下自任，今以愛子託人」〔註41〕讀之覺得一股深沉的盛衰興亡之感撲面而來。

　　陸機一方面感慨以孟德之雄才大略，卻在死亡面前無可奈何，功業蓋世而最終葬身於區區棺木之中，榮耀四海而被掩埋於狹小的墳丘之內，雄圖爲

〔註40〕高步瀛：《魏晉文舉要》，北京：中華書局，1989年版，第114頁。

〔註41〕〔清〕嚴可均：《全晉文》，卷99，《全上古三代秦漢三國六朝文》，北京：中華書局，1958年版，第2029頁。

疾病所摧折，壯志因垂死而終結。另一方面抒寫曹操臨終之際「繫情累於外物，留曲念於閨房」的淒傷，領悟到對生命的留戀、對死亡的淒傷是人之常情，偉大人物也不例外。合而言之，正所謂生死有期，聖哲難免；生之大戀，賢俊不廢。

西晉左思之妹左芬《萬年公主誄》也是一篇情文並茂的作品，作者先述公主的美麗可愛，後抒發對其早逝的哀傷，辭云：

> 篤生公主……既睇豔姿，徽音孔昭。盼倩其媚，婉曼其嬌。寵
> 玩軒陛，如瓊如瑤……云何降戾，景命不振。曄曄榮曜，英蕤始芳。
> 何辜于天，狠遇降霜。熒熒稚魂，飄颻遐翔。於戲何辜，痛茲不福。
> 生而何晚，歿而何速。酷矣皇靈，謬哉司祿。嗚呼哀哉！日月載馳，
> 白露凝結。自主薨徂，奄離時節。吉凶乖邈，存亡異制。將遷幽都，
> 潛神永翳。嗚呼公主，魂豈是綏。岌岌靈輴，駿駟騑騑。挽僮齊唱，
> 悲音激摧。士女歔欷，高風增哀。一日不見，採蕭作歌。況我公主，
> 形滅體訛。精靈遷逝，幽此中阿。言思言念，涕淚滂沱。嗚呼哀哉！
>
> 〔註 42〕

不僅文辭典麗，抒發哀情也真切、厚重、深沉，近人譚獻稱其「秀不墮纖」〔註 43〕。東晉王珣《晉孝武帝哀策文》亦為情文並茂之作，作者或以風物渲染襯托哀情，或直抒哀情，譚獻稱其「淒淡獨絕」。〔註 44〕

嵇含（263～306）的《弔莊周圖文》，是一篇以弔文形式譏刺西晉虛偽士風的作品。其序說：「帝婿王弘遠（王粹）華池豐屋，廣延賢彥，圖莊生垂綸之像，記先達辭聘之事，畫真人于刻桷之室，載退士于進趣之堂，可謂託非其所，可弔不可贊也。」弔文先贊美莊周超邁、清虛、曠放的風致；次抨擊西晉士風之虛偽：

> 人偽俗季，真風既散。野無訟屈之聲，朝有爭寵之歎，上下相
> 陵，長幼失貫。于是借玄虛以助溺，引道德以自獎，戶詠恬曠之辭，
> 家畫老莊之像。

〔註 42〕　〔唐〕歐陽詢：《藝文類聚》，卷 16，上海：上海古籍出版社，1999 年版，第
　　　　　106 頁。

〔註 43〕　〔清〕李兆洛：《駢體文鈔》，卷 5，鄭州：中州古籍出版社，1990 年版，第
　　　　　95 頁。

〔註 44〕　〔清〕李兆洛：《駢體文鈔》，卷 5，鄭州：中州古籍出版社，1990 年版，第
　　　　　96 頁。

玩忽職守而坦語「玄虛」，奔競利祿而歌詠「恬曠」，華池豐屋而畫老莊之像，作者以冷峻的筆調、鮮明的比照，流露了對虛僞士風的辛辣諷刺和無比憎惡。而後落筆王粹身上，譏嘲其圖莊周像於華館的行爲：

今王生沉淪名利，身尚帝女，連耀三光，有出無處，池非巖石之溜，宅非茅茨之宇，馳屈産于皇衢，畫茲像其焉取！

王粹出身豪門，是王浚之孫，爲「二十四友」之一，娶武帝女潁川公主爲妻，曾任兼太尉、北中郎將、魏郡太守等顯職，館宇甚盛，當時玄風盛行，他之圖莊周像於華屋，純屬附庸風雅、欺世盜名。最後作者轉筆哀弔莊子，抒發悲慨：

嗟乎先生，高跡何局！生處巖岫之居，死寄彫楹之屋，託非其所，没有餘辱。悼大道之湮晦，遂含悲而吐曲。〔註45〕

在嵇含看來，生前憤世嫉俗、傲視王侯、放浪江湖的一代高士，死後竟被權貴作爲華屋盛館的點綴，簡直是受到莫大的玷污。在抒憤泄悲的氣氛中，再一次流露了對虛僞士風的抨擊。

作爲竹林名士的代表人物，嵇康是晉代文人非常崇敬的對象，東晉尤甚。哀弔之作不斷出現。東晉初李充《弔嵇中散文》鮮明地表現了對嵇康的贊美和同情態度，對其悲劇命運給予極大的惋惜和同情：「嗟乎先生，逢時命之不丁。冀後凋於歲寒，遭繁霜於夏零。滅皎皎之玉質，絶琅琅之金聲。」對嵇康同情及哀弔的深處，大抵也隱藏著一些人們對司馬氏殘殺名士的憎惡。東晉之初，人們對魏晉禪代之際司馬氏屠戮名士的行徑已有微詞，《世說新語‧尤悔》載云：

王導、溫嶠俱見明帝，帝問溫前世所以得天下之由，溫未答。頃，王曰：「溫嶠年少未諳，臣爲陛下陳之。」王迺具敘宣王創業之始，誅夷名族，寵樹同己，及文王之末，高貴鄉公事。明帝聞之，覆面著牀曰：「若如公言，祚安得長！」〔註46〕

時過境遷，王導敢於揭出司馬氏不光彩的老底，司馬氏的後裔聽了都感到羞愧震驚。李充對被司馬昭殺害的嵇康公開表示同情惋惜，應該說與這種背景密切相關。

〔註45〕〔清〕嚴可均：《全晉文》，卷65，《全上古三代秦漢三國六朝文》，北京：中華書局，1958年版，第1831頁。

〔註46〕余嘉錫：《世說新語箋疏》《尤悔第三十三》第7條，北京：中華書局，1983年版，第1054頁。

東晉中期著名文人袁宏之妻李氏撰《弔嵇中散文》，以哀弔魏末名士嵇康，激情洋溢，反映出東晉女子高曠不凡的價值觀念與個性，其序云：

> 故彼嵇中散之爲人，可謂命世之傑矣。觀其德行奇偉，風韻劭邈，有似明月之映幽夜，清風之過松林也。若夫呂安者，嵇子之良友也；鍾會者，天下之惡人也。良友不可以不明，明之而理全；惡人不可以不拒，拒之而道顯。夜光非與魚目比映，三秀難與朝華爭榮。故布鼓自嫌于雷門，礫石有忌于琳琅矣。嗟乎道之喪也，雖智周萬物，不能違顛沛之難。故存其心者，不以一眚累懷；檢乎跡者，必以纖芥爲事。〔註47〕

對嵇康的人格、風度給予極高的評價，崇敬之情溢於言表；對陷害嵇康的鍾會則滿懷憎惡。作者明辨是非，立場鮮明，在對嵇康悲劇命運惋惜的基礎上，悟出些許做人的道理，卓有見識。弔文曰：

> 慨達人之獲譏，悼高範之莫全，凌清風以三歎，撫茲子而悵焉。聞先覺之高唱，理極滯其必宣。候千載之大聖，期五百之明賢。聊寄憤于斯章，思慷慨而泫然。〔註48〕

景仰其高行，慨歎其不幸，文短而情深。在婦女文學史上，此文尤值得大書一筆。

孫綽《聘士徐君墓頌》實爲祭文，作者善於借助景物描寫以渲染氣氛，如：「墳塋壘落，松竹蕭森，薈叢蔚蔚，虛宇愔愔。遊獸戲阿，嚶鳥鳴林。嗟乎徐君，不聞其音。徘徊丘側，悽焉流襟。何以抒蘊，援翰託心。」〔註49〕情景交融，爲精緻的四言抒情小品。

卞伯玉《祭孫叔敖文》，今殘，從中可見作者對先秦時楚國令尹孫叔敖的人品滿懷敬仰，抒情味挺濃，乃至流連墓側不忍離去，「徘徊永念，凄矣其傷」。

東晉高僧僧肇《鳩摩羅什法師誄》哀念東晉佛學大師鳩摩羅什，情文並茂，有云：「公之云亡，時惟百六。道匠韜斤，梵輪摧軸。朝陽頹景，瓊嶽顛覆。宇宙晝昏，時喪道目。哀哀蒼生，誰撫誰育，普天悲感，我增摧衄。」〔註50〕

〔註47〕〔清〕嚴可均：《全晉文》，卷144，《全上古三代秦漢三國六朝文》，北京：中華書局，1958年版，第2290頁。

〔註48〕〔清〕嚴可均：《全晉文》，卷144，《全上古三代秦漢三國六朝文》，北京：中華書局，1958年版，第2291頁。

〔註49〕〔清〕嚴可均：《全晉文》，卷61，《全上古三代秦漢三國六朝文》，北京：中華書局，1958年版，第1808頁。

〔註50〕〔清〕嚴可均：《全晉文》，卷165，《全上古三代秦漢三國六朝文》，北京：中

　　晉宋之際陶淵明乃性情中人，其不僅寫祭文哀悼從弟、妹妹，還作自祭文，皆爲至情文字。他或借助景物描寫以渲染氣氛，或通過往事的回憶，或落筆逝者遺物猶存、家眷孤苦無依，用語樸實，而抒發深沉綿遠的悲痛至爲感人。《祭從弟敬遠文》有云：

　　　　余嘗學仕，纏緜人事，流浪無成，懼負素志。斂策歸來，爾知我意，常願攜手，置彼眾議。每憶有秋，我將其刈，與汝偕行，舫舟同濟。三宿水濱，樂飮川界，靜月澄高，溫風始逝。撫杯而言，物久人脆，奈何吾弟，先我離世！……呱呱遺稚，未能正言；哀哀嫠人，禮儀孔閑。庭樹如故，齋宇廓然。孰云敬遠，何時復還。〔註51〕

《祭程氏妹》云：

　　　　昔在江陵，重罹天罰，兄弟索居，乖隔楚越，伊我與爾，百哀是切。黯黯高雲，蕭蕭冬月，白雪掩晨，長風悲節。感惟悲號，興言泣血。尋念平昔，觸事未遠，書疏猶存，遺孤滿眼。如何一往，終天不返！寂寂高堂，何時復踐？藐藐孤女，曷依曷恃？煢煢遊魂，誰主誰祀？奈何程妹，于此永已！死如有知，相見蒿里。嗚呼哀哉！

〔註52〕

　　《自祭文》性質略同於作者的《輓歌詩》，虛擬己逝以祭之。作者平生持委運順化的人生觀念，祭文內容對死亡表現了從容達觀的基本態度，清人鍾秀《陶靖節紀事詩品》卷一《灑落》評《輓歌詩》：「死生之變亦大矣！而先生從容閒暇如此，平生所養，從可知矣。」〔註53〕可以移評此文。但淵明一生坎坷貧窮，世間艱辛困苦備嘗，在從容達觀之中也難免人生艱難之感慨的流露，故祭文最後云「人生實難，死如之何」。

二、南北朝哀祭文

　　晉宋之際謝靈運《廬山慧遠法師誄》哀念佛學大師釋慧遠，輔以景物環境的烘託，情思彌漫：「生盡沖素，死增傷棲。單縶土榭，示同斂骸。人天感

　　　　華書局，1958 年版，第 2424 頁。
〔註51〕〔清〕嚴可均：《全晉文》，卷 112，《全上古三代秦漢三國六朝文》，北京：中華書局，1958 年版，第 2103 頁。
〔註52〕〔清〕嚴可均：《全晉文》，卷 112，《全上古三代秦漢三國六朝文》，北京：中華書局，1958 年版，第 2102 頁。
〔註53〕龔斌：《陶淵明校箋》，卷 4，上海：上海古籍出版社，1996 年版，第 360 頁。

悴，帝釋慟懷。習習遺風，依依餘淒。悲失法師，終然是棲。室無停響，途
有廣蹊……今子門徒，實同斯艱。晨掃虛房，夕泣空山。嗚呼法師，何時復
還。風嘯竹柏，雲靄巖峰。川壑如泣，山林改容。自昔聞風，志願歸依。山
川路邈，心往形違。始終銜恨，宿緣輕微。安養有寄，閻浮無希。嗚呼哀哉！」
〔註54〕

劉宋顏延之是寫作誄祭之文的名家，其《祖祭弟文》云：

> 閟棺窮野，啟殯中荒，靈影夙滅，筵寢虛張。人往運來，自秋
> 徂陽。蕃蘭落色，宿草滋長。孰云不痛，辭家去鄉。……六親憧心，
> 姻朋浩泣，我雖載奔，伊何云及！永懷在皆，追亡悼存，惟兄及弟，
> 瞻母望昆，生無榮嬿，沒望歸魂。〔註55〕

抒寫至痛至悲，輔以荒涼的物色點染，文短情深。《祭屈原文》云：

> 蘭薰而摧，玉縝則折。物忌堅芳，人諱明潔。曰若先生，逢辰
> 之缺……身絕郢闕，迹徧湘干。比物荃蓀，連類龍鸞。聲溢金石，
> 志華日月。如彼樹芳，實穎實發。望汨心欷，瞻羅思越。〔註56〕

對屈子的高尚人格充滿認同、贊揚及嚮往，並蘊含對其不幸命運的同情和悲
傷，意味深長，風格近似於漢魏之際禰衡的《弔張衡文》。清許槤評曰：「古
來文士之厄，大都如此，每讀一過，為淒咽久之。」〔註57〕

顏延之《陽給事誄》與潘岳《馬汧督誄》的性質一脈相承，乃哀悼劉宋
永初三年在北疆前線禦敵戰鬥中為國捐軀的烈士陽瓚之作，誄文寫到敵方的
侵擾，我方的堅守，軍情的緊急，邊疆的荒瑟，戰鬥的激烈，供給的缺乏，
陽瓚的仁愛士卒及忠義節操等等，表彰英烈，寓含深沉的崇敬之情，如：

> 憑嶮結關，負河縈城。金柝夜擊，和門晝扃。料敵厭難，時惟
> 陽生。涼冬氣勁，寒外草衰。遄矣獯虜，乘障犯威。鳴鏑橫屬，霜
> 鏑高翬。軼我河縣，俘我洛畿。攢鋒成林，投鞍為圍。翳翳窮壘，
> 嗷嗷群悲。師老變形，地孤援闊。卒無半菽，馬實拑秣。守未焚衝，

〔註54〕　〔清〕嚴可均：《全宋文》，卷33，《全上古三代秦漢三國六朝文》，北京：中
　　　　華書局，1958年版，第2619頁。
〔註55〕　〔清〕嚴可均：《全宋文》，卷38，《全上古三代秦漢三國六朝文》，北京：中
　　　　華書局，1958年版，第2648頁。
〔註56〕　〔清〕嚴可均：《全宋文》，卷38，《全上古三代秦漢三國六朝文》，北京：中
　　　　華書局，1958年版，第2648頁。
〔註57〕　〔清〕許槤：《六朝文絜箋注》，上海：上海古籍出版社，1962年版，第182頁。

攻已濡褐。烈烈陽子，在困彌達。勉慰痍傷，拊巡饑渴。力雖可窮，

氣不可奪。義立邊疆，身終鋒桰。〔註58〕

蕭統《文選》選錄此文，與晉代哀誄文章鉅子潘岳的《馬汧督誄》並列，良有以也！顏延之與陶淵明相交甚契，情誼深厚，淵明逝世之後，延之撰《陶徵士誄》，爲情文兼至的佳作。誄文概括了淵明崇尚自然、棄官爲隱的生活選擇及安貧樂道的精神境界，追憶了彼此之間的深情厚誼，有云：

賦詩歸來，高蹈獨善。亦旣超曠，無適非心。汲流舊巘，葺宇家林。晨煙暮藹，春煦秋陰。陳書輟卷，置酒弦琴。居備勤儉，躬兼貧病。人否其憂，子然其命。隱約就閑，遷延辭聘。非直也明，是惟道性……深心追往，遠情逐化。自爾介居，及我多暇。伊好之洽，接閻鄰舍。宵盤晝憩，非舟非駕。念昔宴私，舉觴相誨：「獨正者危，至方則礙，哲人卷舒，布在前載。取鑒不遠，吾規子佩。」爾實愀然，中言而發：「違眾速尤，迕風先蹶。身才非實，榮聲有歇。」叡音永矣，誰箴余闕？嗚呼哀哉！〔註59〕

筆致樸實，俯仰情深，堪稱劉宋誄文之首。由此誄可見，顏延之對陶淵明的個性和爲人境界有深切到位的理解和把握，淵明身前身後最早的知音，顏延之也。有淵明胸襟者，方能如此理解和把握淵明的爲人性格特徵，顏延之便屬於這樣的人物。元代的方回，就曾以對陶淵明的理解與認同爲話題，比較了顏延之和謝靈運胸次的高下：「延之詩雖不及靈運，其胸次則過之。靈運嘗入廬山，不與遠法師所與，亦不聞其交於淵明。延之獨與淵明交好甚深。以年計之，永初三年，淵明五十八矣，長延之二十歲，亦可謂忘年之交也。延之後作《靖節徵士誄》書曰『有晉徵士』，雖出於眾志，而延之實秉易名之筆，其知淵明蓋深也。『違眾速尤，迕風先蹶，身才非實，榮聲有歇』，延之《誄》書淵明所誨如此。又書淵明『獨正者危，至方則礙』，語其有得淵明也多矣。故曰：詩雖不及靈運，其胸次則過之。」〔註60〕清人于光華亦從此視角評云：「作忠烈人誄文出色易，作恬退人誄文出色難。英氣故易，靜氣故難

〔註58〕〔清〕嚴可均：《全宋文》，卷38，《全上古三代秦漢三國六朝文》，北京：中華書局，1958年版，第2647頁。

〔註59〕〔清〕嚴可均：《全宋文》，卷38，《全上古三代秦漢三國六朝文》，北京：中華書局，1958年版，第2647頁。

〔註60〕〔元〕方回選評、李慶甲點校：《瀛奎律髓匯評》附錄《文選顏鮑謝詩評》卷3，上海：上海古籍出版社，2005年版。

也。陶靖節胸次高邁，性情瀟灑，作者能以靜氣傳之。」〔註61〕

　　劉宋時期祭弔文的傑出者還有王僧達，蕭統《文選》收錄了他哀悼名士顏延之的《祭顏光祿文》。文的前半部分主要概括延之的才華、品性、氣度、嗜好等，有云：「服爵帝典，棲志雲阿。清交素友，比景共波。氣高叔夜，嚴方仲舉。逸翮獨翔，孤鳳絕侶。流連酒德，嘯歌琴緒。」文字精簡，體現了晉宋作家擅長品評人物的一般特色。後半部分主要為抒情，輔以景物烘託，有云：「春風首時，爰談爰賦。秋露未凝，歸神太素。明發晨駕，瞻廬望路。心悽目泫，情條雲互。涼陰掩軒，娥月寢耀。微燈動光，几牘誰炤？衾衽長塵，絲竹罷調。攬悲蘭宇，屑涕松嶠。」〔註62〕情景交融，表達得體。

　　謝惠連《祭古冢文》撰於宋元嘉七年。是年，彭城王劉義康修繕東府城，發掘一座古墳，銘誌不存，為之移葬，命謝惠連撰寫此文。文章記述簡潔且有情致，其中寫到古冢內棺木等葬物的殘損破敗，然後對墓主生於何代，壽命長短，仕途顯晦等情況予以虛擬的追問，有云：「追惟夫子，生自何代？曜質幾年？潛靈幾載？為壽為夭？寔顯寔晦？銘誌湮滅，姓氏不傳。今誰子後？曩誰子先？功名美惡，如何蔑然？」〔註63〕此種寫法在一定程度上受到《莊子》及曹植文的影響，但在南北朝的哀祭文中其構思還比較新穎，其中似蘊含對人生的終極悲哀。作者此時祭弔古冢中人，有朝一日自己也會成為古冢中人而被人祭弔，痛哉！晚明張溥《〈謝法曹集〉題辭》稱贊此文「簡而有意，曹子建伏軾而向髑髏，辭不逮也。」〔註64〕鄭振鐸先生指出：「其中充滿了詩意的悲緒。」〔註65〕

　　梁代誄祭文值得提及的有王僧孺《從子永寧令謙誄》，為哀悼其從子王謙的作品。誄追昔撫今，刺刺不休，極為沉痛，不禁使人想到西晉潘岳之誄文。西晉文豪陸機《文賦》概括誄的特點為「纏綿而悽愴」，僧孺此文便屬此類。因其純為駢體，此不論述。

　　梁代又有女作家劉令嫻的《祭夫文》，為哀祭丈夫徐悱之文，寫得很成功。

〔註61〕　〔清〕於光華：《文選集評》，卷14，清刊本。
〔註62〕　〔清〕嚴可均：《全宋文》，卷19，《全上古三代秦漢三國六朝文》，北京：中華書局，1958年版，第2541頁。
〔註63〕　〔清〕嚴可均：《全宋文》，卷34，《全上古三代秦漢三國六朝文》，北京：中華書局，1958年版，第2624頁。
〔註64〕　殷孟倫：《漢魏六朝百三家題辭注》，北京：人民文學出版社，1960年版，第181頁。
〔註65〕　鄭振鐸：《插圖本中國文學史》，北京：北京出版社，1999年版，第240頁。

作者先敘述丈夫徐悱的美好才華，然後敘述與之結爲夫婦在一起傳習琴藝、討論書籍的和諧生活，最後抒發丈夫逝去自己的深悲巨痛，以及生死不渝的愛情：「電碎春紅，霜彫夏綠。躬奉正衾，親觀啓足。一見無期，百身何贖！嗚呼哀哉！生死雖殊，情親猶一。敢遵先好，手調薑橘。素俎空乾，奠觴徒溢。昔奉齊眉，異于今日。從軍暫別，且思樓中。薄遊未反，尚比飛蓬。如當此訣，永痛無窮。百年何幾，泉穴方同。」〔註 66〕情致悱惻纏綿，感人至深。史載徐悱死，其父徐勉曾欲爲祭文，及見令嫻之作，歎而罷之。

北朝哀祭誄作品少而欠缺文學性，但某些墓誌的片斷，寫景抒情，富有文學特徵，值得提及。附記於此，權作對北朝抒情文學不景氣的些許彌補。

劉師培曾指出哀弔文與墓誌文在表現內容上，有主客觀的差別，「弔文哀詞貴抒己悲，墓誌碑銘重在死者。主客異致，心物攸分。」〔註 67〕從大處著眼，其概括無疑是確切的。但具體到個體作品，則互有差異。某些墓誌的銘文，描寫景物以渲染悲涼氣氛，並抒發作者的主觀感情，往往形成情景交融的藝術境界，因而也就具備了強烈的文學感染力。如：

> 李獎《王誦墓誌銘》：「性愛林泉，情安貧苦，退食自公，優游環堵。散書滿筵，交柯蔽戶，一時無雙，當求於古。嗟嗟鬼神，悠悠天道，徒獲令名，終不壽考。熒熒春芝，奄同霜草，誰言福謙，豈錫難老。昔忝光祿，及子同官，玄冬永夜，耳語交歡。奠案不食，實忘饑寒，願言思此，痛切心肝。悲風動旆，嘶馬飛輪，北臨芒阜，南望穀濱。幽扉暫掩，几帳虛陳，痛哉此地，瘞我良人。」〔註 68〕

> 《高猛妻元瑛墓誌》：「人生若寄，自古同然，倏如風燭，飄若吹煙。攸攸若是，於嗟上天，發軔華屋，投宿玄泉。芒芒遠甸，崔崔遙阪，再見何期，一暝方遠。如慕已決，若疑行反，欒毀江侵，有芳山宛。」〔註 69〕

> 《楊逷墓誌》：「初及曾泉，忽沉濛汜，一隨舟壑，永謝朝市。

〔註 66〕〔清〕嚴可均：《全梁文》，卷 68，《全上古三代秦漢三國六朝文》，北京：中華書局，1958 年版，第 3361 頁。

〔註 67〕陳引馳編校：《劉師培中古文學論集》，北京：中國社會科學出版社，1997 年版，第 132 頁。

〔註 68〕趙超：《漢魏南北朝墓誌彙編》，天津：天津古籍出版社，2008 年版，第 243 頁。

〔註 69〕羅新、葉煒：《新出魏晉南北朝墓誌疏證》，北京：中華書局，2005 年版，第 119 頁。

生民有命，夭壽同歸，茫茫寒阜，慘慘秋輝。白楊遽落，青蓬坐飛，
悲乎不反，相視霑衣。」〔註70〕

《張忻墓誌》：「思音夜響，哀聲曉切。向此何爲，由君長別。
濟河漫漫，盟水湯湯，君方越此，會面何史！愁聞鼓發，忍見航楊，
嗚呼痛矣，送此貞良。」〔註71〕

《崔仲方妻李麗儀墓誌》：「夜寒筎靜，風淒幌薄，畫柳低昂，
新松蕭索。埋雞不曙，沉燭無輝，虛臨明月，獨掩泉扉。山空鳥思，
墳迴人希，呼池不反，還路何期。」〔註72〕

以上所錄，第一篇尤其以深情綿邈、纏綿俳惻而感動人心，其藝術魅力
實可比擬顏延之的《陶徵士誄》。唐代墓誌銘以情景交融而感動讀者的，繼承
的便是上述墓誌銘的優良傳統。

由南入北的大文豪庾信，其友人蕭永卒，撰《思舊銘》以抒寫哀念之情，
性質實爲弔祭之文。附記於此。其作追憶平生，情致淒惻動人。銘文有云：「思
舊道遠，返葬無從。徒留送雁，空麾長松。平陵之東，無復梧桐。松聲蕭瑟，
長起秋風。疇昔隆貴，提攜語默。託情嵇阮，風雲相得。有酒如澠，終溫且
克。朝陽落風，大野傷麟。佳城郁郁，流寓於秦。山陽相送，唯餘故人。嬌
機嫠緯，獨鳳孤鸞。閨深夜靜，風高月寒。生平已矣，懷舊何期？」〔註73〕
作者爲文雖擅長駢體，但有時爲深情所驅使，往往不拘泥於字句偶對，而多
融入散句，此銘便是顯例。

第三節　情味彌濃的書牘文（上）

書牘類文章主要指同輩之間彼此往來交流的書信，先秦時期即出現少量
作品，到了漢晉時期則名家名作迭出，因而受到文論家的關注和好評。劉勰
《文心雕龍・書記》論述「書」體作品，即標榜漢晉，列舉了司馬遷、東方朔、

〔註70〕　羅新、葉煒：《新出魏晉南北朝墓誌疏證》，北京：中華書局，2005 年版，第
155 頁。

〔註71〕　羅新、葉煒：《新出魏晉南北朝墓誌疏證》，北京：中華書局，2005 年版，第
184 頁。

〔註72〕　羅新、葉煒：《新出魏晉南北朝墓誌疏證》，北京：中華書局，2005 年版，第
367 頁。

〔註73〕　〔清〕嚴可均：《全後周文》，卷 12，《全上古三代秦漢三國六朝文》，北京：
中華書局，1958 年版，第 3941 頁。

楊惲、揚雄、阮瑀、孔融、應璩、嵇康、趙至等作家的有關作品，並概括其暢所欲言、長於抒寫情懷、表現個性風采等文體特點云：「漢來筆札，辭氣紛紜。觀史遷之《報任安》，東方朔之《難公孫》，楊惲之《酬會宗》，子雲之《答劉歆》，志氣槃桓，各含殊采，並杼軸乎尺素，抑揚乎寸心。逮後漢書記，則崔瑗尤善。魏之元瑜，號稱翩翩；文舉屬章，半簡必錄。休璉好事，留意詞翰，抑其次也。嵇康《絕交》，實志高而文偉矣；趙至《敘離》，迺少年之激切也……詳總書體，本在盡言，言以散鬱陶，託風采，故宜條暢以任氣，優柔以懌懷。文明從容，亦心聲之獻酬也。」〔註74〕蕭統《文選》選錄此類文章二十多篇，數量居各體文章之冠，其中大部分出於魏晉南北朝作家之手。

一、東漢末期書牘文的發展趨勢

漢代書牘文中，西漢的某些名篇在內容上多涉及政治，即如鄒陽《獄中上梁王書》、司馬遷《報任安書》及楊惲《報孫會宗書》等抒情性濃重的作品，包含的基本是有關身世遭遇的憤懣或矢志成就事業的堅強決心，而非表現日常化的生活內容和情緒。東漢書牘雖也有不少涉及軍國政治的，如東漢初年，群雄逐鹿，涉及軍政紛爭的書牘就有二十多篇，但與之同時，也出現了部分表現文人日常生活內容及情緒的書信，如馬援《誡兄子嚴敦書》、馮衍《與婦弟任武達書》等。至東漢中後期，由於士人思想的活躍與解放，以及書寫條件的進步，書牘文逐漸疏離和擺脫政教功利觀念的束縛，表現日常生活及情緒的作品空前興盛，就對象言，有誡子書，與妻（夫）書，與兄弟書，與親戚書，與友人書，等等，顯示書信成為人們普遍喜愛的文體形式。此類作品，篇製一般較為簡短，往往具有濃重的抒情性。此外，東漢中後期某些直接涉及政局紛爭、軍事磨擦的書信以及部分遺書也往往具有以情打動讀者的魅力。如臧洪《答陳琳書》，氣勢充沛，感情激揚、濃重，給讀者留下了深刻的印象。

錢穆先生《讀〈文選〉》一文評議漢魏之際文章，對其中那些表現日常生活所見，抒情性強烈的書牘文頗為青睞，指出：「竊謂當時新文佳構，尤秀出者，當推魏文、陳思之書簡。此等尤屬眼前景色，口邊談吐，極平常，極真率，書簡本非文，彼等亦若無意於為文，而遂成其為千古之至文焉。至是而文章與生活與心情，三者融浹合一，更不見隔閡所在。蓋文章之新穎，首要在於題材之擇取，而書簡有文無題，無題乃無拘束，可以稱心欲

〔註74〕范文瀾：《文心雕龍注》，北京：人民文學出版社，1958年版，第456頁。

言也。」〔註75〕特別關注並強調了當時某些書牘作品真率地抒寫日常生活情懷的特色，眼光是很敏銳的。但若再把視野進一步放寬，我們便可知曉，這種以書箚為代表，在題材內容上趨於平常生活化、抒情化，藝術風格上趨於隨意和平易化的文風，在東漢後期桓帝、靈帝時已形成一定的氣候。

　　篇幅簡短，具有濃重的抒情性是東漢桓靈時期書信比較普遍的特點。這與當時政治衰敗加劇，士人對官場的疏離心越來越濃有關，也是由其表現內容之日常化、生活化的性質所決定的。相對於那些關涉社會政治和個人平生重大事件的作品，此類書信一般來說寫得比較隨便，無須勞心費神斟酌構思，文字簡短，而喜怒哀樂之情自然流出。如延篤《答張奐書》：「離別三年，夢想言念，何日有違。伯英來，惠書盈四紙，讀之反覆，喜不可言。」〔註76〕《與李文德書》：「朝則誦羲、文之《易》，虞、夏之《書》，歷公旦之典禮，覽仲尼之《春秋》。夕則消搖內階，詠《詩》南軒，百家眾氏，投間而作。洋洋乎其盈耳也，渙爛兮其溢目也，紛紛欣欣兮其獨樂也。當此之時，不知天之為蓋，地之為輿；不知世之有人，己之有軀也。雖漸離擊筑，傍若無人；高鳳讀書，不知暴雨，方之于吾，未足況也。」〔註77〕著墨無幾，但展讀友人書信之欣喜或陶醉於讀書的情態畢現，栩栩如生，鮮活可愛。又如竇玄妻《與竇玄書》訴被棄之哀怨，若四言抒情詩；徐淑《答夫書》、秦嘉《重報妻書》寫夫婦間的相互想念，情感或哀怨，或纏綿，真實自然，娓娓而出。其他如馬融《與謝伯世書》寫對遊獵閒適生活的嚮往，朱穆《與劉伯宗絕交書》斥責劉伯宗的勢利，簡樸的文辭間流淌著鮮明的感情。酈炎於獄中「裂裳」而寫遺書，感情真摯，頗為動人，如他請求母親節哀自重：「白老母：無懷憂，懷憂何為？無增悲，增悲何施？寒必厚衣，無炎，誰為母厚衣？暑必輕服，無炎，誰為母輕服？棄炎無念，此常厚衣；不尤不怨，此常輕服矣。」〔註78〕與母將訣而牽掛不已的至情，特別感人。凡此種種，為魏晉書牘進一步蓬勃發展奠定了堅實的基礎。

〔註75〕錢穆：《中國學術思想史論叢》，卷3，合肥：安徽教育出版社，2004年版，第99頁。

〔註76〕〔清〕嚴可均：《全後漢文》，卷61，《全上古三代秦漢三國六朝文》，北京：中華書局，1958年版，第810頁。

〔註77〕〔清〕嚴可均：《全後漢文》，卷61，《全上古三代秦漢三國六朝文》，北京：中華書局，1958年版，第810頁。

〔註78〕〔清〕嚴可均：《全後漢文》，卷82，《全上古三代秦漢三國六朝文》，北京：中華書局，1958年版，第912頁。

二、孔融與建安諸子的書牘文

漢魏之際的書信創作相當繁榮，茲擇要論述。先述王修等。王修，字叔治，北海營陵（今山東昌樂東）人。建安時任爲大司農郎中令，遷奉常。嚴可均《全後漢文》錄其文三篇。較可讀的是《誡子書》，文著墨不多，但父親對兒子的殷殷教誡頗眞實感人，尤其是「我實老矣，所待汝等也，皆不在目前，意逞逞也」，「父欲令子善，唯不能殺身，其餘無惜也」等言簡情深的表述，以及「人之居世，忽去便過」數句珍惜時光之語，使人讀來倍覺親切。

孔融長於書牘文，傳於今的有《與王朗書》、《遺張紘書》、《又遺張紘書》、《答虞仲翔書》、《與韋休甫書》、《喻邴原書》、《與曹公書薦邊讓》、《與曹公書論盛孝章》、《嘲曹公爲子納甄氏書》、《與曹公書啁征烏桓》、《難曹公禁酒書》、《又難曹公禁酒書》、《報曹公書》、《答路粹書》、《與宗從弟書》、《與諸卿書》、《與許博士書》等，其數量在漢魏之際文人中是頗爲可觀的。

孔融衷心擁戴漢室，痛惜百姓流離，在此情勢下，他尤期望賢士乘時而起，出仕以輔佐朝廷，安定天下，拯民於水火之中。如《喻邴原書》勸邴原出仕云：「國之將隕，厀不恤緯；家之將亡，緹縈跋涉。彼匹婦也，猶執此義，實望根矩，仁爲己任。授手援溺，振民於難。乃或晏晏居息，莫我肯顧，謂之君子，固如此乎？根矩，根矩，可以來矣。」〔註79〕邴原，字根矩，孔融作北海相對，欲辟其爲佐吏，故撰此書，以激其出仕。書先以周漢婦女深明大義，重於救濟家國事爲喻以激之，勸邴原以仁爲己任，在國家危難之際，出仕以濟民；反之，若執意鄉居修己，不恤國事，這難道算是作爲君子的本分嗎？正反並舉，情理豁然。最後滿懷熱望殷切呼喚邴原早日出仕。《與王朗書》則盼望王朗早日從會稽回歸許昌，輔翼朝廷，有云：「主上寬仁，貴德宥過。曹公輔政，思賢並立。策書屢下，殷勤款至。」邊讓和盛孝章皆爲漢末才士，孔融意欲二人爲朝廷效力，故薦之於曹操，冀重用之，其中《與曹公書論盛孝章》尤爲後世推重，被收錄於蕭統《文選》。此文的寫作背景。虞預《會稽典錄》載云：「盛憲，字孝章……舉孝廉，補尚書郎，遷吳郡太守，以疾去官。孫策平定吳會，誅其英豪。憲素有名，策深忌之。初，憲與少府孔融善，（融）憂其不免禍，乃與曹操書……。」可見，此文實際上是請求曹操援救盛孝章性命的。作者開篇先渲染濃烈的情感氛圍，歎逝嗟衰，即己即人，發自肺腑，動人以情：

〔註79〕俞紹初：《建安七子集》，北京：中華書局，2005年版，第16頁。

　　歲月不居，時節如流。五十之年，忽焉已至。公爲始滿，融又
　　過二。海內知識，零落殆盡，惟有會稽盛孝章尚存。其人困於孫氏，
　　妻孥湮沒，單子獨立，孤危愁苦，若使憂能傷人，此子不得復永年矣。

接下來曉之以理：

　　《春秋傳》曰：「諸侯有相滅亡者，桓公不能救，則桓公恥之。」
　　今孝章，實丈夫之雄也，天下譚士，依以揚聲，而身不免於幽繫，
　　命不期於旦夕，是吾祖不當復論損益之友，而朱穆所以絕交也。公
　　誠能馳一介之使，加咫尺之書，則孝章可致，友道可弘矣。今之少
　　年，喜謗前輩，或能譏評孝章，孝章要爲有天下大名，九牧之民，
　　所共稱歎。燕君市駿馬之骨，非欲以聘道里，乃當以招絕足也。惟
　　公匡復漢室，宗社將絕，又能正之；正之之術，實須得賢。珠玉無
　　脛而自至者，以人好之也，況賢者之有足乎？昭王築臺以尊郭隗，
　　隗雖小才而逢大遇，竟能發明主之至心，故樂毅自魏往，劇辛自趙
　　往，鄒衍自齊往。嚮使郭隗倒縣而王不解，臨難而王不拯，則士亦
　　將高翔遠引，莫有北首燕路者矣。凡所稱引，自公所知，而復有云
　　者，欲公崇篤斯義也。因表不悉。〔註80〕

　　前半以交情論，則當致孝章以弘友道，後半以國事論，則當尊孝章以招
眾賢，於公於私，面面俱到，事理周全，並且語語切中人心，道及利害攸關。
曹操遂以朝廷名義徵盛孝章爲騎都尉，但遺憾的是在詔令未到之時，盛孝章
已爲孫權所害。

　　曹操是漢魏之際政壇的強勢人物，由擁護漢室的基本立場出發，孔融對
曹操的態度是有所變化的。他對建安初曹操勉力勤王的舉動持肯定、贊揚態
度，而對之後曹操日益專橫跋扈、挾天子以令諸侯的行爲則極其反感，於是
在某些書信中借題發揮，雜以嘲戲，以流露他的不滿。《後漢書·孔融傳》載，
曹操擊敗袁紹父子，攻屠其大本營鄴城，袁氏婦子多見侵略，而曹操子丕私
納袁熙妻甄氏，融乃與操書，予以譏嘲，借古人影射今事，以泄對曹氏的不
滿〔註81〕。《後漢書·孔融傳》又載：當時年饑兵興，操表製酒禁，融頻書爭
之，多侮慢之辭。其《難曹公禁酒書》云：

〔註80〕俞紹初：《建安七子集》，北京：中華書局，2005年版，第22頁。

〔註81〕〔南朝宋〕范曄：《後漢書》，卷70《孔融傳》，北京：中華書局，1979年版，
　　　　第2271頁。

公初當來，邦人咸扑舞踊躍，以望我后。亦既至止，酒禁施行。酒之爲德久矣，古先哲王，類帝禋宗，和神定人，以濟萬國，非酒莫以也。故天垂酒星之燿，地列酒泉之郡，人著旨酒之德。堯不千鍾，無以建太平；孔非百觚，無以堪上聖。樊噲解厄鴻門，非豕肩鍾酒，無以奮其怒；趙之廝養，東迎其王，非引卮酒，無以激其氣。高祖非醉斬白蛇，無以暢其靈。景帝非醉幸唐姬，無以開中興。袁盎非醇醪之力，無以脫其命；定國非酣飲一斛，無以決其法。故酈生以高陽酒徒，著功於漢；屈原不餔糟歠醨，取困於楚。由是觀之，酒何負於治者哉！〔註82〕

《又難曹公禁酒書》云：

昨承訓答，陳二代之禍，及眾人之敗，以酒亡者，實如來誨。雖然，徐偃王行仁義而亡，今令不絕仁義；燕噲以讓失社稷，今令不禁謙退；魯因儒而損，今令不棄文學；夏、商亦以婦人失天下，今令不斷婚姻。而將酒獨急者，疑但惜穀耳，非以亡王爲戒也。〔註83〕

前者主要臚述酒之功德，後者詰難曹操，不該禁酒，隨意引據，信筆發揮，極盡嘲謔之致，此頗異於東漢後期的書信。孔融爲人坦率眞誠，光明磊落，嫉惡如仇，充滿陽剛之氣，視僞飾欺詐如仇。三國吳人秦菁《秦子》載云：「孔文舉爲北海相，有遭父喪，哭泣墓側，色無憔悴，文舉殺之。又有母病瘥，思食新麥，家無，乃盜鄰熟麥而進之，文舉聞之，特賞曰：『無有來謝，勿復盜也。』盜而不罪者，以爲勤於母飢；哭而見殺者，以爲形慈而實否。」〔註84〕此條記載未必眞實可靠，大概來自傳聞，但它說明在當時人們的心目中孔融的個性特徵。三國吳人姚信《士緯》則從五行與士人才性相配的層面，指出孔融充沛的陽剛個性：「孔文舉金性太多，木性不足，背陰向陽，雄偉孤立。」〔註85〕曹操之禁酒，目的在於節約糧食，但其禁令卻未說明節糧的目的，而說什麼夏桀、商紂因好酒而亡國云云，孔融本來對曹操

〔註82〕 俞紹初：《建安七子集》，北京：中華書局，2005年版，第24頁。

〔註83〕 俞紹初：《建安七子集》，北京：中華書局，2005年版，第25頁。

〔註84〕 〔唐〕歐陽詢：《藝文類聚》，卷85《百穀部》，上海：上海古籍出版社，1982年版，第1456頁。

〔註85〕 〔唐〕馬總：《意林》，卷4，〔清〕馬國翰《玉函山房輯佚書》子編名家類，揚州：廣陵書社，2003年版，第2755頁。

的詭詐專橫極爲反感，又見其禁酒令如此言不由衷，便寫下兩篇詰難書信，借助嘲謔筆調，使氣任性，以宣洩厭惡不滿。正如劉楨所謂「孔氏卓卓，信含異氣，筆墨之性，殆不可勝，並重氣之旨也。」〔註86〕

《魏志·陳矯傳》載陳矯說：「博聞彊記，奇逸卓犖，吾敬孔文舉。」〔註87〕物以類聚，人以群分，在待人接物上，孔融特別注重對方博聞強見、奇逸卓犖的爲人風采，他將辟爲佐史的邴原，「性剛直」（傅玄《傅子》）；他薦舉的邊讓，「英才俊逸，天下知名，直言正色，論不阿諂」（陳琳《爲袁紹檄豫州郡》）。他對人物的評價，在能否憂國忘家方面特別予以強調，《蜀志·先主紀》載徐州牧陶謙死，人們迎劉備爲州牧，劉備未敢當，提及袁術堪爲之，孔融勸劉備說：「袁公路豈憂國忘家者邪？冢中枯骨，何足介意。今日之事，百姓與能，天與不取，悔不可追。」〔註88〕在原始儒學捨生取義、殺身成仁思想的薰陶下，在漢末黨人奮不顧身以清掃天下之精神的浸染下，孔融早年便有憂國忘家的行動，他十六歲時爲保護與宦官作鬥爭而遭通緝的黨人而甘受罪罰。建安初，曹操以太尉楊彪與割據淮南自立爲天子的袁術爲姻親，下彪於獄，將殺之；孔融聞訊，未及穿朝服即找曹操理論此事，直斥曹操之專橫跋扈，妄殺無辜，充分顯示了他好打抱不平，好授救人於危難之中，剛烈不屈、風骨凜然的爲人品格。面對強勢人物，孔融毫不妥協，孟子所謂的大丈夫精神，在他身上有明顯的體現。他的言論擲地有聲，時人所敬佩的，也往往是針對他的這種獨特的人格魅力，《吳志·太史慈傳》載，太史慈爲解孔融之難，求救於平原相劉備，其辭曰：「慈，東萊之鄙人，與孔北海親非骨肉，比非鄉黨，特以名志相好，有分災共患之義。」〔註89〕太史慈爲漢末三國時期不甘庸碌、奮發有爲的輕身重義之士，故對孔融如此推崇。孔融的書信，情感的表達自然眞率，鮮明強烈，或悲或喜，或嘲或戲，往往隨時流淌而出，無斧鑿雕飾之痕跡。如《與王朗書》有云：「世路隔塞，情問斷絕，感懷增思。前見章表，知尋湯武罪己之迹，自投東裔同鯀之罰，覽省未

〔註86〕范文瀾：《文心雕龍注》，北京：人民文學出版社，1958年版，第514頁。
〔註87〕〔晉〕陳壽撰，〔宋〕裴松之注：《三國志》，卷22《陳矯傳》，北京：中華書局，1959年版，第643頁。
〔註88〕〔晉〕陳壽撰，〔宋〕裴松之注：《三國志》，卷32《蜀書·先主傳》，北京：中華書局，1959年版，第873頁。
〔註89〕〔晉〕陳壽撰，〔宋〕裴松之注：《三國志》，卷49《吳書·太史慈傳》，北京：中華書局，1959年版，第1188頁。

周，涕隕潸然……知櫂舟浮海，息駕廣陵，不意黃熊突出羽淵也。談笑有期，勉行自愛。」〔註90〕情感由悲到泣到喜的變化隨文而呈現，在悲泣與喜悅之間，以「不意」句開了輕鬆活躍的玩笑，作者將王朗比作鯀，變爲黃熊，突然從東南方向出現，極爲幽默風趣。漢魏之際士人盛行人物品評，人物品評的習氣在孔融書信中多有體現。如其《與韋休甫書》稱韋端子韋康（字元將）和韋誕（字仲將）曰：「前日元將來，淵才亮茂，雅度弘毅，偉世之器也。昨日仲將復來，懿性貞實，文敏篤誠，保家之主也。不意雙珠近出老蚌，甚珍貴之。」〔註91〕《答虞仲翔書》稱虞翻曰：「曩聞延陵之理樂，今覩吾子之治《易》，乃知東南之美者，非但會稽之竹箭焉。又觀象雲物，察應寒溫，原其禍福，與神會契，可謂探賾窮道者已。」〔註92〕人物品評中雜糅調侃戲謔。漢魏之際，大一統政治結構的解體，經學獨尊的崩潰，使得思想意識領域呈現自由的多元的發展趨向。體現在文章創作上，便是尚通脫，使氣任性，這種風尚與孔融本人剛傲不羈的個性及其以氣運詞、稱性而爲的撰作狀態結合之後，被推到了極致。

許壽裳《亡友魯迅印象記》提到魯迅先生素所愛誦漢魏文章，尤看重孔融和嵇康的作品，「爲什麼這樣稱許呢？就因爲魯迅的性質，嚴氣正性，寧願復折，憎惡權勢，視若蔑如，皓皓焉堅貞如白玉，凜凜焉烈烈如秋霜，很有一部分和孔、嵇二人相類似的緣故。」〔註93〕

劉楨的書信曾受到劉勰的肯定，《文心雕龍·書記》云：「公幹箋記，麗而規益。」今存較完整的兩篇。一篇題爲《諫曹植書》，是規勸曹植厚遇家丞邢顒的，言辭誠懇，顯示了樂於成人之美，與人爲善的寬厚性格。一篇題爲《答魏太子丕借廓落帶書》，據《三國志》卷二十一裴松之注引魚豢《典略》，曹丕曾賜劉楨廓落帶，後又想要還，作書嘲楨云：「夫物因人爲貴，故在賤者之手，不禦至尊之側。今雖取之，勿嫌其不反也。」劉楨便寫下此書以答覆，文云：

> 楨聞荊山之璞，曜元后之寶；隨侯之珠，燭眾士之好；南垠之金，登窈窕之首；羆貂之尾，綴侍臣之幘。此四寶者，伏朽石之下，

〔註90〕俞紹初：《建安七子集》，北京：中華書局，2005年版，第17頁。
〔註91〕俞紹初：《建安七子集》，北京：中華書局，2005年版，第19頁。
〔註92〕俞紹初：《建安七子集》，北京：中華書局，2005年版，第18頁。
〔註93〕許壽裳：《摯友的懷念：許壽裳憶魯迅》，石家莊：河北教育出版社，2000年版，第23頁。

潛汙泥之中，而揚光千載之上，發彩疇昔之外，亦皆未能初自接於至尊也。夫尊者所服，卑者所修也；貴者所御，賤者所先也。故夏屋初成而大匠先立其下；嘉禾始熟，而農夫先嘗其粒。恨槇所帶，無他妙飾。若實殊異，尚可納也。〔註94〕

文辭整飭華美，語氣則不卑不亢，頗為得體，展示了作者耿直高傲的個性與捷思善對的才華。

王粲書信今存兩篇，題為《為劉荊州諫袁譚書》、《為劉荊州與袁尚書》，均作於建安八年（203），王粲依荊州刺史劉表之時。當時，以冀州、青州為主要割據區域的軍閥袁紹已死，在繼承權歸屬的問題上，袁氏集團發生內讓，眾僚臣有支持紹長子譚的，也有擁護紹少子尚的，且矛盾激化到同室操戈、舉兵相向的地步。這種情勢發展下去，袁氏集團危矣。袁氏集團危，北方袁曹兩大軍事集團的力量均衡局面便將不復存在，曹操集團勢必成為名副其實的北方霸主，這對割據荊湘的劉表來說是不利的。於是，劉表使王粲操毫代筆，分別致書於袁譚、袁尚，勸其勿聽讒人挑撥而同室操戈，當以大局為重，兄弟和好，共建王業。二書既有直接的勸導，也有史事的引證及物象的比喻，長於鋪陳事理，旨在打動譚、尚兄弟之心。其中既流露了傳統的以禮讓親和為貴的儒家思想，也顯示了縱橫家長於權衡形勢，分辨利害、援譬引類、反覆陳說的特點，明人張溥《漢魏六朝百三家集‧王侍中集題辭》云：「王仲宣為劉荊州移書苦諫，今讀其文，非獨詞章縱橫，其言誠仁人也。」〔註95〕

建安時期某些政壇重臣亦擅長寫作書牘文，當提及的有董昭。董昭富有權謀智略，為曹操父子出謀劃策，多被採納，建立卓越的功績，陳壽《三國志》卷十四將他與程昱、郭嘉並列同傳。昭在文章撰作上長於書牘，他的書牘文善於分析當前形勢，揣摩對方的心態，衡量利害短長，有濃重的縱橫策士風采。早在中平年間，他就為曹操作書安撫長安諸將李催、郭汜等，能根據對象、親疏的不同把握好分寸，言辭得體，頗得史家好評。建安元年，董昭為擴大曹操勢力，修書與擁重兵於獻帝居住地洛陽的軍閥楊奉，辭云：

吾與將軍聞名慕義，便推赤心。今將軍拔萬乘之艱難，反之舊都，翼佐之功，超世無疇，何其休哉！方今群凶猾夏，四海未盡，

〔註94〕俞紹初：《建安七子集》，北京：中華書局，2005年版，第208頁。
〔註95〕殷孟倫：《漢魏六朝百三家集題辭注》，北京：人民文學出版社，1960年版，第78頁。

神器至重，事在維輔；必須眾賢以清王軌，誠非一人所能獨建。心腹四支，實相恃賴，一物不備，則有闕焉。將軍當爲內主，吾爲外援。今吾有糧，將軍有兵，有無相通，足以相濟，死生契闊，相與共之。〔註96〕

信中對楊奉護衛獻帝返還洛陽的功勞做了高度讚揚，然後轉向當今天下局勢。由「必須眾賢以清王軌，誠非一人所能獨建」引出與楊奉結援之意向，並輔之以「心腹四支（肢），實相恃賴」之喻，最後直接點明結援之效益，並發出誓言式的生死與共的誠信表白。文雖簡短，但情理兼備。楊奉得書喜悅，與諸將共表曹操爲鎮東將軍。在曹操和袁紹的軍事較量中，爲爭取袁紹同族袁春卿（時任魏郡太守）反戈投附，曹操遣人將春卿父從揚州接回許昌，董昭則直接修書與袁春卿，辭云：

蓋聞孝者不背親以要利，仁者不忘君以徇私，志士不探亂以徼幸，智者不詭道以自危……況足下今日之所託者乃危亂之國，所受者乃矯誣之命乎？苟不逞之與群，而厥父之不恤，不可以言孝。忘祖宗所居之本朝，安非正之奸職，難可以言忠。忠孝並替，難以言智。又足下昔日爲曹公所禮辟，夫戚族人而疏所生，內所寓而外王室，懷邪祿而叛知己，遠福祚而近危亡，棄明義而收大恥，不亦可惜邪！若能翻然易節，奉帝養父，委身曹公，忠孝不墜，榮名彰矣。宜深留計，早決良圖。〔註97〕

言忠，言孝，言智，權衡輕重，對比得失，處處爲對方的切身利害著想，措辭爽利，富於感染力和說服力。有的書信則充溢激情，流露出不容置辯的霸氣，如建安中董昭與列侯諸將議，認爲曹操宜進爵國公，九錫備物，以表彰其殊勳。於是他致書與荀彧曰：

昔周旦、呂望，當姬氏之盛，因二聖之業，輔翼成王之幼，功勳若彼，猶受上爵，錫土開宇。末世田單，驅彊齊之眾，報弱燕之怨，收城七十，迎復襄王；襄王加賞于單，使東有掖邑之封，西有菑上之虞。前世錄功，濃厚如此。今曹公遭海內傾覆，宗廟焚滅，躬擐甲冑，周旋征伐，櫛風沐雨，且三十年，芟夷群凶，爲百姓除

〔註96〕〔清〕嚴可均：《全三國文》，卷25，《全上古三代秦漢三國六朝文》，北京：中華書局，1958年版，第1193頁。

〔註97〕〔清〕嚴可均：《全三國文》，卷25，《全上古三代秦漢三國六朝文》，北京：中華書局，1958年版，第1193頁。

害，使漢室復存，劉氏奉祀。方之曩者數公，若泰山之與丘垤，豈
同日而論乎？今徒與列將功臣，並侯一縣，此豈天下所望哉！〔註98〕

　　文章通過鮮明的對比而凸顯旨意：周公、呂望、田單因盛而強，建功易
而封賞重；曹公值海內傾覆、宗廟焚滅、群凶割據的亂世，戎馬倥傯，挽漢
室於將亡，功勳宏偉而封賞輕微，若不重封，則失天下人民所望。文短旨豁，
有一錘定音的氣魄。

三、「三曹」及吳質的書牘文

　　作爲漢魏之際的政壇巨人，曹操對兒子言傳身教，督促其樹立遠大目
標，珍惜壯盛年華，以建功立業，其《誡曹植書》云：「吾昔爲頓丘令，年
二十三。思此時所行，無悔於今。今汝年亦二十三矣，可不勉歟！」古詩云：
「少壯不努力，老大徒傷悲。」曹操以身作則教導兒子，其實也是講述此理。
文字簡短而意味深長，寥寥數語，殷切深情流注其中。清人孫梅云：「抑書
之爲說，直達胸臆，不拘繩墨。縱而縱之，數千言不見其多；斂而斂之，一
二語不見其少。破長風於天際，縮九華於壺中。或放筆而不休，或藏鋒而不
露。」〔註99〕曹操此書便屬後者，他未縱筆高談什麼成功的經驗，只是點及
自己回顧少壯而不悔，以起到鞭策勉勵曹植及時發奮的效果。曹植在《與楊
德祖書》自述懷有「戮力上國，流惠下民，建永世之業，流金石之功」的志
向，無疑與其經常受到父親的勉勵有關。曹操《與荀彧書追傷郭嘉》，哀悼
麾下重要謀臣郭嘉，更爲深情文字，其文曰：「郭奉孝年不滿四十，相與周
旋十一年，險阻艱難，皆共罹之……何意卒爾失之，悲痛傷心！今表增其子
滿千戶，然何益亡者！追念之感深。且奉孝乃知孤者也，天下人相知者少，
又以此痛惜，奈何奈何！」〔註100〕

　　魏晉抒情散文大盛，書牘文的抒情功能得以強化，以情動人的作品絡繹
而出，成爲詩、賦之外抒情文學的主要載體。曹丕、曹植的書牘文在這方面
的表現尤爲突出，頗受後人稱贊。明胡應麟有云：「每讀子桓與季重書、陳思

〔註98〕〔清〕嚴可均：《全三國文》，卷25，《全上古三代秦漢三國六朝文》，北京：
　　　　中華書局，1958年版，第1193頁。
〔註99〕〔清〕孫梅：《四六叢話》，王水照：《歷代文話》第五冊，上海：復旦大學出
　　　　版社，2007年版，第4587頁。
〔註100〕〔清〕嚴可均：《全三國文》，卷3，《全上古三代秦漢三國六朝文》，北京：
　　　　中華書局，1958年版，第1069頁。

與德祖書，未嘗不欷歔太息，想見風流好尚如斯。〔註101〕曹丕書牘尤值得關注的，便是那些抒寫日常性的生活內容及其情懷的作品。這些作品往往擺脫了政治、倫理的束縛，述事言情，更貼近普遍的人性。如感歎歲月流逝，人生短促，這本是普通人常有的情思，這種情思的抒發，以往多見於詩歌或者辭賦，曹丕則用書牘來表現這種情思，將書牘體在內容上詩賦化了，因而具有抒情詩賦的藝術感染力。曹丕書牘之所以膾炙人口，原因即在於此。其中《與吳質書》、《又與吳質書》被《三國志》裴松之注所引用，前者又被收錄於蕭統主編之《文選》，因其抒情性濃烈而歷來傳誦不衰。書信中追昔念舊，感時述懷，悼亡傷逝，於品文論人之中，寄以殷殷之情、眷眷之意，抒情成份極濃。如《與吳質書》有云：

> 每念昔日南皮之遊，誠不可忘。既妙思六經，逍遙百氏，彈棋間設，終以六博。高談娛心，哀箏順耳；馳騁北場，旅食南館，浮甘瓜于清泉，沈朱李于寒水。白日既匿，繼以朗月，同乘並載，以遊後園。輿輪徐動，參從無聲。清風夜起，悲笳微吟。樂往哀來，愴然傷懷。余顧而言，斯樂難常，足下之徒，誠以爲然。今果分別，各在一方。元瑜長逝，化爲異物，每一念至，何時可言！方今蕤賓紀時，景風扇物，天氣和暖，眾果具繁。時駕時遊，北遵河曲，從者鳴笳以啓路，文學託乘于後車。節同時異，物是人非，我勞如何！

〔註102〕

《又與吳質書》有云：

> 昔年疾疫，親故多離其災，徐、陳、應、劉，一時俱逝。痛可言邪！昔日遊處，行則連輿，止則接席，何曾順叟相失？每至觴酌流行，絲竹並奏，酒酣耳熱，仰而賦詩。當此之時，忽然不自知樂也。謂百年已分，可長共相保，何圖數年之間，零落略盡！言之傷心。頃撰其遺文，都爲一集；觀其姓名，已爲鬼錄，追思昔遊，猶在心目；而此諸子，化爲糞壤，可復道哉！〔註103〕

〔註101〕〔明〕胡應麟：《詩藪·外編》，卷1，上海：上海古籍出版社，1979年版，第140頁。

〔註102〕〔清〕嚴可均：《全三國文》，卷7，《全上古三代秦漢三國六朝文》，北京：中華書局，1958年版，第1089頁。

〔註103〕〔清〕嚴可均：《全三國文》，卷7，《全上古三代秦漢三國六朝文》，北京：中華書局，1958年版，第1089頁。

　　以王侯之尊，痛悼逝去的文人，在傷懷歎逝中流露濃重的生命意識，像這樣情深意長的「敘心」之作，在中國散文史上，前所罕見。其追昔懷人、情致淒傷的格調，對六朝時期類似的書牘產生了不小的影響，形成了抒情書牘文的一個系列。如南朝劉善明《遺崔祖思書》、沈約《與約法師書悼周舍》、陳叔寶《與江總書悼陸瑜》等皆深受其影響。

　　曹丕有的書牘文抒寫日常生活中人際往來應酬瑣事，在娓娓描述中，流露著濃濃的生活情趣。這種表現內容和情趣，也是以往散文所罕見的。建安散文的進步，正是從若干前所未有或罕見的作品中實實在在地顯現出來的。《與鍾繇九日送菊書》述重陽節送鍾繇菊花一束，希望有助於鍾繇養生延壽。《答繁欽書》是對繁欽《與魏太子書》的回覆。繁欽《與魏太子書》描寫都尉薛訪車子富於演唱天分，「能喉轉引聲，與笳同音」，他調動鋪張渲染的手法，頗有詩賦的韻致與藝術魅力，如：

　　　　暨其清激悲吟，雜以怨慕，詠北狄之遐征，奏胡馬之長思。淒
　　入肝脾，哀感頑豔。是時日在西隅，涼風拂衽；背山臨溪，流泉東
　　逝；同坐仰歎，觀者俯聽，莫不泫泣隕涕，悲懷慷慨。〔註104〕

　　曹丕《典論・論文》概括某些文體的特點時指出：「奏議宜雅，書論宜理，銘誄尚實，詩賦欲麗。」奏議、書論等文體實用性強，故「宜雅」、「宜理」，而詩賦為文學性文體，講究文采、抒情性和形象性，遂用「欲麗」予以稱謂。繁欽此文講究鋪飾渲染，富於文采，「欲麗」之傾向相當顯著，故曹丕《答繁欽書》稱繁欽此作「雖過其實，而其文甚麗」。史家魚豢《典略》也認為繁欽與太子書，「記喉轉意，率皆巧麗。」但曹丕不僅局限於欣賞繁作之「甚麗」，而且自己也不甘落後，他的《答繁欽書》描寫一守宮士之女孫瑣的高超演唱才藝，文風張揚，情緒率真，顯示此女之才技非繁欽筆下的車子所能企及，極盡鋪飾渲染之能事，比之繁作，毫不遜色。節引如下：「披書歡笑，不能自勝。奇才妙伎，何其善也！頃守宮士孫世有女曰瑣，年始九，夢與神通，寤而悲吟，哀聲激切，體若飛仙。涉歷六載，於今十五……乃令從官，引內世女。須臾而至，厥狀甚美。素顏玄髮，皓齒丹唇，詳而問之，云善歌舞。於是提袂徐進，揚娥微眺，芳聲清激，逸足橫集，眾倡騰遊，群賓失席。然後

<hr />

〔註104〕〔清〕嚴可均：《全後漢文》，卷93，《全上古三代秦漢三國六朝文》，北京：
　　　　中華書局，1958年版，第977頁。

脩容飾妝，改曲變度。激清角，揚白雪，接孤聲，赴危節。於是商風振條，春鷹秋吟，飛霧成霜，斯可謂聲協鍾石，氣應風律，網羅韶濩，囊括鄭衛者也。」〔註105〕綜觀二文，描述細緻入微，凸顯了以賦法爲文的藝術追求，故清人譚獻曾發出「妙絕古今，遂乃抗手傅毅《舞賦》」〔註106〕的感歎。繁欽、曹丕細膩地描摹藝人的高超演技，興致盎然地談論欣賞音樂舞蹈的感受，這樣的內容，爲以前書牘文所未見，因此他們二人的創作顯然具有開拓意義。

曹植書牘文，情感強烈，個性鮮明。如《與吳季重書》，其中稱贊了吳質的才能，描述了他們暫聚鄴城宴飲時吳質的豪放氣質，有云：「若夫觴酌淩波於前，簫笳發音於後，足下鷹揚其體，鳳歎虎視，謂蕭（何）曹（參）不足儔，衛（青）霍（去病）不足侔也。左顧右盼，謂若無人，豈非吾子壯志哉！過屠門而大嚼，雖不得肉，貴且快意。當斯之時，願舉太山以爲肉，傾東海以爲酒，伐雲夢之竹以爲笛，斬泗濱之梓以爲筝，食若填巨壑，飲若灌漏巵。其樂固難量，豈非大丈夫之樂哉？」還寫了希企時光不流，歡樂常在的心願：「然日不我與，曜靈急節，面有逸景之速，別有參差之闊。思欲抑六龍之首，頓羲和之轡，斬若木之華，閉蒙汜之谷。天路高邈，良久無緣。懷戀反側，如何如何！」〔註107〕描寫宴飲場合極度興奮的狀態，如聞如睹，神采飛揚，鮮活動人；感情充溢，氣勢磅礴，給人以抑揚天地、氣凌雲漢的閱讀感受。曹植之書牘，往往率性而爲，他或認爲寫作書牘是興之所至的產物，是愉悅情緒的釋放，是歡樂之極致，其《與丁敬禮書》云：「故乘興爲書，含欣秉筆，大笑而吐辭，亦歡之極也。」〔註108〕他不是那種受傳統禮法束縛的謙謙君子，而是個非常豪爽外向的人，《三國志‧王粲傳》裴注引魚豢《魏略》，記述其與文士邯鄲淳初次見面的情景：「時天暑熱，植因呼常從取水，自澡訖，傅粉。遂科頭拍袒，胡舞五椎鍛，跳丸擊劍，誦俳優小說數千言，訖謂淳曰：『邯鄲生何如邪？』於是更著衣幘，整儀容，與淳評說混元造化之端，品物區別之意；然後論羲皇以來賢聖烈士優劣之差；次誦古今文章賦誄及當官政事宜所

〔註105〕〔清〕嚴可均：《全三國文》，卷7，《全上古三代秦漢三國六朝文》，北京：中華書局，1958年版，第1088頁。
〔註106〕高步瀛：《魏晉文舉要》，北京：中華書局，1989年版，第60頁。
〔註107〕〔清〕嚴可均：《全三國文》，卷16，《全上古三代秦漢三國六朝文》，北京：中華書局，1958年版，第1141頁。
〔註108〕〔清〕嚴可均：《全三國文》，卷16，《全上古三代秦漢三國六朝文》，北京：中華書局，1958年版，第1141頁。

先後；又論用武行兵倚伏之勢。乃命廚宰，酒炙交至。坐席默然，無與伉者。」
〔註 109〕記述曹植才氣超群、豪爽外向的個性非常眞切生動。曹植的某些書牘
寫得神氣活現，正是他爲人個性的體現。鍾嶸《詩品》評價曹植之詩「粲溢
古今，卓而不群」，實可移評其書牘。高步瀛指出：「子建（文）特爲雄駿，
此篇（指《與吳季重書》）尤覺光燄非常。」〔註 110〕他的《與楊德祖書》，是
寫給好友楊脩的，先談及文人及文學批評；後自述建功立業的理想抱負，亦
豪情蕩漾，凸顯英雄氣質，故高步瀛稱云：「後幅傾吐懷抱，不欲以文人自囿，
尤覺英氣逼人」。〔註 111〕

　　書牘文有言情、言理、言事之別。前代書牘言理、言事者較多，建安書
牘則言情色彩濃厚，與抒情詩賦的表現功能靠攏，眞正成爲詩賦之外感時念
亂、歎節序、嗟衰病、傷離別或敘歡樂的又一重要載體，言理、言事功能，
則有所淡化。劉勰《文心雕龍‧書記》所述書牘體的特點：「本在盡言，言以
散鬱陶，託風采，故宜條暢以任氣，優柔以懌懷，文明從容，亦心聲之獻酬
也」，〔註 112〕漢司馬遷的《報任安書》及其外孫楊惲《報孫會宗書》已具此風
範，但所抒之情重在於仕途受壓抑的怨憤，而建安書牘則將抒情性拓展於更
廣泛的日常生活領域，與抒情詩賦在功能上更爲接近，在文學史上，這不能
不說是一大貢獻。

　　吳質（178～230），字季重，初爲曹操幕僚，以文才爲曹丕、曹植所重，
官至侍中。今存文數篇，見嚴可均《全三國文》卷三十。其中完整的是被蕭
統《文選》收錄的《答魏太子箋》、《在元城與魏太子箋》及《答東阿王書》。

　　《答魏太子箋》是對曹丕建安二十二年來信的回覆。吳質爲曹丕的心腹
故交之一，曹丕在《與吳質書》中抒發了人生短暫、故交多逝的悲傷情緒，
評價了建安諸子的文才學問，最後落筆自我的人生慨歎，筆致隨便，不事雕
琢，眞摯情懷得以自然地流出。作爲與依附之上司的交流及心靈的回應，吳
質此書表情也頗自然得體。其文首先回應曹丕對故交亡逝的感傷：「日月冉
冉，歲不我與。昔侍左右，廁坐眾賢，出有微行之遊，入有管絃之歡，置酒
樂飲，賦詩稱壽，自謂可終始相保，並騁材力，效節明主。何意數年之間，

〔註 109〕〔晉〕陳壽撰，〔宋〕裴松之注：《三國志》卷 21《王粲傳》，北京：中華書
　　　　　局，1959 年版，第 603 頁。
〔註 110〕高步瀛：《魏晉文舉要》，北京：中華書局，1989 年版，第 48 頁。
〔註 111〕高步瀛：《魏晉文舉要》，北京：中華書局，1989 年版，第 43 頁。
〔註 112〕范文瀾：《文心雕龍注》，北京：人民文學出版社，1958 年版，第 456 頁。

死喪略盡。臣獨何德，以堪久長？」接著由悲痛陳琳、徐幹、劉楨、應瑒諸
子的早逝，引出對他們才質的品評。在品評中，顯示了吳質爲人相當自傲的
一面，也折射了他與曹丕間頗爲親密的關係。文末是對曹丕很得體的頌揚，
說丕之文才學問超人，「優游典籍之場，休息篇章之囿，發言抗論，窮理盡微，
摛藻下筆，鸞龍之文奮矣。」〔註113〕還誇耀當今曹丕年齡與東漢開國帝王劉
秀創業時差不多，而才能卻百倍於秀，所以眾望所歸，同聲擁戴。這當然是
素有帝王之志的曹丕喜歡聽的。而後又表了一番忠於曹丕、戮力以報的決心。
史稱吳質以文才爲曹氏兄弟所善，是也。之後，吳質遷元城令。赴任途中，
經過鄴城，向曹丕辭行。到任之後，與曹丕一箋。《文選》題名爲《在元城與
魏太子箋》。此作典故繁富，文采斐然，故爲蕭統重視而收錄《文選》。

　　吳質《答東阿王書》作於他任朝歌令的後期。之前，曹植撰《與吳季重
書》，其中稱贊了吳質的才能、氣質，述說了彼此的友誼，還勉勵吳質在原有
政績的基礎上把朝歌治理得更好。吳質收書，啓函展讀，首先的感受是子建
文采瑰麗，情意深厚，並比喻說只有登上東嶽泰山，方知眾山的平緩，只有
事奉過地位最尊貴的人，方知管轄百里之縣令的卑微：「發函伸紙，是何文采
之巨麗，而慰喻之綢繆乎！夫登東嶽者，然後知眾山之邐迤也；奉至尊者，
然後知百里之卑微也。」對子建氣揚采飛之書牘言，吳質表達的感受應該說
是發自肺腑的敬佩，而非言不由衷的吹捧。以下承「知百里之卑微」意，說
自己歸朝歌後，「精疲思越，惘若有失」，其原因，非敢羨慕公子您恩寵殊遇
的榮耀，也不敢羨慕公子您有猗頓那樣豐厚的財富，實在是因爲自身的地位
比犬馬還要低賤，自己的德行比鴻毛還要輕微。然後運用典故以表達情意，
說曹植與平原君、孟嘗君、信陵君等聲震遐邇的貴公子一樣，具備禮賢下士
的美好品德，而自己卻無毛遂、馮諼、侯嬴的才能以報答公子的禮遇恩德，
因此滿腔積憤，懷念眷顧且憂愁鬱悶。其文云：「雖恃平原養士之懿，愧無毛
遂耀穎之才；深蒙薛公折節之禮，而無馮諼三窟之效；屢獲信陵虛左之德，
又無侯生可述之美。凡此數者，乃質所以憤積于胸臆，懷眷而悁邑者也。」
如此抒情方式，既增強了文章的典雅含蓄之美，又啓人思接千載，馳騁聯想
的翅膀，在更加廣闊的時空中深化感受。而後繼續「卑微」自己，說「傾海
爲酒，並山爲肴，伐竹雲夢，斬梓泗濱，然後極雅意，盡歡情，信公子之壯

〔註113〕〔清〕嚴可均：《全三國文》，卷30，《全上古三代秦漢三國六朝文》，北京：
　　　　中華書局，1958年版，第1221頁。

觀，非鄙人之所庶幾也。」自己的志向是「鑽仲父之遺訓，覽老氏之要言，對清酤而不酌，抑嘉肴而不享，使西施出帷，嫫母侍側」。為何呢？「斯盛德之所蹈，明哲之所保也。」吳質針對曹植推許的豪壯的大丈夫之志，顯得相當冷靜、收斂。但曹植的興致他不能掃，也不敢掃，於是把與曹植觀賞之音樂的聲勢做了誇張渲染：「若乃近者之觀，實蕩鄙心。秦箏發微，二八迭奏，塤簫激于華屋，靈鼓動于座右，耳嘈嘈于無聞，情踊躍于鞍馬。謂可北懾肅慎，使貢楛其矢；南震百越，使獻其白雉。又況權、備，夫何足視乎！」接下來推許子建及眾賢撰著之文辭，「實賦頌之宗，作者之師。」最後針對曹植勤於朝歌政事的勸勉，借助比喻，委婉地提出朝歌令不足以發揮自己的才能，希望進一步得到升遷重用而效其力：「然一旅之眾，不足以揚名；步武之間，不足以騁跡。若不改轍易御，將何以儆其力哉？今處此而求大功，猶絆良驥之足，而責以千里之任；檻猿猴之勢，而望其巧捷之能者也。」〔註114〕看來，作者前面自謂「卑微」，不單純是為了推揚曹植之尊貴，也隱含自己才大任小的牢騷在，文末數語，可謂道破天機。如此跌宕起伏的行文風格，亦可見吳質文學才華確實不同凡響。

四、蜀吳作家的書牘文

　　蜀吳兩國文壇遠遜於北方的曹魏，作家作品皆不算景氣，但也有少量值得關注。

　　汝南名士許靖，漢末動亂中由中原至會稽，又由會稽至交州，後由交州至益州，流離顛沛，備嘗艱辛，終仕於蜀。在蜀曾撰《與曹公書》，與晚年的曹操進行私人間的感情交流。其中抒寫了他遭逢動亂以來的艱辛經歷和對中原的懷念，感情相當沉痛：「會稽傾覆，景興失據，三江五湖，皆為虜庭。臨時困厄，無所控告。便與袁沛、鄧子孝等浮涉滄海，南至交州。經歷東甌、閩、越之國，行經萬里，不見漢地，漂薄風波，絕糧茹草，饑殍薦臻，死者大半。既濟南海，與領守兒孝惠相見，知足下忠義奮發，整敕元戎，西迎大駕，巡省中嶽。承此休問，且悲且喜，即與袁沛及徐元賢復共嚴裝，欲北上荊州。會蒼梧諸縣夷、越蜂起，州府傾覆，道路阻絕，元賢被害，老弱並殺。靖尋循渚岸五千餘里，復遇疾癘，伯母殞命，並及群從，自諸妻子，一時略盡。復相扶侍，

〔註114〕〔清〕嚴可均：《全三國文》，卷30，《全上古三代秦漢三國六朝文》，北京：中華書局，1958年版，第1222頁。

前到此郡，計爲兵害及病亡者，十遺一二。生民之艱，辛苦之甚，豈可具陳哉！懼卒顚仆，永爲亡虜，憂瘁慘慘，忘寢與食……倘天假其年，人緩其禍，得歸死國家，解逋逃之負，泯軀九泉，將復何恨！若時有險易，事有利鈍，人命無常，隕沒不達者，則永銜罪責，入於裔土矣。」〔註115〕關於漢末亂世給社會帶來的災難，史書記載多涉及普通民眾的死亡，令人觸目驚心，許靖此文則詳細記述自己家族爲躲避戰亂，流離顚沛，漂泊異鄉，眷屬或爲亂兵所殺，或染病死亡，十遺一二，喪失慘重，這是親歷禍難的士大夫痛苦訴說，作爲反映那段苦難歷史的個案素材，其眞實性是其他記載無與倫比的。此文記述家族苦難，字字血淚，悲慨深沉，在三國時期的書牘中，這無疑是一篇以情動人的佳作。

蜀國重臣諸葛亮的書牘也頗可讀。諸葛亮較好的是誡子書。此類作品前代或當時的名作如馬援《誡兄子嚴、敦書》、鄭玄《戒子益恩書》、王昶《家誡》等，規誡的對象爲自家人，所講內容主要是關於立身處世的人生經驗，或設身處地，諄諄勸導，或設譬取喻，格言警句迭出，大體而言，形成一種平易自然、不事雕琢的文體風格。諸葛亮承此方向，他廣爲人們傳誦的名文《誡子書》、《誡外生書》，是長教幼、父訓子的書信，篇幅短小，言簡意賅，殷殷之語、切切之情兩相融合，令人感動。《誡子書》是教導兒子如何求學治道、立志修身的，文中突出一個「靜」字，與「躁」字相對比，多用格言式的警句，發人深省：

夫君子之行，靜以脩身，儉以養德，非澹薄無以明志，非寧靜無以致遠。夫學欲靜也，才須學也，非學無以廣才，非志無以成學。慆慢則不能勵精，險躁則不能治性。年與時馳，意與日去，遂成枯落，多不接世，悲守窮廬，將復何及！〔註116〕

對後代要求嚴格，希望殷切，別有一番深情流注其間。諸葛亮此類精粹書信不少，如陸機《要覽》引諸葛亮書曰：「勢利之交，難以經遠。士之相知，溫不增華，寒不改葉，能貫四時而不衰，歷夷險而益固。」〔註117〕境界高尚，

〔註115〕〔清〕嚴可均：《全三國文》，卷60，《全上古三代秦漢三國六朝文》，北京：中華書局，1958年版，第1378頁。

〔註116〕〔宋〕李昉：《太平御覽》，卷459《人事部一百》，北京：中華書局，1960年版，第2112頁。

〔註117〕〔宋〕李昉：《太平御覽》，卷406《人事部四七》，北京：中華書局，1960年版，第1878頁。

堪稱至理名言。諸葛亮的不少書信是寫給其兄諸葛瑾的，瑾仕吳爲重臣，亮與之多書信往來，或評說人物，或言軍事，皆短章，如《與兄瑾言子瞻書》評說兒子諸葛瞻：「瞻今已八歲，聰慧可愛，嫌其早成，恐不爲重器耳。」古人或有早慧者將來未必能成大器的說法，如《老子》：「大器晚成，大音希聲」，《後漢書・孔融傳》：「夫人小而聰了，大未必奇」云云，從諸葛亮的擔心中，可見他對兒子乃至國家的前途命運抱有多麼殷切的期望。諸葛亮與其他人的書信也多爲短篇，讀來往往給人以簡潔明快，開誠布公，與人爲善，謙和切情的印象。或重在品評人物，爲朝廷延攬人才，如《與張裔蔣琬書》稱道涼州籍青年才俊姜維：「忠勤時事，思慮精密……其人涼土上士也……敏於軍事，既有膽義，深解兵意。此人心存漢室，而才兼於人。」或重於化解臣僚間的矛盾誤會，營造人際關係之和諧氛圍，以共輔王室，如《報關羽書》通過周到得體的措辭，化解了關羽對馬超受到重用的不服氣和嫉妒：「孟起兼資文武，雄烈過人，一世之傑，黥彭之徒也。當與孟德並驅爭先，猶未及髯之絕倫逸群也。」雖僅寥寥幾句，但對馬超、張飛、關羽三人的評騭極有分寸，簡而切要，不僅可使當事人心服口服，即使局外人也不得不拍案稱絕。晚明張溥對此類短書稱賞有加，云：「赫蹏（小幅紙）數字，能使憾夫解仇，壯士刎頸，開誠布公，集思廣益，一生靖獻之本，施於僚佐，賢愚悉心，所自然耳。」〔註118〕

一代英傑周瑜，盡心輔佐孫策、孫權兄弟經營江東，以圖大業，惜乎壯志未果而身先病卒，百代之下，令人歎惋。《疾困與吳主權箋》，是他三十六歲病危時給孫權寫的書信。此文今存兩個版本，一個爲陳壽所記，《三國志》卷五十四《魯肅傳》載，周瑜病困，上書曰：

當今天下，方有事役，是瑜乃心夙夜所憂，願至尊先慮未然，然後康樂。今既與曹操爲敵，劉備近在公安，邊境密邇，百姓未附，宜得良將以鎮撫之。魯肅智略足任，乞以代瑜。瑜隕踣之日，所懷盡矣。〔註119〕

一個爲虞溥所記，《三國志》卷五十四《周瑜傳》注引虞溥《江表傳》云：

〔註118〕殷孟倫：《漢魏六朝百三家題辭注》，北京：人民文學出版社，1960年版，第61頁。
〔註119〕〔晉〕陳壽撰，〔宋〕裴松之注：《三國志》，卷54《魯肅傳》，北京：中華書局，1959年版，第1271頁。

> 初瑜疾困，與權牋曰：「瑜以凡才，昔受討逆特殊之遇，委以
> 腹心，遂荷榮任，統御兵馬，志執鞭弭，自效戎行。規定巴蜀，次
> 取襄陽，憑賴威靈，謂若在握。至以不謹，道遇暴疾，昨自醫療，
> 日加無損。人生有死，修短命矣，誠不足惜，但恨微志未展，不復
> 奉教命耳。方今曹公在北，疆場未靜，劉備寄寓，有似養虎，天下
> 之事，未知終始，此朝士旰食之秋，至尊垂慮之日也。魯肅忠烈，
> 臨事不苟，可以代瑜。人之將死，其言也善，儻或可採，瑜死不朽
> 矣。〔註120〕

　　二者相較，虞溥所記周郎書牋的內容及抒情性顯然勝過陳壽所記。其中
有對孫氏兄弟知遇之恩的感激，有對自己雄圖遠略的回顧，有對壯志未酬的
遺恨，有對當今曹、劉、孫鼎立之複雜形勢的清醒認識，有對自己歿後主持
軍務之繼承人的推薦，文短而意長，辭簡而情深；其中流露面對個人生死存
亡的豁達，與企求建功立業而雄圖未展的遺恨形成鮮明的對比，讀來尤令人
感動。漢末三國亂世，一批才俊充滿英雄情懷，以拯救世難，周瑜是其中突
出的代表，可謂大英雄。他臨終的這番表白，流露的實是大英雄的情懷。

第四節　情味彌濃的書牘文（下）

　　兩晉南北朝作家繼承建安三國書牘文重抒情的創作精神，寫下許多內容
充實、情文並茂的優秀作品，或被蕭統《文選》收錄。晉代傑出書牘文主要
作家有趙至、陸雲、劉琨、王羲之、陶淵明等。南朝散體書牘文傑出作家有
王微、江淹、沈約、王僧孺等。北朝書牘文相對而言較為遜色，但宇文護與
其母閻姬的往來書信，訴說母子深情，真摯感人，別具風采，堪稱書牘文之
珍品。

一、晉代書牘文：歎逝、傷亂、報國等情感的交匯

　　晉代書牘文在建安三國重抒情的基礎上繼續發展，或為日常生活情懷的
抒寫，或涉及社會動亂，或涉及軍政紛爭，但往往寫得情感濃烈，真摯動人，
如劉琨的《答盧諶書》、劉弘《與東海王越書》、《與劉喬牋》、華譚《遺顧榮

〔註120〕〔晉〕陳壽撰，〔宋〕裴松之注：《三國志》，卷54《魯肅傳》，北京：中華書
　　　　　局，1959年版，第1271頁。

等書》、溫嶠《重與陶侃書》等，這些作品氣勢流暢，激情充溢其間，流淌著以社稷爲重，以解救國家危難爲己任的高情遠志。此足可證明六朝文絕非某些論者所謂內容蒼白，情感貧乏。

　　陸雲論文，崇尚感情的抒發，他在《與兄平原書》中贊賞陸機的某些作品，標準便是流露深情。陸雲自己的創作，自覺地實踐著他的尚情文學觀念，這在書牘文創作方面的表現尤爲顯著。茲引錄幾個短篇。《與陸典書》：「日月運邁，何一流速。御哀經變，思愈深，亡靈處彼，黃塘幽曠。在遠之憶，心常愴裂，含痛靡及，悠悠奈何！」〔註121〕《與楊彥明書》：「省示累紙，重存往會，益以增歡。年時可喜，何速之甚。昔年少時，見五十公，去此甚遠。今日冉冉，己近之己。耳順之年，行復爲憂歎也。柯生而多悅，樂春未厭，秋風行戒，已悲落葉矣。人道多故，歡樂恒乏，遨遊此世，當復幾時！」〔註122〕《弔陳永長書》：「天災橫流，禍害無常，何圖永曜，奄忽遇此！凶問卒至，痛心摧剝，奈何奈何！想念篤性，哀悼切裂，當可堪言，無因展告，望企哽咽。」〔註123〕又云：「與永曜相得，便結願好，契闊分愛，恩同至親。憑烈三益，終始所願，中間離別，但爾累年。結想之懷，夢寐彷彿，何圖忽爾，便成永隔。哀心慟楚，不能自勝，痛當奈何奈何！義在奔馳，牽役萬里，至心不敘，東望貴舍，雨淚沾襟。今遣吏並進薄祭，不得臨哀，追增切裂，幸損至念，書重不知所言。」〔註124〕所抒之情，圍繞對人生短促的慨歎，對親戚朋友疾病和死亡的悲痛而展開，基調近似曹丕而篇幅趨於簡短，抒情性則更爲濃重，與抒情詩賦相比，也毫不遜色。在漢代，人生短促之歎，主要出現在東漢後期以《古詩十九首》爲代表的詩歌作品中，到了魏晉，不僅詩歌繼續大幅度地表現這種內容，而且不少辭賦也表現這種內容，而尤其值得關注的是，大量散文也加入此行列，充當著與詩賦一樣的抒發日常生活情懷的文體角色，各文體間表現功能之差異淡化了。在西晉，陸雲是這種潮流中的一個代表作家。此種文短情深的書牘，對王羲之的雜帖有直接影響。

〔註121〕　〔晉〕陸雲撰，黃葵點校：《陸雲集》，北京：中華書局，1988年版，第170頁。

〔註122〕　〔晉〕陸雲撰，黃葵點校：《陸雲集》，北京：中華書局，1988年版，第167頁。

〔註123〕　〔晉〕陸雲撰，黃葵點校：《陸雲集》，北京：中華書局，1988年版，第177頁。

〔註124〕　〔晉〕陸雲撰，黃葵點校：《陸雲集》，北京：中華書局，1988年版，第178頁。

　　劉琨本為貴公子，年輕時有過浮華的生活經歷，兩晉之際的社會大動亂，使他清醒，使他振作，於是投入於救亡圖存的前線。他的《答盧諶書》，述及經歷國破家亡、戎馬倥傯生活後的思想變化，感慨萬千：「昔在少壯，未嘗檢括，遠慕老莊之齊物，近嘉阮生之放曠，怪厚薄何從而生，哀樂何由而至。自頃輈張，困于逆亂，國破家亡，親友凋殘。負杖行吟，則百憂俱至；塊然獨坐，則哀憤兩集。」〔註125〕清人何焯評曰：「書詞慷慨，有建安諸人氣韻。」〔註126〕

　　孔坦《與石聰書》，勸敦少數民族軍閥石聰歸順東晉，激情洋溢，義正辭嚴，恩威並施，曉之於理，動之以情，讀來有淋漓暢快的深刻印象。梁初丘遲名作《與陳伯之書》之風貌頗似孔坦此作，不能排除受孔坦影響的可能性。孔坦《臨終與庾亮書》更是充溢愛國之情的傑作。他在臨沒之時，不以己悲，而以朝恩未報為恨，他真誠地期望庾亮戮力王室，致使國家一統，還都中原，「若死而有靈，潛聽風烈」。讀來使人彷彿聽到陸放翁「王師北定中原日，家祭勿忘告乃翁」之類的聲音。孔坦乃會稽人氏，生長南土，猶如此執著於克復神州，復京河洛，其愛國情志，尤令人感動不已。

　　桓溫《與撫軍箋》，充溢率師北征、克復中原的激情，近乎諸葛亮《後出師表》之神韻。謝安《與支遁書》，思念友人，企盼會面，文短情濃。辭云：

>　　思君日積，計辰傾遲，知欲還剡自治，甚以悵然。人生如寄耳，頃風流得意之事，殆為都盡。終日戚戚，觸事惆悵，唯遲君來，以晤言消之，一日當千載耳。此多山縣，閒靜，差可養疾，事不異剡，而醫藥不同，必思此緣，副其積想也。〔註127〕

　　支遁字道林，為東晉著名的佛教學者，長於論辯，與謝安等交往甚惬，故謝安此書熱切希望與支遁會面，感情真摯，其中有人生短促的感慨，有不得與支遁在一起清談的遺憾，有對支遁身體的關心，總之，流露的是濃重的思念與企盼之情。

　　東晉時期，在南北敵對狀態下，北方百姓有被賣或被掠於江淮地區者，骨肉分離，處境可憐，殷仲堪《致謝玄書》，表現了關注並同情其悲慘命運的

〔註125〕〔清〕嚴可均：《全晉文》，卷108，《全上古三代秦漢三國六朝文》，北京：中華書局，1958年版，第2082頁。

〔註126〕高步瀛：《魏晉文舉要》引，北京：中華書局，1989年版，第144頁。

〔註127〕〔清〕嚴可均：《全晉文》，卷83，《全上古三代秦漢三國六朝文》，北京：中華書局，1958年版，第1938頁。

人文情懷，實爲難能可貴。除表現了較高的精神境界外，其文的最大亮點便是流淌著強烈的抒情性，如：

> 頃聞抄掠所得，多皆採樵飢人，壯者欲以救子，少者志在存親，行者傾筐以顧念，居者吁嗟以待延。而一旦幽繫，生離死絕，求之于情，可傷之甚。昔孟孫獵而得麑，使秦西以歸之，其母隨而悲鳴，不忍而放之。孟孫赦其罪，以傅其子。禽獸猶不可離，況于人乎？夫飛鴞惡鳥也，食桑葚猶懷好音。雖曰戎狄，其無情乎？〔註128〕

東晉喻希的《與韓康伯箋》，主要記述了林邑國（約在今越南中南部）的物產，其中描寫檳榔樹的一段尤爲細緻生動，且情致盎然：

> 惟檳榔樹，最南遊之可觀。子既非常，木亦特異，溫交州時度之，大者三圍，高者九丈，葉聚樹端，房構葉下，華秀房中，子結房外。其擢穗似禾，其綴實似穀，其皮似桐而厚，其節似竹而概，其中空，其外勁，其屈如覆虹，其申如縋繩。本不大，末不小，上不傾，下不邪，調直亭亭，千百若一。步其林則寥朗，庇其陰則蕭條，信可以長吟，可以遠想矣。但性不耐霜，不得北殖，必當遐樹海南，遼然萬里，弗遇長者之目，自令人恨深。〔註129〕

這種寫法頗像之前的南方異物志，而在記述的細緻方面則對其有所超越，運用書牘體細緻地描寫某些植物，前所未見，此文的開拓意義是值得提及的。

晉宋之際陶淵明乃性情中人，其《與子儼等疏》實爲性情中文字。作者先自述平生貧窮境遇，流露對兒子們因此幼受飢寒的愧疚心情；接著寫自己好琴書、愛閒靜的生活情趣。然後述自己年邁體衰，恐不久於人世，值此之際，惟操心儼等今後生計，惟希望儼等和睦相處。文章趣味盎然，眞情流淌，特別感人，如：「吾年過五十，少而窮苦，每以家弊，東西遊走。性剛才拙，與物多忤，自量爲己，必貽俗患。僶俛辭世，使汝等幼而飢寒……少學琴書，偶愛閒靜，開卷有得，便欣然忘食。見樹木交蔭，時鳥變聲，亦復歡然有喜。嘗言五六月中，北窗下臥，遇涼風暫至，自謂是羲皇上人。意淺識罕，謂斯

〔註128〕〔清〕嚴可均：《全晉文》，卷 129，《全上古三代秦漢三國六朝文》，北京：中華書局，1958 年版，第 2203 頁。

〔註129〕〔清〕嚴可均：《全晉文》，卷 133，《全上古三代秦漢三國六朝文》，北京：中華書局，1958 年版，第 2225 頁。

言可保；日月遂往，機巧遂疏。緬求在昔，眇然如何！病患以來，漸就衰損，親舊不遺，每以藥石見救，自恐大分將有限也。汝等稚小家貧，沒役柴水之勞，何時可免？念之在心，若何可言！」〔註130〕清林雲銘《古文析義》初編卷四云：「與子一疏，乃陶公畢生實錄，全副學問也。窮達壽夭，既一眼覷破，則觸處任眞，無非天機流行。末以善處兄弟勸勉，亦其至情不容已處。讀之惟見眞氣盤旋紙上，不可作文字觀。」〔註131〕

竺僧度，俗姓王，名晞，字玄宗，東莞人。後爲僧，改名。嚴可均《全晉文》據《高僧傳》錄其文一篇，題爲《答楊苕華書》。苕華，竺僧度之妻也，曾致書於竺僧度，此爲竺僧度給妻子的回信。信中首先對爲僧弘道作了至高的評價、肯定：「夫事君以治一國，未若弘道以濟萬邦；事親以成一家，未若弘道以濟三界。」在此基礎上，又表明了矢志不移的爲僧信念：「且披袈裟，振錫杖，飲清流，詠般若，雖王公之服，八珍之膳，鏗鏘之聲，煒曄之色，不與易也。」最後說人各有志，不可勉強，你與我緣分既已斷絕，當趁盛年之時結緣於可慕之人。語氣雖然平靜，但卻隱然流淌著對妻子的十分眞摯的關懷之情，辭云：

> 且人心各異，有若其面。卿之不樂道，猶我之不慕俗矣！楊氏，長別離矣！萬世因緣，於今絕矣！歲聿去暮，時不我與。學道者當以日損爲志，處世者當以及時爲務。卿年德並茂，宜速有所慕，莫以道士經心，而坐失盛年也。〔註132〕

竺法汰，東莞人，少與釋道安同學。晉太元中卒於瓦官寺。嚴可均《全晉文》錄其文兩篇，其中《與釋道安書追論竺僧敷》錄自《高僧傳》，篇幅簡短，但富於抒情性，辭云：

> 每憶敷上人，周旋如昨，逝彼奄復多年。與其清談之日，未嘗不相憶，思得與君共覆疏其美，豈圖一旦，永爲異世，痛恨之深，何能忘情？〔註133〕

〔註130〕〔清〕嚴可均：《全晉文》，卷 111，《全上古三代秦漢三國六朝文》，北京：中華書局，1958 年版，第 2097 頁。

〔註131〕龔斌：《陶淵明校箋》，卷 7 引，上海：上海古籍出版社，1996 年版，第 450 頁。

〔註132〕〔清〕嚴可均：《全晉文》，卷 165，《全上古三代秦漢三國六朝文》，北京：中華書局，1958 年版，第 2425 頁。

〔註133〕〔清〕嚴可均：《全晉文》，卷 159，《全上古三代秦漢三國六朝文》，北京：中華書局，1958 年版，第 2381 頁。

　　以上二僧之書信的風格與王羲之的某些書帖文字相似，文字簡潔而深於情，讀來很感人。

　　王猛（325～375），字景略，北海劇人。爲人瑰姿俊偉，博學好兵書，仕爲苻堅謀士，累遷至丞相。嚴可均《全晉文》輯錄其文數篇，其中較有文采的是《諭張天賜書》。天賜爲十六國前涼末代君主，前秦軍欲攻伐前涼，天賜拒之，王猛便爲書以諭，規勸其認清秦、涼實力之懸殊，歸附於秦，免招亡國滅族之禍，辭云：

> 昔貴先公稱藩于劉、石者，惟審于彊弱也。今論涼土之力，則
> 損于往時。語大秦之德，則非二趙之匹。而將軍翻然自絕，無乃非
> 宗廟之福也歟？夫以秦之威，旁振無外，可以回弱水使東流，返江
> 河使西注；關東既平，將移兵河右，恐非六郡士民所能抗也！劉表
> 謂漢南可保，將軍謂西河可全，吉凶在身，元龜不遠，宜深算妙慮，
> 自求多福，無使六世之業，一旦而墜地也。〔註134〕

　　較少兩軍對壘，炫此貶彼的譴責恐嚇之辭，而多爲心平氣和，設身處地的勸導，語氣懇切，體現了一位成熟的政治家的素質與談吐風度。

二、《答蘇武書》和《與嵇茂齊書》

　　這兩篇書牘文皆被收錄於《文選》，保存完整，流傳於今，抒情性特別強烈，茲單列以論述。

　　梁代蕭統《文選》收錄書牘文較多，爲文章諸體中收錄作品最多的一個大類，其中收錄年代較早的作品爲西漢李陵的《答蘇武書》。歷代學者文人或以其爲後世擬託之作。

　　南朝宋初著名文士顏延之《庭誥》，初唐劉知幾《史通・雜說下》、宋蘇軾《答劉沔都曹書》、清人賀貽孫《詩筏》、浦起龍《史通通釋》、何焯《義門讀書記》、近代以來梁章鉅《文選旁證》、黃侃《文選評點》、王重民《敦煌古籍敘錄》等皆提出擬託之說，至於擬者之年代，或以爲建安，或以爲魏晉，或以爲晉宋，或以爲齊梁。江淹《上建平王書》撰於劉宋後期爲建平王劉景素幕僚之時，文中抒發己之悲傷，拈取古人事情，涉及《答蘇武書》所述李陵悲傷欲絕的情態，以此而推，《答蘇武書》之撰期肯定要比江淹《上建平王

〔註134〕〔清〕嚴可均：《全晉文》，卷 152，《全上古三代秦漢三國六朝文》，北京：
　　　中華書局，1958 年版，第 2339 頁。

書》早得多。故擬者之年代絕不可能在南朝。

《答蘇武書》的行文風格與西漢書牘之文頗爲不類，如開端一段：

> 子卿足下：勤宣令德，策名清時，榮問休暢，幸甚幸甚。遠託
> 異國，昔人所悲，望風懷想，能不依依？昔者不遺，遠辱還答，慰
> 誨勤勤，有踰骨肉。陵雖不敏，能不慨然？自從初降，以至今日，
> 身之窮困，獨坐愁苦，終日無覩，但見異類。韋韝毳幙，以御風雨，
> 羶肉酪漿，以充飢渴。舉目言笑，誰與爲歡？胡地玄冰，邊土慘裂，
> 但聞悲風蕭條之聲。涼秋九月，塞外草衰。夜不能寐，側耳遠聽，
> 胡笳互動，牧馬悲鳴，吟嘯成群，邊聲四起，晨坐聽之，不覺淚下。
> 嗟乎子卿，陵獨何心，能不悲哉！〔註135〕

這段文字共 43 句，42 句爲整齊的四言句。如此集中地大量運用四言句式，不僅在武帝、昭帝時期，即使在整個西漢的書牘文中也找不出第二篇。到了漢末建安及魏晉時期，書牘文中此類作品才較多出現，如曹丕的《與朝歌令吳質書》的主體部分：

> 塗路雖局，官守有限，願言之懷，良不可任。足下所治僻左，
> 書問致簡，益用增勞。每念昔日南皮之遊，誠不可忘。旣妙思六經，
> 逍遙百氏。彈棋閒設，終以六博。高談娛心，哀箏順耳。馳騁北場，
> 旅食南館。浮甘瓜於清泉，沈朱李於寒水。白日旣匿，繼以朗月。
> 同乘竝載，以遊後園。輿輪徐動，絫從無聲。清風夜起，悲笳微吟；
> 樂往哀來，愴然傷懷。余顧而言，斯樂難常；足下之徒，咸以爲然。
> 今果分別，各在一方。元瑜長逝，化爲異物。每一念至，何時可言！
> 方今蘩賓紀時，景風扇物，天氣和暖，眾果具繁。時駕而遊，北遵
> 河曲，從者鳴笳以啓路，文學託乘於後車。節同時異，物是人非，
> 我勞如何！〔註136〕

共 50 句，44 句爲四言句。其他如孔融《喻邴原書》《與王朗書》、吳質《答魏太子箋》、應璩《與西陽令孔德琰書》、趙至《與嵇茂齊書》、陸景《與兄書》《答從兄安成王書》，陸雲《與車茂安書》《與戴季甫書》等，皆是以四言爲主要句式的書牘體作品。

〔註135〕〔梁〕蕭統編，〔唐〕李善注：《文選》，卷41，北京：中華書局，1977年版，第 573 頁。

〔註136〕〔梁〕蕭統編，〔唐〕李善注：《文選》，卷42，北京：中華書局，1977年版，第 591 頁。

　　從內容上看，《答蘇武書》述及自然風光等粗獷的塞外生存環境，抒寫自己託身異域之心靈上的孤獨淒涼及其對故土的眷戀，富於情景交融的藝術感染力。之前，描寫邊塞自然風光，較早見於賦，先有西漢末劉歆《遂初賦》描寫塞上邊郡五原景色，後有班彪《北征賦》描寫西北邊郡安定景色，且往往能夠情景交融，頗為感人。書牘中較早寫到邊塞自然風光的是東漢末張奐《與延篤書》，今傳片斷，有云：「太陰之地，冰厚三尺，木皮五寸，風寒慘冽，剝脫傷骨。」從書牘體作品借助寫景以襯托感情之手法的運用歷程來看，張奐此文也可以說是較早的範例。而書牘文大幅度地以景襯情的寫法，建安至晉初出現曹丕《與吳質書》、趙至《與嵇茂齊書》等名作，這應該說是《答蘇武書》的相關描寫出現的文體背景。此種文體背景的呈現，大抵與當時書牘體借鑒吸納辭賦等文體的藝術特長密切相關。描寫邊塞苦寒風光，則以《答蘇武書》中的描寫幅度為最大。故此書擬託的時間，以建安至西晉的可能性較大。

　　蕭統《文選》選錄歷代作品，其標準基本上是重文采、重抒情。託名李陵所作的《答蘇武書》既不乏文采，又富於抒情性，故得以入選。此外，似乎也與自漢至梁積澱下來的同情李陵的聲音有所關聯。司馬遷對李陵的遭遇，在李陵初陷匈奴時回答漢武帝的詢問中，以及在後來寫的《報任少卿書》中，皆鮮明地表達了寬容理解的態度。班固《漢書・李陵傳》詳細記述其浴血奮戰的經過，捕捉其慨歎悲泣的場面，在一定程度上曲折地流露了同情態度。六朝時期，也不乏同情李陵的聲音，有的還出於史學之家，如《三國志》卷 43《黃李呂馬王張傳》記載，蜀漢鎮北將軍黃權在不得已的情況下投降曹魏，有司執法，請示朝廷下令收押黃權妻、子，劉備不許，待之如初。裴松之評云：「臣松之以為漢武用虛罔之言，滅李陵之家，劉主（劉備）拒憲司所執，宥黃權之室，二主得失縣邈遠矣。《詩》云：『樂只君子，保艾爾後，』其劉主之謂也。」〔註137〕又如江淹所撰傑作《恨賦》，摹寫名將之恨，以李陵為代表人物，有云：「至如李君降北，名辱身冤，拔劍擊柱，弔影慚魂。情往上郡，心留雁門，裂帛繫書，誓還漢恩；朝露溘至，握手何言？」顯然表現出寬容或同情的態度。明人方伯海的一段話在一定程度上大致可以概括歷代人們之所以同情李陵，以及《答蘇武書》之所以感動人的某些基本情況：「但陵當日罪之可原，全由以五千步軍當十倍強敵，勢孤援絕，以功折罪，

〔註137〕〔晉〕陳壽撰，〔宋〕裴松之注：《三國志》，卷 43《蜀書・黃權傳》，北京：中華書局，1959 年版，第 1044 頁。

網或可寬，殺其妻子，並及老母，斯爲過矣！嗚呼！陵自是奇士，遭逢不幸，身名俱裂，君子諒其心……書則淋漓酣恣，神似龍門（司馬遷）。」〔註138〕

　　李陵與蘇武事蹟，班固《漢書》之《李陵傳》、《蘇武傳》有頗得後人稱贊的記載，如清人趙翼《廿二史箚記》卷二云：「《史記》李陵附《李廣傳》後，但云陵將步卒五千人，出居延，與單于戰，殺傷萬餘人。兵食盡欲歸，匈奴圍陵，陵降匈奴，其兵遂沒，得還者四百餘人。蓋遷以陵得禍，故不敢多爲辨雪也。《漢書》特爲陵立傳，詳敘其戰功，頗有精彩，並述司馬遷對上之語，爲之剖白。《史記》無《蘇武傳》，蓋遷在時武尙未歸也。《漢書》爲立傳，敘述精彩，千載下猶有生氣，合之《李陵傳》，慷慨悲涼，使遷爲之，恐亦不能過也。」沈德潛《歸愚文續》卷三云：「《史記》於李陵戰功敘之極略，而《漢書》所載，自『千弩俱發，應弦而倒』，下至『擊鼓起士，鼓不鳴』止，使千載下毛髮俱動，不獨表陵之勇，亦以鳴太史公救陵得禍之冤，此班之勝於馬也。」陳衍《石遺室論文》卷二評云：「《漢書·李廣傳》後之《李陵傳》，即欲繼美太史公之《李廣傳》也。中間敘苦戰一大段，直逼《史記·淮陰侯傳》、《項羽本紀》。傳末悽婉處，直兼伍子胥、屠岸賈二事情景。」〔註139〕章太炎先生稱其爲「極描寫之能事」的「情至」之作，而與《史記·項羽本紀》相提並論。〔註140〕班固《李陵傳》對李陵在塞外身陷重圍浴血奮戰的過程有精彩生動的描述，《答蘇武書》在此基礎上進一步加以文學性的渲染，因而更加強化了藝術震撼力。其文抨擊西漢帝王對待功臣的刻薄寡恩，以及邪佞當道的政治腐敗，怒不可遏，怨憤之情噴薄而出，情緒非常激烈，如：「足下又云，漢與功臣不薄。子爲漢臣，安得不云爾乎？昔蕭、樊囚縶，韓、彭葅醢，晁錯受戮，周、魏見辜，其餘佐命立功之士，賈誼、亞夫之徒……並受禍敗之辱，卒使懷才受謗，能不得展。彼二子之遐舉，誰不爲之痛心哉！陵先將軍，功略蓋天地，義勇冠三軍，徒失貴臣之意，刎身絕域之表。此功臣義士所以負戟而長嘆者也！何爲不薄哉……而妨功害能之臣，盡爲萬戶侯，親戚貪佞之類，悉爲廊廟宰。」〔註141〕魏晉時期社

〔註138〕〔清〕于光華：《文選集評》，卷10，清刊本。
〔註139〕王水照主編：《歷代文話》第七冊，上海：復旦大學出版社，2007年版，第6702頁。
〔註140〕章太炎：《國學講演錄》，上海：華東師範大學出版社，1995年版，第245頁。
〔註141〕〔梁〕蕭統編，〔唐〕李善注：《文選》，卷41，北京：中華書局，1977年版，第575頁。

會上思想較為解放，名教觀念對人心的束縛相對漢代要薄弱一些，故在擬書中出現這樣的激烈言辭。整體而言，此文抒情氣氛的宣洩特別強烈，能給讀者以極大的震撼。此文本有《漢書‧蘇武傳》可供借鑒，作者踵事增華，變本加厲，為強化抒情性，充分發揮私人書牘較為自由隨便的文體功能，濃筆重彩以渲染李陵的滿腹怨憤，悲慨淋漓，感人頗深。

趙至《與嵇茂齊書》亦為寫景抒情的傑作，而被蕭統《文選》收錄。此文在情景的表現上更為鋪張揚厲，強化了渲染的力度，將書牘文之文采化抒情化發揮到了前所未有的地步，不得不令人刮目相看。節引於下：「惟別之後，離群獨游，背榮宴，辭儕好，經迴路，涉沙漠。鳴雞戒旦，則飄爾晨征；日薄西山，則馬首靡託。尋歷曲阻，則沉思紆結；乘高遠眺，則山川悠隔。或乃迴飈狂厲，白日寢光，踦嶇交錯，陵隰相望，徘徊九皋之內，慷慨重阜之巔，進無所依，退無所據，涉澤求蹊，披榛覓路，嘯詠溝渠，良不可度。斯亦行路之艱難，然非吾心之所懼也……飄颻遠遊之士，託身無人之鄉。惣轡遐路，則有前言之艱；懸鞍陋宇，則有後慮之戒；朝霞啟暉，則身疲於遄征；太陽戢曜，則情劬於夕惕；肆目平隰，則遼廓而無覩；極聽脩原，則淹寂而無聞。吁其悲矣！心傷悴矣！然後乃知步驟之士，不足為貴也。若迺顧影中原，憤氣雲踊，哀物悼世，激情風烈，龍睎大野，虎嘯六合，猛氣紛紜，雄心四據，思躡雲梯，橫奮八極，披艱掃穢，蕩海夷嶽，蹴崑崙使西倒，蹋太山令東覆，平滌九區，恢維宇宙，斯亦吾之鄙願也。時不我與，垂翼遠逝，鋒鉅靡加，翅翮摧屈。自非知命，誰能不憤悒者哉……去矣嵇生，永離隔矣；縈縈飄寄，臨沙漠矣；悠悠三千，路難涉矣；攜手之期，邈無日矣；思心彌結，誰云釋矣。」〔註142〕激情洋溢，為書牘文前所罕見，劉勰《文心雕龍‧書記》以「激切」稱之，頗當。高步瀛評其云：「源出建安諸子，而更恢廓。氣勢雄邁，有振衣千仞岡之概，但詞稍失之繁。」〔註143〕所謂詞繁，乃是趙至撰作時才思噴湧，為強化抒情性，自覺地借助鋪張渲染而致。書牘文至此，已純然成為釋放激情，顯示才華的載體，這種情況在建安之前的漫長年代是不可想像的。清人孫梅云：「若乃趙至《入關》之作，鮑照《大雷》之篇，叔庠擢秀於桐廬，士龍

〔註142〕〔梁〕蕭統編，〔唐〕李善注：《文選》，卷43，北京：中華書局，1977年版，第607～608頁。
〔註143〕高步瀛：《魏晉文舉要》，北京：中華書局，1989年版，第140頁。

吐奇於鄴縣，莫不摹山水，繪煙嵐，列土毛，覃海錯，跌宕以行吟，迤邐而命筆。實皆記體，曲被書稱。假尺牘以寄才情，因懷人而蜚藻思，抑獨何哉！」〔註144〕指出趙至、鮑照、吳均、陸雲等的書牘文「寄才情」、「蜚藻思」的創作特色，很有見地。《與嵇茂齊》這樣的作品，應當說是詩賦化了的散文。不僅其題材是詩賦化的，而且其藝術表現也是詩賦化的。《文心雕龍‧樂府》評述曹操、曹丕等的樂府詩云：「至於魏之三祖，氣爽才麗，宰割辭調，音靡節平。觀其『北上』眾引，『秋風』列篇，或述酣宴，或傷羈戍，志不出於淫蕩，辭不離於哀思。」〔註145〕在內容上突出揭示其表現宴飲、羈旅、軍戍，及其強烈的抒情性特色，這樣的情況，某些散文作品何嘗不是呢？前述曹植《與吳質書》淋漓酣暢地寫到宴飲的情景，趙至此文則全寫羈旅，而且皆有詩歌一樣的強烈的抒情性。清代著名學者何焯，評趙至《與嵇茂齊書》云：「『雞鳴戒旦』至『良不可度』，後人行役詩，百方翻騰，不越此數語。」〔註146〕將趙至羈旅之文與後人行役詩比較，可見趙文不管在內容上還是在藝術表現上皆具有詩化特色。

三、書牘文名家：王羲之

晉代書牘文，以王羲之最為豐富。王氏書牘文的顯著特色是抒情性濃重。六朝是一個重情的時代，琅邪王氏無疑是此時有代表性的一個重情的家族。《世說新語》有如下記載：

> 王戎喪兒萬子，山簡往省之，王悲不自勝。簡曰：「孩抱中物，何至於此！」王曰：「聖人忘情，最下不及情。情之所鍾，正在我輩。」
> 〔註147〕

> 王東亭（王珣）與謝公交惡。王在東聞謝喪，便出都詣子敬，道欲哭謝公。子敬始臥，聞其言，便驚起曰：「所望於法護（珣小字）。」王於是往哭。督師刁約不聽前，曰：「官平生在時，不見此客。」王

〔註144〕〔清〕孫梅：《四六叢話》，王水照：《歷代文話》第五冊，上海：復旦大學出版社，2007 年版，第 4661 頁。

〔註145〕范文瀾：《文心雕龍注》，北京：人民文學出版社，1958 年版，第 102 頁。

〔註146〕〔清〕何焯著，崔高維點校：《義門讀書記》，北京：中華書局，1987 年版，第 958 頁。

〔註147〕余嘉錫：《世說新語箋疏》，《傷逝第十七》第 4 條，北京：中華書局，1983 年版，第 751 頁，《晉書》，卷 43《王衍傳》載為王衍與山簡的對話。

亦不與語，直前哭，甚慟，不執末婢（謝安少子謝琰小字）手而退。
〔註148〕

　　王子猷、子敬俱病篤，而子敬先亡。子猷問左右：「何以都不聞消息？此已喪矣。」語時了不悲。便索輿來奔喪，都不哭。子敬素好琴，便徑入坐靈牀上，取子敬琴彈，弦既不調，擲地云：「子敬，子敬，人琴俱亡！」因慟絕良久。月餘亦卒。〔註149〕

此王家人，或傷子逝，或傷弟逝，甚至傷及曾有隔閡的外人之逝，都悲慟不已。或徑直言已終當為情而死，如：

　　王長史登茅山，大慟哭曰：「琅邪王伯輿，終當為情死。」
〔註150〕

千年之下，猶可見其一往情深的風範。與《世說新語》所記載之言行相副，王氏子弟之書牘文往往富於抒情性。如王導子王洽（323～358）《書》抒發對其兄逝世的悲痛，語言樸實，情致深沉。王導侄王羲之（303～361）撰文尤富，情味尤濃。載於《晉書‧王羲之傳》的數篇文字，多涉及東晉中期軍政大事，羲之往往直言不諱，實話實話，不含糊迂迴，展示了他關懷國計民生的社會責任感，以及磊落坦誠的人格境界。書中往往流露了憂國憂民的情懷，在其位謀其政的擔當，以及公平忘身的為吏原則。《報殷浩書》針對揚州刺史殷浩的勸仕之書，羲之以即刻準備為國效命之志作回應，有云：「若蒙驅使，關隴、巴蜀皆所不辭。吾雖無專對之能，直謹守時命，宣國家威德，固當不同於凡使，必令遠近咸知朝廷留心於無外。」〔註151〕充溢著一股激昂奮發之氣，使人不由地聯想到漢之終軍，魏之曹植。在以國事為重之思想的基礎上，羲之勇於發表與權貴相悖的政見。永和八、九年，殷浩出於與桓溫爭功的動機，未冷靜權衡當時形勢，將遣師北伐；羲之以為必敗，以書阻止，「言甚切至」。浩一意孤行，果為姚襄所敗。但浩未汲取教訓，復

〔註148〕余嘉錫：《世說新語箋疏》，《傷逝第十七》第 15 條，北京：中華書局，1983年版，第 758 頁。

〔註149〕余嘉錫：《世說新語箋疏》，《傷逝第十七》第 16 條，北京：中華書局，1983年版，第 759 頁

〔註150〕余嘉錫：《世說新語箋疏》，《任誕第二十三》第 54 條，北京：中華書局，1983年版，第 898 頁

〔註151〕〔清〕嚴可均：《全晉文》，卷 22，《全上古三代秦漢三國六朝文》，北京：中華書局，1958 年版，第 1581 頁。

圖再舉，羲之撰《又遺殷浩書》，對包括殷浩在內的東晉當權者的昏庸剛愎，國家面臨形勢之嚴峻，予以大膽揭露，有云：「自寇亂以來，處內外之任者，未有深謀遠慮，括囊至計，而疲竭根本，各從所志，竟無一功可論，一事可紀，忠言嘉謀棄而莫用，遂令天下將有土崩之勢，何能不痛心悲慨也。任其事者，豈能辭四海之責？」又云：「自頃年割剝遺黎，刑徒竟路，殆同秦政，惟未加慘夷之刑耳，恐勝、廣之憂，無復日矣。」〔註152〕對當權者的批評相當激烈，又將東晉政治與暴秦之政相提並論，危言聳聽，膽識非凡。還勸說殷浩莫執迷不悟，重蹈覆轍，宜改弦更張，「修德補闕，廣延群賢」，否則，「宇宙雖廣，自容何所！」明末張溥佩服其深識與切至，稱此數箚，「誠東晉君臣之良藥，非同平原辯亡、令升論晉，追覽既往，奮其縱橫也。」〔註153〕宋人洪邁《容齋四筆》卷十稱：「王逸少在東晉時，蓋溫太眞、蔡謨、謝安石一等人也，直以抗懷物外，不爲人役，故功名成就，無一可言，而其操履識見，議論閎卓，當世亦少其比。」〔註154〕清包世臣《藝舟雙楫·論文》卷二指出王羲之《上會稽王箋》等文「樹義甚高」；麥華三亦對王羲之《遺殷浩書》、《與會稽王書》有高度的評價，稱云：「其經國抱負，抗衡謝安。至於披肝瀝膽，剴切陳辭，其辭則慼，其意則誠。兩箋詞清，蕩氣迴腸，與《蘭亭》一序，爲一生三大傑作。」〔註155〕姚永樸則將王羲之與諸葛亮相提並論，云：「唯諸葛武侯、王右軍書翰，風神高遠，最愜吾意。」〔註156〕

王羲之書牘文更多的爲依賴書法以傳的雜帖。至晚在漢魏之際，就出現了雜帖這種書牘形式。雜帖是古代寫在帛上的書信，文字簡短而情致雋永，內容多是友人之間的問候和交流，或日常生活的點滴記錄，是書牘文內容日常生活化的一種重要體現。較早如鍾繇的《雜帖》就屬此類。到了晉代，「書聖」王羲之成爲此種文體形式的集大成作家。清人嚴可均《全晉文》輯錄王氏書帖 600 餘則，嚴氏輯本主要依據唐代張彥遠《法書要錄》卷十《右軍書

〔註152〕〔清〕嚴可均：《全晉文》，卷22，《全上古三代秦漢三國六朝文》，北京：中華書局，1958 年版，第 1581 頁。

〔註153〕殷孟倫：《漢魏六朝百三家集題辭注》，北京：人民文學出版社，1981 年版，第 150 頁。

〔註154〕〔宋〕洪邁撰：沙文點校：《容齋隨筆》，南京：鳳凰出版社，2009 年版，第 469 頁。

〔註155〕麥華三：《王羲之年譜》，北京：國家圖書館藏（油印本），第 41 頁。

〔註156〕姚永樸：《文學研究法》，《歷代文話》第七冊，上海：復旦大學出版社，2007 年版，第 6908 頁。

記》，補以《淳化閣帖》所錄羲之書帖。

由於種種原因，以王羲之爲代表作家的晉人書帖，後世人們讀來頗覺費解。如余嘉錫指出：「晉人書帖語，率多不可解，甚者至不可句讀。固緣當時文體不同，亦由臨摹失眞，加以草書難辨，釋者不能無誤故也。」〔註157〕揭示了古今文體差異、後世臨摹失眞、草書難辨等原因。錢鍾書《管錐編》、啓功《啓功叢稿·題跋卷》也指出王氏雜帖文體的特殊性，還進一步指出造成這種文體特殊性的原因，是授受雙方在當時對有關內容無需多言便能心知肚明，如錢氏云：「王羲之雜帖……有煞費解處。此等太牛爲今日所謂『便條』、『字條』，當時受者必到眼即了；後來讀之，卻常苦思而尙未通。」〔註158〕

羲之書帖涉及多爲東晉當代人物，以家人、親戚、朋友爲主，還有帝王及少數民族君長。略計如下：帝王有晉哀帝司馬丕、會稽王司馬昱，本家族人物有王導、王曠、王興之、王胡之、王彪之、王恬、王協、王劭、王耆之、王洽、王薈、王籍之、王穆松、王玄之、王凝之、王渙之、王徽之、王操之、王獻之、王楨之、王靜之、王臨之等；庾氏家族人物庾亮、庾翼、庾羲；桓氏家族人物桓溫、桓雲、桓景、桓伊、桓沖、桓嗣；謝氏家族人物謝安、謝萬、謝尙、謝奕、謝邈、謝鐵、謝據；郗氏家庭人物郗鑒、郗愔、郗曇、郗超；其他家族人物有孫統、孫綽，阮裕、阮寧，蔡謨、蔡邵、蔡系，許詢、許邁，范汪、范甯，虞潭、虞谷，孔嚴、孔坦，諸葛宏，殷浩，周翼、周撫，劉惔，王述，溫嶠，袁宏，賀循，卞壺，張彭祖，馮懷，劉遐，衛鑠，羊孚，還有少數民族首領姚襄、苻健等。

這六百餘條書帖，內容豐富，生活氣息及抒情性濃重。王羲之爲人頗爲重情，在與人書帖中自謂：「省足下前後書，未嘗不憂。欲與事地相與，有深情者，何能不恨。」其書帖中有關家人或友朋及眷屬病喪弔唁，自身衰病者抒情性強烈，如：

> 延期、官奴小女並得暴疾，遂至不救，愍痛貫心，奈何！吾以西夕，至情所寄，惟在此等，以榮慰餘年。何意旬日之中，二孫天命！旦夕左右，事在心目，痛之纏心，無復一至於此，可復如何？臨紙咽塞。〔註159〕

〔註157〕余嘉錫：《余嘉錫論學雜著》，北京：中華書局，2007年版，第197頁。
〔註158〕錢鍾書：《管錐篇》，北京：中華書局，1979年版，第1108頁。
〔註159〕〔清〕嚴可均：《全晉文》，卷23，《全上古三代秦漢三國六朝文》，北京：中華書局，1958年版，第1589頁。

亡嫂居長，情所鍾奉，始獲奉集，冀遂至誠，展其情願，何圖至此？未盈數旬，奄見背棄，情至乖喪，莫此之甚！追尋酷恨，悲惋深至，痛切心肝，當奈何奈何！兄子荼毒備嬰，不可忍見，發言痛心，奈何奈何！〔註160〕

對朝廷重臣庾亮等人的逝去，他非常悲哀，書帖中寫道：「庾雖篤疾，謂必得治力，豈圖凶問奄至，痛惋情深。半年之中，禍毒至此，尋念相摧，不能已已。況弟情何可任，遮等荼毒備盡，當何可忍視，言之酸心，奈何奈何！」〔註161〕「群從彫落將盡，餘年幾何，而禍爲至此，舉目摧喪，不能自喻。且和方左右時務，公私所賴，一旦長逝，相爲痛惜，豈惟骨肉之情，言及摧惋，永往奈何？」〔註162〕可見作者之悲痛，不僅緣於與死者私交之深厚，還緣於對國事的牽掛。在此基礎上，有的書帖表現了羲之對百姓艱難處境的同情，對中原故國的懷念以及對破敵之良將的敬佩，茲引二則：「年荒，百姓之命倒懸，吾夙夜憂此。時既不能開倉庾賑之，因斷酒以救民命，有何不可？而刑猶至此，使人歎息。」「桓公（桓溫）以至洛，即摧破羌賊。賊重命，想必禽之。王略始及舊都，使人悲慨深。此公威略實著，自當求之於古，真可以戰，使人歎息。」「虞義興適送此，桓公摧寇罔不如志。今以當平定（姚襄）。古人之美，不足比蹤，使人歎慨，無以爲喻。」〔註163〕皆真情充溢，彷彿從肺腑中流淌而出。宋人歐陽修對以王羲之爲代表作家的此類作品評價頗高，云：「余嘗喜魏晉以來筆墨遺跡，而想前人之高致也。所謂法帖者，其事率皆弔喪、候病，敘睽離，通訊問，施於家人、朋友之間，不過數行而已。蓋其初非用意，而逸筆餘興，淋漓揮灑，或妍或醜，百態橫生。披卷發函，爛然在目，使驟見驚絕，徐而視之，其意態如無窮盡。使後世得之，以爲奇玩，而想見其爲人也。」（《集古錄跋尾卷四》）總之，羲之的許多法帖文字可當出色的抒情小品來讀。

〔註160〕〔清〕嚴可均：《全晉文》，卷23，《全上古三代秦漢三國六朝文》，北京：中華書局，1958年版，第1590頁。

〔註161〕〔清〕嚴可均：《全晉文》，卷25，《全上古三代秦漢三國六朝文》，北京：中華書局，1958年版，第1600頁。

〔註162〕〔清〕嚴可均：《全晉文》，卷24，《全上古三代秦漢三國六朝文》，北京：中華書局，1958年版，第1595頁。

〔註163〕〔清〕嚴可均：《全晉文》，卷26，《全上古三代秦漢三國六朝文》，北京：中華書局，1958年版，第1606頁。

　　王羲之崇尚自然，「好盡山水之遊」〔註164〕，遊覽山水給他帶來極大的精神滿足與愉悅，他在會稽內史任上，還曾遊臨海、建安、東陽、永嘉等地，撰有《遊四郡記》，惜乎已佚，我們不能一睹他筆下優美的自然景色及其縱情山水的高雅懷抱。但今存之雜帖，也為我們瞭解羲之熱愛大自然，憧憬山水之遊的生活理想提供了一些信息。他曾致書帖於友人益州刺史周撫云：

> 省足下別疏，具彼土山川諸奇，揚雄《蜀都》、左太沖《三都》，殊為不備。悉彼故為多奇，益令其遊目意足也。可得果，當告卿求迎。少人足耳，至時示意。遲至期，真以日為歲。想足下鎮彼土，未有動理耳。要欲及卿在彼，登汶嶺、峨眉而旋，實不朽之盛事。但言此，心以馳於彼矣。〔註165〕

　　周撫在寫給王羲之的信中描繪了益州奇異的山川景物，且描繪的很詳備，超過當年揚雄《蜀都賦》、左思《三都賦》（之一為《蜀都賦》）的有關描寫，故使羲之更多地瞭解到蜀中山川之「多奇」，萌生了從會稽而往蜀中，登臨岷山、峨眉山，飽覽山川勝景而返的願望，且將此視為不朽之盛事。古人以立德、立功、立言為三不朽，羲之又視遊歷名山為不朽，可見東晉人對自然山川的熱戀之情空前高漲。羲之最後說，給你寫此書時，我的心彷彿已飛向滿目奇異景象的蜀中了。憧憬漫遊名山大川的滿腔熱情溢於言表。六朝人崇尚隱逸，羲之也有這種思想，其《與謝萬書》向友人謝萬述說了辭官為逸民的愉悅，有云：「今僕坐而獲免，遂其宿心，其為慶幸，豈非天賜！違天不祥。頃東遊還，修植桑果，今盛敷榮，率諸子，抱弱孫，遊觀其間，有一味之甘，割而分之，以娛目前……比當與安石東遊山海，並行田盡地利，頤養閑暇。衣食之餘，欲與親知時共懽讌，雖不能興言高詠，銜杯引滿，語田里所行，故以為撫掌之資，其為得意，可勝言耶！」〔註166〕擺脫官場拘束的輕鬆、愜意，躍然紙上。像這樣洋溢著生活氣息的書帖，還有的述及田園果木栽種樂趣，親友饋贈，療疾藥物，兒女情長，讀書治學等等，漢末以來書牘文的日常生活化、率性隨意化的趨向，在王羲之的作品中有進一步的發展，

〔註164〕〔唐〕房玄齡等：《晉書》，卷80《王羲之傳》，北京：中華書局，1974年版，第2101頁。
〔註165〕〔清〕嚴可均：《全晉文》，卷22，《全上古三代秦漢三國六朝文》，北京：中華書局，1958年版，第1583頁。
〔註166〕〔清〕嚴可均：《全晉文》，卷22，《全上古三代秦漢三國六朝文》，北京：中華書局，1958年版，第1582頁。

從中可以體會到他的喜怒哀樂，他的率眞的個性與生活態度，他的樸實的情致趣味。鄭振鐸先生稱王羲之「所作簡牘雜帖，隨意揮灑，而自然有致……雖往往寥寥不數行，而澹遠搖蕩，其情意若千幅紙所不能盡，這是六朝簡牘的最高的成就。」〔註167〕茲再錄幾則：

> 青李、來禽、櫻桃、日給、藤子皆囊盛爲佳，函封多不生。足下所疏，云此果佳，可爲致子，當種之。此種彼胡桃皆生也。吾篤喜種果，今在田里，惟以此爲事，故遠及。足下致此子者，大惠也。〔註168〕

> 吾有七兒一女，皆同生。婚娶以畢，惟一小者尚未婚耳。過此一婚，便得至彼。今內外孫有十六人，足慰目前。足下情至委曲，故具示。〔註169〕

> 石脾入水即乾，出水便濕；獨活有風不動，無風自搖。天下物理，豈可以意求？惟上聖乃能窮理。〔註170〕

晚清劉熙載《藝概·文概》指出：「陶淵明爲文不多，且若未嘗經意。然其文不可學而能，非文之難，有其胸次爲難也。」〔註171〕章太炎先生云：「觀晉人文字，任意卷舒，不加雕飾，眞如飄風湧泉，絕非人力。蕭《選》以沉思翰藻爲主，故所棄反多爾。」〔註172〕此皆可移評王羲之書牘文也。

四、南朝書牘文

南朝書牘文頗多抒情性濃重的作品，但這個時期駢體文大盛，故抒情性較強的書牘文也多爲駢體。茲述那些抒情性較強的散體書牘文。

顏延之書牘較有抒情色彩的是《弔張茂度書》，有云：

〔註167〕鄭振鐸：《插圖本中國文學史》，北京：人民文學出版社，1982年版，第237頁。

〔註168〕〔清〕嚴可均：《全晉文》，卷22，《全上古三代秦漢三國六朝文》，北京：中華書局，1958年版，第1583頁。

〔註169〕〔清〕嚴可均：《全晉文》，卷22，《全上古三代秦漢三國六朝文》，北京：中華書局，1958年版，第1583頁。

〔註170〕〔清〕嚴可均：《全晉文》，卷26，《全上古三代秦漢三國六朝文》，北京：中華書局，1958年版，第1608頁。

〔註171〕〔清〕劉熙載：《藝概》，上海：上海古籍出版社，1978年版，第18頁。

〔註172〕章太炎：《菿漢三言》，瀋陽：遼寧教育出版社，2000年版，第119頁。

薄莫之人，冀其方見慰說，豈謂中年，奄爲長往，聞問悼心，

有兼恒痛。足下門教敦至、兼實家寶，一旦喪失，何可爲懷？〔註173〕

文短情長，風格頗類東晉王羲之的抒情雜帖。

比顏延之稍晚，劉宋時期散體書牘文較重要的作家，還有琅邪王氏之王微。王微的佳作是抒情性頗濃的《以書告弟僧謙靈》。王微和王僧謙兄弟情甚深，僧謙病卒不久，微哀傷而逝。此文中多憶及與其弟僧謙親密無間的生活情景，反覆抒寫了對其弟早逝的沉重悲痛，如：

尋念平生，裁十年中耳，然非公事，無不相對，一字之書，必共詠讀，一句之文，無不研賞，濁酒忘愁，圖籍相慰，吾所以窮而不憂，實賴此耳。奈何罪酷，煢然獨坐。憶往年散髮，極目流涕，吾不捨日夜，又恒慮吾羸病，豈圖奄忽，先歸冥冥。反覆萬慮，無復一朝，音顏髣髴，觸事歷然，弟今何在，令吾悲窮。昔仕京師，分張六旬耳，其中三過，誤云今日何意不來，鍾念懸心，無物能譬。方欲共營林澤，以送餘年……（弟）常云：「兄文骨氣，可推英麗以自許。又兄爲人矯介欲過，宜每中和。」道此猶在耳，萬世不復一見，奈何？唯十紙手跡，封拆儼然，至於思戀不可懷。及聞吾病，肝心寸絕，謂當以幅巾薄葬之事累汝，奈何反相殯送……阿謙，何圖至此！誰復視我，誰復憂我。他日寶者三光，割嗜好以祈年，今也唯速化耳。吾豈復支，冥冥中竟復云何。弟懷隨、和之寶，未及光諸文章，欲收作一集，不知忽忽當辦此不？今已成服，吾臨靈，取常共飲杯，酌自釀酒，豈有彷像不？冤痛！冤痛！〔註174〕

品讀其悲傷欲絕的呼喚，顯然是用書體作哀祭之文，絮絮叨叨，深情綿邈，感人彌深，如此大幅度地追憶往昔而哀悼逝者的寫法，當時罕有其匹，讀來不禁使人聯想到數百年後古文大師韓愈的傑作《祭十二郎文》。《宋書·王微傳》稱王微「少好學，無不通覽，善屬文，能書畫，兼解音律、醫方、陰陽術數」，在文章撰作方面，他尤擅長的是書牘，除此文外，《宋書》本傳還收錄其《與江湛書》、《報何偃書》、《與從弟僧綽書》，其中流露了或悲傷或

〔註173〕〔清〕嚴可均：《全宋文》，卷37，《全上古三代秦漢三國六朝文》，北京：中華書局，1958年版，第2639頁。

〔註174〕〔清〕嚴可均：《全宋文》，卷19，《全上古三代秦漢三國六朝文》，北京：中華書局，1958年版，第2538～2539頁。

怨憤的感情。王微還從審美的角度指出自己平素對文章創作中悲怨情緒的愛好，其《與從弟僧綽書》認爲：「文詞不怨思抑揚，則流澹無味。文好古，貴能連類可悲，一往視之，如似多意。當見居非求志，清論所排，便是通辭訴屈邪！」〔註175〕六朝文抒情性漸濃，王微在觀念上與創作實踐上皆推動之，乃至有人認爲他的文章在訴說冤屈，其時代意義是很突出的。

此外，劉宋將領臧質（400～454）的書牘也值得提及，因其發泄南北朝兩個政權互相敵視的情緒，因而也頗具有時代意義。他的《答魏主拓跋燾書》寫於南北交戰背景下，北魏拓跋氏遣軍侵擾宋境，並致書劉宋，宋遣軍拒之，臧質因撰此復書。書中極盡嘲諷怒斥之能事，語言不講究華美，頗通俗明快，而鄙夷痛恨之感情的表達則淋漓酣暢，辭云：

> 省示，具悉姦懷。爾自恃四腳，屢犯國疆，諸如此事，不可具說。王玄謨退於東，梁坦散於西，爾謂何以不聞童謠言邪：「虜馬飲江水，佛狸死卯年。」此期未至，以二軍開飲江之徑爾，冥期使然，非復人事。寡人受命相滅，期之白登，師行未遠，爾自送死，豈容復令生全，饗有桑乾哉！但爾住攻此城，假令寡人不能殺爾，爾由我而死。爾若有幸，得爲亂兵所殺。爾若不幸，則生相鎖縛，載以一驢，直送都市。我本不圖全，若天地無靈，力屈於爾，齏之粉之，屠之裂之，如此未足謝本朝。爾識智及眾力，豈能勝苻堅邪？頃年展爾陸梁者，是爾未飲江，太歲未卯故爾。斛蘭昔深入彭城，值少日雨，隻馬不返，爾豈憶邪！即時春雨已降，四方大眾，始就雲集，爾但安意攻城莫走。糧食闕乏者告之，當出廩相飴。得所送劍刀，欲令我揮之爾身邪！甚苦，人附反，各自努力，無煩多云。
> 〔註176〕

文章不以理服人，而發爲粗魯的謾罵與詛咒，以圖敵對仇恨情緒得以酣暢淋漓的發泄，在當時的書牘文中，可謂別具一格，能給讀者留下深刻的印象。《宋書·臧質傳》稱臧質「涉獵文史，尺牘便敏」，由此書來看，所評基本屬實。

〔註175〕〔清〕嚴可均：《全宋文》，卷19，《全上古三代秦漢三國六朝文》，北京：中華書局，1958年版，第2537頁。

〔註176〕〔清〕嚴可均：《全宋文》，卷16，《全上古三代秦漢三國六朝文》，北京：中華書局，1958年版，第2521～2522頁。

　　劉善明（432～480），少好靜處讀書。先仕宋，終於齊。嚴可均《全齊文》卷十八錄其文數篇。較有文采的是《遺崔祖思書》，為抒情言志之作。《南齊書・劉善明傳》記載，善明生活儉樸，不好聲色，所居茅屋，床榻几案不加雕飾。少與崔祖思友善，祖思出為青冀二州刺史，善明給他寫了這封書信。開端追憶往日之遊，思為來日之會，簡筆點染遷逝之慨，抒情性很濃：

> 昔時之遊，於今邈矣。或攜手春林，或負杖秋澗，逐清風於林杪，追素月於園垂。如何故人，徂落殆盡！足下方擁旄北服，吾剖竹南甸，相去千里，間以江山。人生如寄，來會何時？〔註177〕

此種手法，略似曹丕的《與吳質書》，讀來頗為感人。中間抒寫儉樸的生活態度及其志向：

> 藿羹布被，猶篤鄙好，惡色憎聲，暮齡尤甚。出蕃不與臺輔別，入國不與公卿遊，孤立天地之間，無猜無託，唯知奉主以忠，事親以孝，臨民以潔，居家以儉。〔註178〕

最後希望友人崔祖思在青冀二州刺史任上，勤政撫民，「令泗上歸業，稷下還風」，對北方故鄉的懷念、牽掛之情隱然寓含其中。

　　劉宋末期書牘文，江淹的水平較高，其《詣建平王上書》、《報袁叔明書》、《與交友論隱書》三篇皆可稱為佳品。江淹為詩，長於擬古，而為文亦大體如是。其撰於宋末的這些書信往往效法漢魏作品，以氣運詞，風骨卓犖，與稍後齊梁作家風格迥異。錢鍾書先生《管錐編》曾就此有合理的辨析：「江淹《詣建平王上書》。按齊、梁文士，取青白，駢四儷六，淹獨見漢魏人風格而悅之，時時心摹手追。此書出入鄒陽《上梁孝王》、馬遷《報任少卿》兩篇間。《與交友論隱書》則嵇康《與山巨源》之遺，《報袁叔明書》又楊惲《與孫會宗》之亞。雖於時習刮磨未淨，要皆氣骨權奇，絕類離倫。」〔註179〕其中《報袁叔明書》與好友述隱逸之志，同時流露在仕途上被壓抑的憤慨，感情的抒發頗為強烈。結尾處情景交融，尤富有藝術魅力：「方今仲秋風飛，平原影色。水鳥立於孤洲，蒼葭變於河曲。寂然淵視，憂心辭矣。獨念賢明蚤世，英華殂落。僕亦何人，以堪久長！一旦松柏被地，墳壟刺天，何時能銜杯酒者乎？

〔註177〕〔清〕嚴可均：《全齊文》，卷18，《全上古三代秦漢三國六朝文》，北京：中華書局，1958年版，第2893頁。

〔註178〕〔清〕嚴可均：《全齊文》，卷18，《全上古三代秦漢三國六朝文》，北京：中華書局，1958年版，第2894頁。

〔註179〕錢鍾書：《管錐編》，北京：中華書局，1979年版，第1414頁。

忽忽若狂，願足下自愛也。」〔註180〕

　　齊梁時期散體書牘文，任昉的某些作品值得提及。其中《與沈約書》表現了對知交范雲之人品的肯定、敬重，抒發了對范雲逝世的哀傷，感情深沉眞摯；《弔樂永世書》性質與前者相似，篇幅略短，富於抒情性。

　　王僧孺（463～521），六歲能作文，家貧好學，常爲人抄書以養母。歷仕齊梁。好聚書，多至萬餘卷，與沈約、任昉爲梁代三大藏書家。嚴可均《全梁文》輯錄其文二卷。其文水平較高的首推《與何炯書》，旨在抒寫被譖罷官的抑鬱心情。先寫自己無經國濟世、建功銘勳之能，唯有雕蟲薄技；又拙於鑽營，未嘗阿諛奉承皇親國戚，故久沉下僚時，已寓含著牢騷不平；爾後直接抒寫自己被譖罷官的悲傷：

> 而竊自有悲者，蓋士無賢不肖，在朝在嫉；女無美惡，入宮見妒。家貧，無苞苴可以事朋類，惡其鄉原，恥彼戚施，何以從人，何以徇物？外無奔走之友，內乏強近之親。是以構市之徒，隨相媒糵。及一朝捐棄，以快怨者之心，吁可悲矣……又迫以嚴秋殺氣，萬物多悲，長夜展轉，百憂俱至。況復霜銷草色，風搖樹影。寒蟲夕叫，合輕重而同悲；秋葉晚傷，離黃紫而俱墜。蜘蛛絡幕，熠耀爭飛，故無車轍馬聲，何聞鳴雞吠犬？俛眉事妻子，舉手謝賓遊。方與飛走爲鄰，永用蓬蒿自沒。愾其長息，忽不覺生之爲重。〔註181〕

　　謂自己精神受到很大創傷，陷入極度悲哀之中，乃至於覺得活得沒意思。「嚴秋殺氣」一段，以晚秋衰颯的自然景象的描寫，濃筆渲染人的悲傷意緒，情景渾融一片，富於藝術感染力。在六朝書牘文中，此文情景交融的水平頗突出，亦頗有代表性，近人高步瀛《南北朝文舉要》稱贊丘遲《與陳伯之書》中「暮春三月」數句寫景：「秀絕古今，文能移情，端屬此等」，可以移評王僧孺此文。這樣的片斷，作爲全文的點睛之筆，其抒情效果與藝術感染力，不借助景物點染者是難以比肩的。對於自然景物在撰述中的作用，晉宋齊梁人有自覺的認識，《南史·王誕傳》載，晉孝武帝卒，誕從叔珣爲哀冊文，以少敘節物，久而未就，誕攬筆，於「秋冬代變」後益云：「霜繁廣除，風回高

〔註180〕〔清〕嚴可均：《全梁文》，卷38，《全上古三代秦漢三國六朝文》，北京：中華書局，1958年版，第3171頁。

〔註181〕〔清〕嚴可均：《全梁文》，卷51，《全上古三代秦漢三國六朝文》，北京：中華書局，1958年版，第3247頁。

殿。」珣歎其清拔。可見「敘節物」是當時人們爲文時頗爲重視的環節，王珣因此而躊躇，王誕因此而獲譽。以至於出現劉勰《文心雕龍‧物色》、蕭綱《答張纘謝示集書》等系統論述心物交融問題的文章。

　　徐勉，幼孤貧，勤學不倦。仕梁，歷任吏部尙書、尙書右僕射、右光祿大夫等，與范雲在梁代同稱賢相。善屬文，勤於著述。所撰文章，今存十餘篇，行文以隨便自然見長。《報伏挺書》針對伏挺欲求舉薦之旨，娓娓答覆，態度謙和寬厚，顯示一派與人爲善、成人之美的良吏風範、氣度。《誡子崧書》標舉「以清白遺子孫」的古訓，教導其子「先物後己」，「見賢思齊」，思想境界亦屬可貴。並述及自己的生活願望，對親人，拉家常話，隨便樸實，其音容笑貌，彷彿可見。

　　沈約《與約法師書悼周舍》亦爲抒情佳作。約法師即釋慧約。沈約此書懷念友人周舍，抒情眞摯動人，云：

　　　　周中書風趣高奇，志託夷遠，眞情素韻，水桂齊質。自接彩同棲，年逾一紀。朝夕聯事，靡日暫違。每受沐言休，逍搖寡務，何嘗不北茨遊覽，南居宴宿，春朝聽鳥，秋夜臨風，匪設空言，皆爲實事。音容滿目，言笑在耳。宿草既陳，楸檟將合，眷往懷人，情不勝慟。此生篤信精深，甘此霍食。至于歲時包籧，每見請求，凡厥菜品，必令以薦。弟子輒靳而後與，用爲歡謔，其事未遠，其人已謝，昔之諧調，倏成悲緒。去冬今歲，人鬼見分，石耳紫菜，愴焉興想。淚下不禁，指遣恭送，以充蔬僧一飯。法師與周情期契闊，非止恒交，覽物存舊，彌當楚切，痛矣如何，往矣奈何！〔註182〕

文略仿曹丕《與吳質書》，先憶昔日同遊之樂，後及故人謝世，覽物思舊，想起與故友戲謔事，往日之歡樂更襯今日之悲傷，可謂不勝悲慟。沈約《與徐勉書》向友人訴說疾病纏身，亦描寫切至而善道苦情。錢基博先生稱此作云：「自道病苦，呻吟如聞；以質爲雋，所謂古情鄙事，每佇新奇，爛然總至，何必蘭揮玉振哉。是魏晉之逸調，非齊梁之靡靡也。」〔註183〕

　　蕭統《答晉安王書》，描寫讀書帶來的精神愉悅和陶醉，文筆鮮活靈動：

　　　　炎涼始貿，觸興自高，觀物興情，更向篇什……既責成有寄，

〔註182〕〔清〕嚴可均：《全梁文》，卷28，《全上古三代秦漢三國六朝文》，北京：中
　　　　　華書局，1958年版，第3116頁。
〔註183〕錢基博：《中國文學史》（上），上海：東方出版中心，2005年版，第160頁

居多暇日，殼核墳史，漁獵詞林，上下數千年間無人，致足樂也。知少行遊，不動亦靜，不出戶庭，觸地丘壑。天遊不能隱，山林在目中。冷泉石鏡，一見何必勝於傳聞；松塢杏林，知之恐有逾吾就。靜然終日，披古為事，況觀六籍，雜玩文史。見孝友忠貞之跡，觀治亂驕奢之事，足以自慰，足以自言。人師益友，森然在目；嘉言誠至，無俟旁求。〔註184〕

蕭統之弟，梁武帝第六子蕭綸（？～551），《梁書》本傳稱其「博學善屬文，尤工尺牘。」其名作有寫給七弟蕭繹的《與湘東王書》。侯景之亂發生後，國難當頭之際，蕭繹不是奮發靖亂，卻耽於內訌，熱衷與皇親爭權奪利。蕭綸以兄長的身份，作此書對其進行規勸，指出宗親務應團結一致，以大義為重，共同對敵，剿滅侯景，而骨肉內訌，自相殘殺，實乃幫助侯景叛軍，削弱梁朝，規勸蕭繹立即停止這種親者痛仇者快的行徑，其中有云：「方今社稷危恥，創巨痛深，人非禽蟲，在知君父。即日大敵猶強，天讎未雪，余爾昆季，在外三人，如不匡難，安用臣子！唯應剖心嘗膽，泣血枕戈，感誓蒼穹，憑靈宗祀，晝謀夕計，共思匡復……如使外寇未除，家禍仍構，料今訪古，未或弗亡。夫征戰之理，義在克勝；至於骨肉之戰，愈勝愈酷，捷則非功，敗則有喪，勞兵損義，虧失多矣。侯景之軍所以未窺江外者，正為藩屏盤固，宗鎮強密。若自相魚肉，是代景行師，景便不勞兵力，坐致成效，醜徒聞此，何快如之！」〔註185〕情理兼備，頗為動人。然而蕭繹剛愎自用，不聽規勸，蕭綸為之愴然流涕，其隨從者莫不掩泣。大敵當前，骨肉相殘，當事的主要一方竟然執迷不悟，後人閱讀這段歷史，能不浩歎？

徐陵是南朝後期書牘文大家，今存作品多寫於他的中後期。梁武帝太清二年，四十二歲的徐陵出使東魏，未歸而梁朝發生侯景之亂，遂暫留鄴。之後，北齊代東魏，蕭繹即位於江陵，南北通使。在此期間，徐陵遭受妻子離散、國家殘破、不得南返的悲痛，以及有機會南返卻受到北齊方面阻撓的心靈創傷。興廢繫乎時序，文變染乎世情，其詩文創作由此而發生了較大的變化，表現真實的生活感受，情文並茂的作品應運而生。這方面的文章多為駢

〔註184〕〔清〕嚴可均：《全梁文》，卷20，《全上古三代秦漢三國六朝文》，北京：中華書局，1958年版，第3064頁。
〔註185〕〔清〕嚴可均：《全梁文》，卷22，《全上古三代秦漢三國六朝文》，北京：中華書局，1958年版，第3080～3081頁。

體，佳作有《與齊尚書僕射楊遵彥書》等，富有藝術感染力，晚明張溥曾稱讚徐陵這類作品說：「至羈旅篇牘，親朋報章，蘇李悲歌，猶見遺則；代馬越鳥，能不淒然？」〔註186〕可謂說出了一種具有代表性的感受。

徐陵晚年撰《與釋智顗書》、《又與釋智顗書》、《五願上智者大師書》、《諫仁山深法師罷道書》等。其中《又與釋智顗書》較爲簡短，以散體文爲之，抒情色彩濃重，如：

> 弟子二三年來，溘然老至，眼耳聾闇，心氣昏塞，故非復在人。
>
> 兼去歲第六兒天喪，痛苦成疾，由未除愈。適今月中，又有哀故。
>
> 頻歲如此，窮慮轉深。自念餘生，無復能幾，無由禮接，係仰何言！
>
> 〔註187〕

歎老嗟衰，不事對仗，出語自然，一如東晉王羲之書貼風範，在作爲一代駢體宗師的徐陵的作品中，別具一格。

五、北朝書牘文

北朝書牘文總體上藝術水平不高，但也不乏少量佳作。北齊時期闕名《爲閻姬與子宇文護書》，便是一篇相當出色的書牘文。宇文護母閻姬及護四姑早年流落北齊，護成爲北周重臣後，遣人尋親而不得。後齊、周和好，齊送其四姑歸周而仍留其母於齊，並特使人代筆，以閻姬的名義作書與護。或許是護母的口述本身就非常得體動人，也可能是代筆者根據護母的口述予以設身處地的精心潤色，此書抒寫母子骨肉親情，記述宇文護兒時往事，特別眞摯感人：

> 天地隔塞，子母異所，三十餘年，存亡斷絕，肝腸之痛，不能自勝。想汝悲思之懷，復何可處。吾自念十九入汝家，今已八十矣。既逢喪亂，備嘗艱阻。恒冀汝等長成，得見一日安樂。何期罪釁深重，存殁分離。吾凡生汝輩三男二女，今日目下，不覩一人，興言及此，悲纏肌骨……
>
> 汝與吾別之時，年尚幼小，以前家事，或不委曲。昔在武川鎮

〔註186〕殷孟倫：《漢魏六朝百三家集題辭注》，北京：人民文學出版社，1960年版，第264頁。

〔註187〕〔清〕嚴可均：《全陳文》，卷10，《全上古三代秦漢三國六朝文》，北京：中華書局，1958年版，第3454頁。

生汝兄弟，大者屬鼠，次者屬兔，汝身屬蛇……

　　後吾共汝在壽陽住。時元寶、菩提及汝姑兒賀蘭盛洛，並汝身四人同學。博士姓成，為人嚴惡，汝等四人謀欲加害。吾共汝叔母等聞知，各捉其兒打之。唯盛洛無母，獨不被打。其後爾朱天柱亡歲，賀拔阿斗泥在關西，遣人迎家累。時汝叔亦遣奴來富迎汝及盛洛等。汝時著緋綾袍、銀裝帶，盛洛著紫織成纈通身袍，黃綾裏，並乘騾同去。盛洛小于汝，汝等三人吁喚吾作阿摩敦。如此之事，當分明記之耳。今又寄汝小時所著錦袍表一領，至宜檢看，知吾含悲抱戚，多歷年祀。

　　禽獸草木，母子相依。吾有何罪，與汝分離，今復何福，還望見汝。言此悲喜，死而更蘇。世間所有，求皆可得，母子異國，何處可求！假汝位極王公，富過山海；有一老母，八十之年，飄然千里，死亡旦夕，不得一朝暫見，不得一日同處，寒不得汝衣，飢不得汝食，汝雖窮榮極盛，光耀世間，汝何用為？于吾何益？吾今日之前，汝既不得申其供養，事往何論。今日以後，吾之殘命，唯繫於汝。〔註188〕

　　《周書・晉蕩公護傳》載，宇文護性至孝，「得書悲不自勝，左右莫能仰視」。遂作書以報，書中盡情傾吐思念老母之情以及母子分離的悲傷，字字血淚，與來書一樣，情感真摯動人，《報母書》有云：

　　區宇分崩，遭遇災禍，違離膝下，三十五年。受形稟氣，皆知母子，誰同薩保（護乳名），如此不孝！……而子為公侯，母為俘隸，熱不見母熱，寒不見母寒，衣不知有無，食不知飢飽，泯如天地之外，無由暫聞。晝夜悲號，繼之以血，分懷冤酷，終此一生。死若有知，冀奉見于泉下爾。……伏讀未周，五情屠割。書中所道，無事敢忘。摩敦年尊，又加憂苦，常謂寢膳貶損，或多遺漏；伏奉論述，次第分明。一則以悲，一則以喜。當鄉里破敗之日，薩保年已十餘歲，鄰曲舊事，猶自記憶；況家門禍難，親戚流離，奉辭時節，先後慈訓，刻肌刻骨，常纏心府。……不期今日，得通家問，伏紙

〔註188〕〔清〕嚴可均：《全北齊文》，卷9，《全上古三代秦漢三國六朝文》，北京：中華書局，1958年版，第3875頁。

嗚咽，言不宣心。蒙寄薩保別時所留錦袍表，年歲雖久，宛然猶識，

抱此悲泣。至於拜見，事歸忍死，知復何心！〔註189〕

這樣的文字出現在北朝，眞可謂奇跡。清人顧雲對此二文極爲推重，稱其：「語質情眞，骨色並絕……眞前不見古人，後不見來者之作。」〔註190〕現代學者錢基博先生亦持同感，盛讚護、閻書云：「一味情眞，字字血淚，而精神愷惻，爲北朝第一篇文字，足與李密《陳情表》並垂千古」，「而閻姬先報一書，不知何人代筆，家常絮語，的是老嫗口吻，然以絮碎出神雋，以懇惻發岸異；雖不如護之遒煉，然篇碎而神完，語絮而情切……足與護書稱珠聯璧合矣。」〔註191〕母子之情是人類最普遍最偉大的感情，產生於南北朝後期的這兩篇書牘文，之所以爲史家所重載於史冊，以及爲廣大讀者喜愛稱贊，原因就在於其作者長於體察並表現這種人間至情。輝耀魏晉南北朝文壇數百年的抒情文，以此二文爲標誌，落下其圓滿的帷幕。

〔註189〕〔清〕嚴可均：《全後周文》，卷4，《全上古三代秦漢三國六朝文》，北京：中華書局，1958年版，第3900頁。
〔註190〕〔清〕顧雲：《盋山談藝錄》，王水照：《歷代文話》第六冊，上海：復旦大學出版社，2007年版，第5854頁。
〔註191〕錢基博：《中國文學史》，上海：東方出版中心，2005年版，第200頁。

第四章　六朝奏議文及其他

　　書牘文之外，魏晉南北朝散文中數量較多的爲奏議和詔令，此二體均屬公文，前者爲上行公文，後者爲下行公文，總體而言，它們在書寫內容及其表現手法上不如書牘文那麼豐富多樣和自由靈活，故文學性不免有所遜色。但也產生不少內容充實、抒情性強烈的佳作，爲歷代讀者所喜愛。此外，某些賦序、詩序，篇幅簡短而富有情致。

第一節　情理兼備的奏議文

　　章表奏疏等奏議類文章爲臣僚向君王進言的上行公文，此類文章在漢代已至高境，名家名作迭出，《漢書》、《後漢書》及《資治通鑑》等重要史籍收錄頗富。明清人多有從文章層面高度評價賈誼等漢代奏議作家者，如茅坤、曾國藩就發表過很高調的推崇言論。魏晉南北朝書寫條件日趨便利，此類文章創作亦水漲船高，作家作品之紛盛又超越前代，許多作者在這方面有不俗的表現，爲評論者所稱道。如晉代李充《翰林論》論及表文的佳作，提到的有曹植、諸葛亮、裴頠、羊祜等魏晉人之作品：「表宜以遠大爲本，不以華藻爲先。若曹子建之表，可爲成文矣；諸葛亮之表後主，裴公之辭侍中，羊公之讓開府，可謂德音矣。」〔註1〕劉勰《文心雕龍・章表》也多稱道魏晉，涉及的作家作品更多：「至於文舉之薦禰衡，氣揚采飛；孔明之辭後主，志盡文暢；雖華實異旨，並表之英也。琳瑀章表，有譽當時，孔璋稱健，則其標也。

〔註1〕穆克宏、郭丹編著：《魏晉南北朝文論全編》，南京：江蘇教育出版社，2004年版，第103頁。

陳思之表，獨冠群才。觀其體贍而律調，辭清而志顯，應物製巧，隨變生趣，執轡有餘，故能緩急應節矣。逮晉初筆劄，則張華爲俊。其三讓功封，理周辭要，引義比事，必得其偶，世珍《鷦鷯》，莫顧章表。及羊公之《辭開府》，有譽於前談；庾公之《讓開府》，信美於往載：序志顯類，有文雅焉。劉琨《勸進》，張駿《自序》，文致耿介，並陳事之美表也。」〔註2〕此外，《文心雕龍‧奏啓》也述及不少魏晉作品。茲擇要予以評述。

一、建安三國奏議文

先述孔融。堅定的政治原則，負氣不屈、剛直不阿的個性，喜歡正道而行的人生選擇，表現在孔融的文章撰作上，便是富於遒壯的氣勢。正如曹丕《典論‧論文》稱「孔融體氣高妙，有過人者。」劉勰《文心雕龍‧才略篇》亦稱：「孔融氣盛於爲筆。」其代表作是《薦禰衡表》。此表撰於建安元年，孔融被徵爲將作大匠後。此年，曹操將處於危難流亡狀態的獻帝及其臣僚迎到許昌，重建漢廷，需要人才。孔融素好賢愛士，故薦禰衡於朝廷，這不僅出於友情，更出於對漢朝的忠心。文章先從儒家經典《尚書》所載上古洪水橫流，堯帝期待人才輔佐治理，廣求於四方以招納賢才俊士的故事談起，以見非常時期急需非常之才，爲下文稱道禰衡之才華做好輔墊。接著云：

> 竊見處士平原禰衡，年二十四，字正平，淑質貞亮，英才卓躒。初涉藝文，升堂觀奧。目所一見，輒誦於口，耳所暫聞，不忘於心。性與道合，思若有神，弘羊潛計，安世默識，以衡準之，誠不足怪。忠果正直，志懷霜雪，見善若驚，疾惡若讎。任座抗行，史魚厲節，殆無以過也。鷙鳥累百、不如一鶚。使衡立朝，必有可觀。飛辯騁辭，溢氣坌湧，解疑釋結，臨敵有餘。

> 昔賈誼求試屬國，詭係單于；終軍欲以長纓，牽致勁越，弱冠慷慨，前代美之。近日路粹、嚴象，亦用異才，擢拜臺郎，衡宜與爲比。如得龍躍天衢，振翼雲漢，揚聲紫微，垂光虹蜺，足以昭近署之多士，增四門之穆穆。鈞天廣樂，必有奇麗之觀；帝室皇居，必蓄非常之寶。若衡等輩，不可多得。激楚、陽阿，至妙之容，掌技者之所貪；飛兔、騕褭，絕足奔放，良樂之所急。臣等區區，敢

〔註2〕 穆克宏、郭丹編著：《魏晉南北朝文論全編》，南京：江蘇教育出版社，2004年版，第354頁。

不以聞。

> 陛下篤慎取士，必須效試。乞令衡以褐衣召見，無可觀采，臣
等受面欺之罪。〔註3〕

舉薦之表需充分說明被舉薦者各方面的優長，才有可能打動君主，獲得任用，故漢代的某些薦表對被舉薦人的情況就不免誇張，禰衡此表承其作風，變本加厲。由於禰衡爲人性格與孔融較爲接近，同聲相應，同氣相求，孔融欣賞禰衡，彷彿欣賞他自己，故行文充溢著一股熱烈而眞摯的激賞之情。尤其是在當時正值亂世，朝臣爲避禍全身，對於朝政大事往往緘口不語，孔融認爲像禰衡這樣放言無忌的人彌足珍貴。他的這種強烈的主觀化傾向賦予文章一種明顯的理想化色彩。其中塑造的禰衡形象幾乎集中了孔融心目中封建士大夫所應具備的一切優秀品質：述其才識，則聰明睿智，廣見博聞；論其德行，則好惡分明，忠貞正直，有勇有謀，近乎完人。其揄揚贊美之情溢於言表，從爲朝廷選擇人才的角度看不免有失客觀和公允，但這種強烈的主觀感情滾湧如潮，形成文章的內在氣勢。從形式上看，此文具有較明顯的駢儷化趨向，不僅喜用對偶句式，還旁徵博引，頻繁用典，但由於作者行文氣勢充沛，以氣運辭，故整齊之中又不失跌宕流暢，更兼辭采富美、節奏鏗鏘。《薦禰衡表》直接開啓了魏晉南北朝同類作品對所薦對象盡力張揚渲染的先河，晉代楊方《爲虞領軍薦道順文》、桓溫《薦譙元彥表》、劉柳《薦周續之於太尉劉裕》等文自覺地借鑒了孔融的作風，張揚聲勢，炫耀文采，共同形成薦表的一個特殊系列。

諸葛亮的《出師表》更是聲溢古今之作，撰於建興五年（227）率軍北伐之前。文章以「先帝創業未半而中道崩殂」領起，既沉痛追懷劉備創業未竟而身先逝去，又藉此啓發和激勵後主繼承先父遺志。繼而分析天下三分之大勢，大聲疾呼「此誠危急存亡之秋也」。然後勉勵後主廣開言路，嚴明賞罰，親賢遠佞，善理國政。動之以情，曉之以理，既循循善誘，又不失君臣上下的分寸，主次分明，肌理縝密。表文的後半部分，由敘述自己的身世經歷而言及伐魏的重大意義和堅定信念。作者追述二十餘年的先帝殊遇，自陳其忠貞之心，回顧「受命」後的坎坷歷程，啓發後主效法先帝，奮發圖強。行文至此，筆勢稍起波瀾，由進言轉爲自敘生平，陳述北定中原、興復漢室、還都洛陽的決心和信念，權作出師前心跡的坦誠表白。其忠誠之心洋溢於字裏

〔註3〕俞紹初：《建安七子集》，北京：中華書局，2005年版，第8頁。

行間。全文將敘事、議論、抒情結合在一起，言事、言理、言情皆恰到好處。相對而言，文中最爲感動人心的是作者自敘生平志事一段文字：

> 臣本布衣，躬耕於南陽，苟全性命於亂世，不求聞達於諸侯。先帝不以臣卑鄙，猥自枉屈，三顧臣於草廬之中，諮臣以當世之事，由是感激，遂許先帝以驅馳。後值傾覆，受任於敗軍之際，奉命於危難之間，爾來二十有一年矣。先帝知臣謹愼，故臨崩寄臣以大事也。受命以來，夙夜憂歎，恐託付不效，以傷先帝之明。故五月渡瀘，深入不毛。今南方已定，兵甲已足，當獎帥三軍，北定中原，庶竭駑鈍，攘除奸凶，興復漢室，還於舊都。此臣所以報先帝而忠陛下之職分也。〔註4〕

坦露心跡，光明磊落，忠肝義膽，聲情激越。此表所以傳誦千古，固然由於其中體現了諸葛亮作爲封建時代政治家典範的人格魅力，而另一方面的重要原因，在於它超出一般表章的常格，在議論、囑託軍國大事時，融會了自己濃厚深摯的感情。此文對後世，尤其是六朝影響很大，清人蔣彤《李申耆先生年譜》指出：「《出師表》，晉、宋諸奏疏之藍本也。」〔註5〕此言不虛。陶侃、郗鑒、桓溫等名臣的有關軍政的奏疏，往往以《出師表》爲典範，行文注重以情動人，從而形成一個寫法大致相近的表文系列。

曹植的《求自試表》、《陳審舉表》和《求通親親表》，雖以表達建功立業的抱負和要求解除政治上的禁錮爲主，而字裏行間亦蘊含著披肝瀝膽的誠摯感情。其《求自試表》撰於太和二年（228），曹植在文中以西漢之志士賈誼、終軍、霍去病自勵、自寓，激情蕩漾，抒發自己希企朝廷任用，以實現建功立業、報效國家的願望：

> 昔賈誼弱冠，求試屬國，請係單于之頸而制其命；終軍以妙年使越，欲得長纓纓其王，羈致北闕。此二臣豈好爲誇主而耀世俗哉？志或鬱結，欲逞其才力，輸能于明君也。昔漢武爲霍去病治第，辭曰：「匈奴未滅，臣無以家爲。」固夫憂國忘家，捐軀濟難，忠臣之志也……竊不自量，志在效命，庶立毛髮之功，以報所受之恩。若使陛下出不世之詔，效臣錐刀之用，使得西屬大將軍，當一校之隊；

〔註4〕段熙仲、聞旭初編校：《諸葛亮集・文集》，卷1，北京：中華書局，1960年版，第5～6頁。

〔註5〕王水照主編：《歷代文話》第八冊，上海：復旦大學出版社，2007年版，第7293頁。

　　若東屬大司馬，統偏師之任，必乘危蹈險，騁舟奮驪，突刃觸鋒，
爲士卒先。雖未能禽權馘亮，庶將虜其雄率，殲其醜類，必效須臾
之捷，以滅終身之愧。使名挂史筆，事列朝榮。雖身份蜀境，首縣
吳闕，猶生之年也。如微才弗試，沒世無聞，徒榮其軀而豐身體，
生無益于事，死無損于數，虛荷上位而忝重祿，禽息鳥視，終于白
首，此徒圈牢之養物，非臣之所志也。流聞東軍失備，師徒小衄，
輟食棄餐，奮袂攘衽，撫劍東顧，而心已馳于吳會矣。〔註6〕

　　文中彌漫的是不甘平庸，奮不顧身，志在報效國家的英雄氣概，用典而
不深奧，論事而含激情，反覆詠歎，屢致意焉，讀來令人動容。

　　在之後寫的《陳審舉表》，曹植還不灰心，仍然執著於報效國家，馳騁沙
場、捐軀赴難的豪邁理想，有云：「昔樂毅奔趙，心不忘燕；廉頗在楚，思爲
趙將。臣生乎亂，長乎軍，又數承教于武皇帝，伏見行師用兵之要，不必取
孫、吳而闇與之合。竊揆之于心，常願得一奉朝覲，排金門，蹈玉陛，列有
職之臣，賜須臾之問，使臣得一散所懷，攄舒蘊積，死不恨矣。被鴻臚所下
發士息書，期會甚急。又聞豹尾已建，戎軒鷩駕，陛下將復勞玉躬，擾挂神
思。臣誠悚息，不遑窴處。願得策馬執鞭，首當塵露，攝風后之奇，接孫、
吳之要，追慕卜商，起予左右，效命先驅，畢命輪轂。雖無大益，冀有小補。
然天高聽遠，情不上通，徒獨望青雲而拊心，仰高天而歎息耳。」〔註7〕反覆
致意，淋漓盡致，激情騰踊，震撼人心。《求通親親表》也以情意深長而感動
人心，辭采清麗一如前表，清人何焯將此文與諸葛亮《出師表》相提並論，
認爲其魅力「可匹《出師表》，而文采辭條更爲蔚然」。〔註8〕鍾嶸《詩品》稱
曹植五言詩「骨氣奇高，辭采華茂，情兼雅怨，體被文質，粲溢今古，卓爾
不群」，亦可移評曹植之表文。

　　三國魏大臣高堂隆的奏議之作值得提及。他字昇平，官至侍中、光祿勳。
其奏議有一定文學性的是《切諫增崇宮室疏》與《疾篤口占上疏》。魏明帝在
位期間，吳蜀兩國力量漸衰，基本上對中原構不成大的威脅，魏氏統一全國

〔註6〕〔清〕嚴可均：《全三國文》，卷 15，《全上古三代秦漢三國六朝文》，北京：
　　　　中華書局，1958 年版，第 1135 頁。
〔註7〕〔清〕嚴可均：《全三國文》，卷 16，《全上古三代秦漢三國六朝文》，北京：
　　　　中華書局，1958 年版，第 1139 頁。
〔註8〕〔清〕何焯著，崔高維點校：《義門讀書記》，北京：中華書局，1987 年版，
　　　　第 950 頁。

的可能性增強了。但曹魏內部存在著一些不利於這個政權發展的隱患，一是明帝腐化多欲，大興土木，沉湎宮館美色，二是司馬氏漸握重權。高堂隆二疏即不同程度地針對這些現實情勢而發。《切諫增崇宮室疏》是諫止魏明帝勞民傷財，修建宮殿的。作者之勸諫，並非講一些陳舊的抽象的聖賢古訓，而是長於讓明帝設身處地地思考治理國家的根本原則。文章對比鮮明，說理剴切，有不容置辯的說服力與感染力。如其借秦、漢以爲喻：

> 且秦始皇不築道德之基，而築阿房之宮，不憂蕭牆之變，而脩長城之役。當其君臣爲此計也，亦欲立萬世之業，使子孫長有天下，豈意一朝匹夫大呼，而天下傾覆哉？故臣以爲使先代之君，知其所行必將至于敗，則弗爲之矣。是以亡國之主，自謂不亡，然後至于亡；賢聖之君，自謂將亡，然後至于不亡。昔漢文帝稱爲賢主，躬行約儉，惠下養民，而賈誼方之，以爲天下倒縣，可爲痛哭者一，可爲流涕者二，可爲長歎息者三。況今天下凋弊，民無儋石之儲，國無終年之畜，外有彊敵，六軍暴邊，內興土木，州郡騷動，若有寇警，則臣懼版築之士不能投命虜庭矣。〔註9〕

　　對照反襯，明快暢達，而濃烈的憂患意識自然地吐露出來。《疾篤口占上疏》亦爲激蕩著憂國憂民情懷的佳作。作者先以前賢疾篤時所謂「鳥之將死，其鳴也哀；人之將死，其言也善」爲引子，然後說：「臣常疾世主莫不思紹堯、舜、湯、武之治，而蹈踵桀、紂、幽、厲之跡，莫不嗤笑季世惑亂亡國之主，而不登踐虞、夏、殷、周之軌。悲夫！以若所爲，求若所致，猶緣木求魚，煎水作冰，其不可得，明矣！」〔註10〕在此概括性的斷語的基礎上，舉引具體史事以證以喻，感情憤激，言多切實，交錯運用短句排比，造成充暢有力的行文氣勢。文末提醒曹魏統治者防止異姓重臣擅權，禍起蕭牆；採取措施強宗固本，選用同姓王典兵以成藩輔之勢，不給鷹揚之臣以可乘之機。最後他指出，一個政權要長久維持下去，根本在於施行仁德政治，取得民心，「天下之天下，非獨陛下之天下也」。高堂隆的忠諫，東晉史學家習鑿齒《漢晉春秋》給予高度評價云：「高堂隆可謂忠臣矣。君侈每思諫其

〔註9〕　〔清〕嚴可均：《全三國文》，卷31，《全上古三代秦漢三國六朝文》，北京：中華書局，1958年版，第1227頁。

〔註10〕　〔清〕嚴可均：《全三國文》，卷31，《全上古三代秦漢三國六朝文》，北京：中華書局，1958年版，第1227頁。

惡，將死不忘憂社稷，正辭動于昏主，明戒驗于身後，謇諤足以勵物，德音沒而彌彰，可不謂忠且智乎！」〔註11〕

此外，董尋《上書諫明帝》不畏死亡，諫阻魏明帝大興宮室，文末顯示盡忠爲國、不避斧鉞、視死如歸的爲臣原則，抒情性頗濃。孟達《辭先主表》背蜀投魏，表辭劉備，亦感情激蕩：「昔申生至孝見疑于親，子胥至忠見誅于君，蒙恬拓境而被大刑，樂毅破齊而遭讒佞，臣每讀其書，未嘗不慷慨流涕，而親當其事，益以傷絕！」〔註12〕皆爲可讀之作。

二、兩晉南北朝奏議文

兩晉時期奏議佳作不少，尤其是東晉奏議，抒情性非常濃重，但過去人們較少提及，對於研究這段文學，顯然是欠公正的。先從西晉李密、羊祜談起。

李密《陳情表》抒情性非常濃重，感染力十分強烈，歷來膾炙人口。李密原仕蜀，蜀滅亡後，晉武帝下詔徵其爲郎中、太子洗馬，李密寫此《表》以辭。他提出不能應徵的原因，主要是祖母年老病弱，需要侍奉。其中寫道：

> 臣以險釁，夙遭閔凶，生孩六月，慈父見背，行年四歲，舅奪母志。祖母劉，愍臣孤弱，躬親撫養。臣少多疾病，九歲不行，零丁孤苦，至于成立，既無伯叔，終鮮兄弟，門衰祚薄。晚有兒息。外無期功強近之親，内無應門五尺之僮，煢煢獨立，形影相弔。而劉夙嬰疾病，常在牀蓐，臣侍湯藥，未曾廢離。……今臣亡國賤俘，至微至陋，過蒙拔擢，寵命優渥，豈敢盤桓，有所希冀？但以劉日薄西山，氣息奄奄，人命危淺，朝不慮夕。臣無祖母，無以至今日，祖母無臣，無以終餘年。母孫二人，更相爲命，是以私情區區，不能廢遠。臣密今年四十有四，祖母劉今年九十有六，是臣盡節于陛下之日長，報養劉之日短也。烏鳥私情，願乞終養。〔註13〕

作者對自己孤苦伶仃的家世，以及祖孫相依爲命情形的描述，讀之令人

〔註11〕　〔清〕嚴可均：《全晉文》，卷134，《全上古三代秦漢三國六朝文》，北京：中華書局，1958年版，第2232頁。

〔註12〕　〔清〕嚴可均：《全三國文》，卷61，《全上古三代秦漢三國六朝文》，北京：中華書局，1958年版，第1384頁。

〔註13〕　〔清〕嚴可均：《全晉文》，卷70，《全上古三代秦漢三國六朝文》北京：中華書局，1958年版，第1865頁。

酸鼻。這種在表章中大敘「烏鳥私情」的作品，前所罕見。

羊祜（221～278），字叔之，博學能屬文，善談論。晉泰始五年，出爲都督荊州諸軍事，以備滅吳。善撫士卒，與吳人或和或讓，皆重以信義。祜立身清儉，性樂山水。嚴可均《全晉文》輯錄其文數篇。其中《請伐吳疏》分析形勢言辭剴切，筆勢遒煉暢達，文采斐然。他的名文是收錄於《文選》的《讓開府表》。泰始八年，朝廷加封都督荊州諸軍事的羊祜爲車騎將軍，開府儀同三司。羊祜上表讓封，有云：

> 臣自出身已來，適十數年，受任内外，每極顯重之地。常以智力不可強進，恩寵不可久謬，夙夜戰慄，以榮爲憂。臣聞古人之言，德未爲眾所服而受高爵，則使才臣不進；功未爲眾所歸而荷厚祿，則使勞臣不勸。今臣身託外戚，事遭運會，誠在寵過，不患見遺，而猥超然降發中之詔，加非次之榮，臣有何功可以堪之？何心可以安之？以身誤陛下，辱高位，傾覆亦尋而至，願復守先人弊廬，豈可得哉！違命誠忤天威，曲從即復若此。蓋聞古人申于見知，大臣之節，不可則止。臣雖小人，敢緣所蒙，念存斯義。……今道路未通，方隅多事，乞留前恩，使臣得速還屯。不爾留連，必于外虞有闕。臣不勝憂懼，謹觸冒拜表，惟陛下察匹夫之志不可以奪。〔註14〕

言辭平和自然，綿中有剛，而又入情入理，頗顯其高風亮節。西晉官場，多奔競貪鄙之徒，羊祜之言行迥異於時輩，堪稱難能可貴。蕭統《文選》收錄此文，是很有眼光的。

劉毅（？～285），字仲雄，少厲清節，好臧否人物，王公貴人望風憚之。咸寧初任司隸校尉，豪右爲之斂跡。司馬炎嘗喟然問毅曰：「卿以朕方漢何帝也？」毅對曰：「可方桓、靈。」炎曰：「吾雖德不及古人，猶克已爲政，又平吳、會，混一天下。方之桓、靈，不已甚乎！」毅對曰：「桓、靈賣官，錢入官庫；陛下賣官，錢入私門。以此言之，殆不如也。」由此可見其耿介不阿、直言無忌的程度。嚴可均《全晉文》卷輯錄其文數篇。屬於大塊文字的是作爲魏晉奏議名文的《上疏請罷中正除九品》。魏文帝曹丕爲求得士族的支持，而推行的九品中正制，到西晉時進一步淪爲維護門閥統治的選官制度，劉毅此文猛烈抨擊了這種腐朽制度，揭露它對國家政治禍害極大：「職

〔註14〕〔清〕嚴可均：《全晉文》，卷41，《全上古三代秦漢三國六朝文》，北京：中華書局，1958年版，第1695頁。

名中正，實爲奸府；事名九品，而有八損」，「古今之失，莫大於此」，故應
即刻罷中正，除九品。作者放言無忌、義憤塡膺的創作狀態，體現在行文中，
便是洋洋灑灑，氣勢充暢，因而具有較強的說服力和感染力。茲節引一段，
以窺一斑：

> 今之中正，不精才實，務依黨利；不均稱尺，務隨愛憎。所欲
> 與者，獲虛以成譽；所欲下者，吹毛以求疵。……高下逐強弱，是
> 非由愛憎。……隨世興衰，不顧才實。衰則削下，興則扶上，一人
> 之身，旬日異狀。或以貨賂自通，或以計脅登進，附託者必達，守
> 道者困悴。無報于身，必見割奪；有私于己，必得其欲。……是以
> 上品無寒門，下品無勢族。暨時有之，皆曲有故。慢主罔時，實爲
> 亂源。損政之道一也。〔註15〕

言辭尖銳，憤激之情流淌其間，讀來給人以淋漓暢快的深刻印象。

劉琨爲兩晉之際社會動亂中志在靖難的英雄，他受任於危難之際，所作
表疏，痛陳世務，指畫方略，慷慨激昂，風格遒上。《爲并州刺史到壺關上表》
爲戰亂紀實文字，其中寫到當時并州形勢的危急，率部行軍之艱辛，并州之
殘破，百姓之罹難，有云：

> 臣以頑蔽，志望有限，因緣際會，遂忝過任。九月末得發，
> 道險山峻，胡寇塞路，輒以少擊眾，冒險而進。頓伏艱危，辛苦
> 備嘗，即日達壺口關。臣自涉州疆，目觀困乏，流移四散，十不
> 存二，攜老扶弱，不絕于路。及其在者鬻賣妻子，生相捐棄；死
> 亡委危，白骨橫野，哀呼之聲，感傷和氣。群胡數萬，周匝四山，
> 動足遇掠，開目觀寇。唯有壺關，可得告糴。而此二道，九州之
> 險，數人當路，則百夫不敢進，公私往反，沒喪者多。嬰守窮城，
> 不得薪採，耕牛既盡，又乏田器。以臣愚短，當此至難，憂如循
> 環，不遑寢食。〔註16〕

此爲他轉戰并州，孤立支撐局面之艱難情形的實錄，是「五胡亂華」初
期并州戰亂慘狀的眞實寫照，筆挾曹操《苦寒行》、王粲《七哀詩》（其一）
之類作品的神韻。「讀來觸目驚心。其慘烈悽楚內容，峭拔悲涼文風，皆遠出

〔註15〕 〔清〕嚴可均：《全晉文》，卷35，《全上古三代秦漢三國六朝文》，北京：中
　　　　華書局，1958年版，第1663頁。

〔註16〕 〔清〕嚴可均：《全晉文》，卷108，《全上古三代秦漢三國六朝文》，北京：中
　　　　華書局，1958年版，第2078頁。

太康、元康眾多文章之上。」〔註17〕鍾嶸《詩品》卷中稱劉琨「既體良才，又罹厄運，故善敘喪亂，多感恨之詞。」此雖針對其五言詩而言，但亦可移評其文。

劉琨之後的東晉詩文創作，除陶淵明等一、二作家外，古來評價往往較低，以為其多談老莊玄理，缺乏抒情性和文采。如劉勰《文心雕龍‧時序》云：「自中朝貴玄，江左稱盛，因談餘氣，流成文體。是以世極迍邅，而辭意夷泰，詩必柱下之旨歸，賦乃漆園之義疏。」〔註18〕劉氏乃針對部分詩賦作品而言，無疑有其道理。但後來論者或擴而大之，用劉說概括東晉文學的整體特點，這就有失公允了。其實就散文而言，東晉一代多慷慨激昂之作，前面論述書牘文時已涉及一些有關作品，而奏議文也有不少憂國憂民、情文並茂的慷慨之作。由於東晉偏安江左，雖有收服中原、還都洛陽的願望，但國力衰弱，而困難重重，這種情勢與三國時期的蜀漢政權相近，故許多作家特別崇敬為了實現統一大業而鞠躬盡瘁的蜀相諸葛亮，因而在撰作奏議之類文章時往往自覺地借鑒吸收《出師表》的情調。如陶侃《上表遜位》效法諸葛亮《出師表》及曹操《述志令》的寫法，發端自述身世，以「臣少孤寒」，受朝廷殊恩而起，中述染疾，雄圖未果之憾，末表彰王導、郗鑒、庾亮等為國家棟樑，足可依賴。庾冰《出鎮武昌臨發上疏》，於國事泣血以吐忠誠，情思及文筆酷似諸葛亮之《出師表》。張駿《上疏請討石虎李期》、張重華《上疏請伐秦》，皆文短而頗有激情，詞氣慷慨，也有諸葛亮《出師表》遺風流韻。其他抒情性強烈的作品還有：盧諶《理劉司空表》，劉琨為段匹磾誣陷，諶上表為之申冤，氣勢充盈，慷慨陳詞，感情強烈，令人動容；晉元帝讀表，深為感動，下詔弔祭劉琨，追贈之為侍中、太尉。紀瞻《久疾上疏》，充溢盡忠報國之情。周嵩《諫疏忌王導等疏》、《謝拜大將軍都督并州表》情緒激越。劉波《上孝武帝疏》對時政之弊、民生之困、國家之危的形勢有所揭露，希望東晉孝武帝革除弊政，勵精圖治，充滿憂國憂民的政治責任感及關注同情百姓之苦的人文情懷。桓溫《上書自陳》針對朝中對他的猜疑，表達了不滿和怨憤，文章激情勃發，凸顯撰作時怨怒難過的精神狀態。庾亮《上疏乞骸骨》，上疏謝罪，請求辭職，文中檢討自己作為輔政大臣，進不能撫寧外內，退不能推賢尊長，釀成嚴重後果。嚴以自責，甚為坦誠，激情貫注其中，

〔註17〕徐公持：《魏晉文學史》，北京：人民文學出版社，1999年版，第427頁。
〔註18〕范文瀾：《文心雕龍注》，北京：人民文學出版社，1958年版，第675頁。

還有郗鑒，《全晉文》存其文數篇，或慷慨激昂，表現了大義凜然、矢志保衛東晉江山社稷的忠肝赤膽和堅定信念。但感人頗深的還是他臨終前所撰的《上疏遜位》，節引一段於下：

> 臣疾彌留，遂至沈篤，自忖氣力，差理難冀。有生有死，自然之分。但忝位過才，曾無以報，上慙先帝，下愧日月。伏枕哀歎，抱恨黃泉。臣今虛乏，救命朝夕，輒以府事付長史劉遐，乞骸骨歸丘園。惟願陛下崇山海之量，弘濟大猷，任賢使能，事從簡易，使康哉之歌復興于今，則臣雖死，猶生之日耳。〔註19〕

作爲幾乎畢生戮力朝廷的股肱之臣，郗鑒在生命的最後時刻仍不失爲「人之將死，其言也善」的典範，感情流露之誠懇厚重，頗爲動人。《晉書》本傳贊云：「道徽忠勁，高芬遠映」，可謂的評。

謝玄爲東晉後期重臣，曾指揮淝水之戰，取得重大勝利。其《疾篤上疏》抒寫忠於社稷的情志，其中述及對家族中老者逝世、童幼夭折的悲痛，悲慨淋漓：

> 臣以常人，才不佐世，忽蒙殊遇，不復自量，遂從戎政。驅馳十載，不辭鳴鏑之險，每有征事，輒請爲軍鋒，由恩厚忘軀，甘死若生也……數月之間，相遂殂背，下逮稚子，尋復夭昏，哀毒兼纏，痛百常情。臣不勝禍酷暴集，每一慟殆弊。……追尋前事，可爲寒心。臣之微身，復何足惜，區區血誠，憂國實深……使臣得及視息，瞻覯墳柏，以此之盡，公私眞無恨矣！伏枕悲慨，不覺流涕。〔註20〕

南北朝駢文鼎盛，奏議文多用駢體寫作，許多作家寫作此類文章，非常自覺地講究駢儷、用典，乃至誇張渲染；尤其是袁淑，某些文章將這種文風發揮到了前所未有的地步。在此創作風氣下，散體奏議文頗不景氣。值得提及的主要有任昉。任昉爲齊梁時期文壇具有重要地位的作家，他的奏議文，善於根據不同的對象，不同的情況而造成不同的行文風格。《奏彈曹景宗》針對的是怯懦誤國的敗將，故行文義正辭嚴；而《爲范尚書讓吏部封侯第一表》針對的是廉潔善施，爲人謙讓的知交，故行文灑脫平和。在這方面更值得注意的是《奏彈劉整》。此作爲彈劾侵淩寡嫂范氏之劉整的奏章，除文章首尾部

〔註19〕　〔清〕嚴可均：《全晉文》，卷109，《全上古三代秦漢三國六朝文》，北京：中華書局，1958年版，第2088頁。

〔註20〕　〔清〕嚴可均：《全晉文》，卷83，《全上古三代秦漢三國六朝文》，北京：中華書局，1958年版，第1939～1940頁。

分表示任昉本人對劉整的鄙視態度和彈劾意向外，中間部分詳細記述了關於劉整侵凌寡嫂的具體情況，因這些記述是任昉依據范氏的訴狀加工而成，故具有俚俗瑣碎、口語化程度頗高的行文特色。其中對叔嫂、子侄、婢僕之間的詬罵鬥毆有繪聲繪色的敘述，茲引一段：

> 整就兄妻范求米六斗，哺食，范未得還。整怒，仍（乃）自進范所，往屏風上取車帷爲質。范送米六斗，整卽納受。范今年二月九日夜失車欄子、夾杖、龍牽等。范及息逡（其子劉逡）道是采音（劉整婢名）所偷。整聞聲，仍（乃）打逡。范喚問：「何意打我兒？」整母子爾時便同出中庭，隔箔與范相罵。婢采音及奴教子、楚玉、法志等四人，于時在整母子左右。整語采音：「其道汝偷車梭具，汝何不進裏罵之？」既進爭口舉手誤查范臂。〔註21〕

劉師培稱其「質直序事，悉無浮藻」，爲「當時世俗之文」〔註22〕；錢鍾書先生以爲此種文字「頗具小說筆意，粗足上配《漢書・外戚傳》上司隸解光奏、《晉書・懷太子傳》太子遺妃書」〔註23〕。又如《爲卞彬謝修卞忠貞墓啓》，爲了突出卞彬對高祖卞壼之墓年久生修的悲哀，便寫下這樣一段文字：

> 臣門緒不昌，天道所昧，忠遘身危，孝積家禍，名教同悲，隱淪惆悵。而年世貿遷，孤裔淪塞，遂使碑表蕪滅，丘樹荒毀，狐兔成穴，童牧哀歌。感慨自哀，日月纏迫。〔註24〕

抒情味濃重，頗能打動人心。

第二節　形同抒情小品及蘊含創作觀念的序文

序體文起初大抵介紹書籍緣起，或兼提要功能。到魏晉南北朝，由於文人寫作注重抒情之思潮的影響，序體文的抒情性日益得到凸顯，因而成爲當時文章抒情性強化的一種重要載體。此類作品的篇幅一般較爲簡短，視其爲抒情小品可也。

〔註21〕〔清〕嚴可均：《全梁文》，卷43，《全上古三代秦漢三國六朝文》，北京：中華書局，1958年版，第3197頁。

〔註22〕陳引馳編校：《劉師培中古文學論集》，北京：中國社會科學出版社，1997年版，第101頁。

〔註23〕錢鍾書：《管錐編》，北京：中華書局，1979年版，第1420頁。

〔註24〕〔清〕嚴可均：《全梁文》，卷43，《全上古三代秦漢三國六朝文》，北京：中華書局，1958年版，第3200頁。

一、賦　序

　　某個作者在自己的賦作前面附撰序文，就今所見文獻資料看，似乎以揚雄為最早。《漢書‧揚雄傳》收錄的《甘泉》、《河東》、《長楊》和《羽獵》四賦序，所據為揚雄的《自序》。稍後的桓譚，有《仙賦序》：「余少時為郎，從孝成帝出祠甘泉、河東，見郭先置華陰集靈宮。宮在華山下，武帝所造，欲以懷集仙者王喬、赤松子，故名殿為存仙。端門南向山，署曰望仙門。余居此焉，竊有樂高眇之志，即書壁為小賦。」〔註25〕此則顯然為以第一人稱寫的自序。馮衍《顯志賦》、《楊節賦》皆有自序，前者篇幅較大，開後世長篇賦序的先河。馮氏之後，賦序漸漸增多，不但出現杜篤《論都賦序》，崔駰《反都賦序》、《大將軍西征賦序》、《達旨序》，班固《兩都賦序》，馬融《長笛賦序》，張衡《應間序》、《舞賦序》，王延壽《魯靈光殿賦序》，邊韶《塞賦序》，趙岐《藍賦序》，趙壹《窮鳥賦序》，蔡邕《述行賦序》、《筆賦序》，邊讓《章華臺賦序》等作者自撰的賦序，而且出現班固《離騷序》、王逸《離騷序》、《九歌序》、《天問序》等為他人辭賦寫的序。通觀漢代賦序，其基本性質如王應麟《辭學指南》云：「序者，序典籍之所以作」。為我們瞭解作者寫作背景、緣由以及作品內容等，提供了可信的資料，帶來了很大的便利。尤其是一些已經殘缺的、但原本具有興寄意義的作品，如果沒有作者的序，後人實難把握其內容。例如趙岐《藍賦》一作，殘缺嚴重，只存「同丘中之有麻，似麥秀之油油」兩句，作者的寫作動機是什麼，由此頗難知曉，亦不可能知曉；幸虧此賦有序云：「余就醫偃師，道經陳留。此境人皆以種藍、染紺為業；藍田彌望，黍稷不植。慨其遺本念末，遂作賦曰。」〔註26〕《藍賦》之所以作及其思想傾向便昭然若揭了。此種情況頗多，不再一一列舉。至於班固《兩都賦序》、《離騷序》及王逸《楚辭章句》中諸序，在漢代辭賦批評史上的價值，已是治文學史者所習知而無庸贅言的事實。

　　魏晉南北朝是繼兩漢之後辭賦相當興盛的時期，流傳下來的作品遠遠超過前代，賦序也呈現水漲船高的勢頭。筆者大致統計，這個時期約千篇賦，有序的近二百四十篇，這個數字約為漢代賦序的六倍。其中曹丕、曹植、傅

〔註25〕〔清〕嚴可均：《全後漢文》，卷12，《全上古三代秦漢三國六朝文》，北京：中華書局，1958年版，第535頁。
〔註26〕〔清〕嚴可均：《全後漢文》，卷62，《全上古三代秦漢三國六朝文》，北京：中華書局，1958年版，第814頁。

玄、陸機等的賦序都在十篇以上，傅咸則逾二十篇；更有甚者，陸雲、陶淵明的賦篇篇都有序。據此，應該說，賦序是我們研讀六朝散文值得關注的一個領域。其實，古人已有所關注，史書、類書、各種文集大量收錄六朝賦序，便是有力的證明。此外，有人還直接表白了對某個作家賦序的重視，譬如晚明張溥在《漢魏六朝百三家集‧成公子安集》的「題辭」中說：「《嘯賦》見貴於時，梁昭明登之《文選》，激揚嘽緩，彷彿有聲，然列於馬融《長笛》、嵇康《琴》賦，亦彈而不成矣。賦少深致，而（賦）序各有思，讀諸賦不如讀其序也。」「賦少深致」、「序各有思」，就西晉前期賦家成公綏而言，說得絕對了些，比較客觀的評價，應該是：「某些賦少深致」、「某些（賦）序有思」。不過，張溥所言畢竟對我們是有啟示意義的，他雖然是針對成公綏情況的評說，卻足以導引我們推而廣之，把六朝賦序視為一個整體，予以必要的關注。

六朝賦序之所以值得關注，主要在於它給讀者直接提供了當時作家在辭賦創作活動及理論批評中的一些真實動向。尤值得關注的是重抒情的動向。眾所周知，由重視政教風化，美刺勸誡，到重視抒發日常生活中一己之情，是六朝賦風革除兩漢賦風的最大的歷史貢獻；而這種巨大變化的可靠信息，有相當一部分是由賦序透露出來的。魏晉的大批賦序，簡明扼要地揭示寫作緣起，一言以蔽之，就是抒情，這在賦史上是空前的現象。曹丕《感離賦序》、《感物賦序》、《悼夭賦序》、《寡婦賦序》，曹植《靜思賦序》、《敘愁賦序》、《憫志賦序》，潘岳《懷舊賦序》、《寡婦賦序》、《秋興賦序》，陸機《思歸賦序》、《懷土賦序》、《憫思賦序》、《歎逝賦序》、《大暮賦序》，孫綽《遂初賦序》，陶淵明《感士不遇賦序》、《歸去來兮辭序》等等，或吟生離的痛苦，或抒死別的悲傷，或憐寡婦的孤寂，或歎愛情的挫折，或慨官場之污濁，或哀故鄉之隔絕，或興江湖山藪之思，都流露著濃鬱的以賦抒情的創作追求，正如陸機《懷土賦序》所謂：「方思之殷，何物不感？曲街委巷，罔不興詠；水泉草木，咸足悲焉。故述斯賦。」〔註27〕王瑤先生曾說：「我們念魏晉人的詩，感到最普遍、最深刻、能激動人心的，便是那在詩中充滿了時光飄忽和人生短促的思想與感情。」〔註28〕把此語加在某些魏晉人的賦序上，也頗合適，例如陸雲《歲暮賦序》抒寫這樣的感情：「自去故鄉，荏苒六年，惟姑與姊，仍見背棄；銜痛萬里，哀思傷毒。日月逝速，歲聿雲暮；感萬物之既改，瞻天

〔註27〕〔晉〕陸機撰，金濤聲點校：《陸機集》，北京：中華書局，1982年版，第16頁。
〔註28〕王瑤：《中古文學史論集》，上海：古典文學出版社，1957年版，第4頁。

地而傷懷。乃作賦以言情焉。」〔註29〕陸機《歎逝賦序》亦然：「昔每聞長老追計平生同時親故，或凋落已盡，或僅有存者。余年方四十，而懿親戚屬亡多存寡，昵交密友亦不半在。或所曾共遊一途，同宴一室，十年之內，索然已盡。以是思哀，哀可知矣，乃為賦曰。」〔註30〕情思彌漫，不減抒情詩歌。至於向秀《思舊賦序》、潘岳《寡婦賦序》、陶淵明《感士不遇賦序》、庾信《傷心賦序》等，則直可視為具有獨立文學價值的抒情小品。向序開闊自然，情景相映，悲思徘徊；潘序反覆詠歎，淒婉欲絕；陶序跌宕起伏，悲慨彌深；庾序抒寫哀情，或直瀉或輔以典故及物象烘託，獨具風神。茲錄陶序、庾序。

《感士不遇賦序》：

> 昔董仲舒作《士不遇賦》，司馬子長又為之。余嘗以三餘之日，講習之暇，讀其文，慨然惆悵。夫履信思順，生人之善行；抱朴守靜，君子之篤素。自真風告逝，大偽斯興，閭閻懈廉退之節，市朝驅易進之心。懷正志道之士，或潛玉于當年；潔已清操之人，或沒世以徒勤。故夷皓有「安歸」之歎，三閭發「已矣」之哀。悲夫！寓形百年，而瞬息已盡，立行之難，而一城莫賞。此古人所以染瀚慷慨，屢伸而不能已者也。夫導達意氣，其惟文乎？撫卷躊躇，遂感而賦之。〔註31〕

庾信《傷心賦序》：

> 余五福無徵，三靈有譴，至于繼體，多所夭折。二男一女，並得勝衣，金陵喪亂，相守亡歿。羈旅關河，倏然白首，苗而不秀，頗有所悲。一女成人，外孫孩稚，奄然玄壤，何痛如之？既傷即事，追悼前亡，唯覺傷心，遂以傷心為賦。……至若曹子建、王仲宣、傅長虞、應德璉、劉滔之母、任延之親，書翰傷切，文詞哀痛，千悲萬恨，何可勝言？龍門之桐，其枝已折；卷葹之草，其心實傷。嗚呼哀哉！〔註32〕

皆情思彌漫，濃重動人。從對重抒情之風尚進行總結的角度來看，曹植

〔註29〕〔晉〕陸雲撰、黃葵點校：《陸雲集》，北京：中華書局，1988 年版，第 6 頁。
〔註30〕〔晉〕陸機撰，金濤聲點校：《陸機集》，北京：中華書局，1982 年版，第 24 頁。
〔註31〕〔清〕嚴可均：《全晉文》，卷 111，《全上古三代秦漢三國六朝文》，北京：中華書局，1958 年版，第 2095 頁。
〔註32〕〔清〕嚴可均：《全後周文》，卷 9，《全上古三代秦漢三國六朝文》，北京：中華書局，1958 年版，第 3925 頁。

的《前錄序》尤其值得珍視，此序與其他序不同，不是作者某一篇賦作的序，而是爲他刪定的收錄自己早年 78 篇賦的一個集子寫的序，帶有總結性質，其中有云：「余少而好賦，其所尙也，雅好慷慨，所著繁多。」〔註33〕這不僅說明漢魏之際，辭賦仍是文人喜愛的一種主要文體，而且明確坦露對於具有強烈抒情性的作品的崇尙與追求。漢人論賦，局限於「美刺」，子建把「雅好慷慨」的革新旗幟高高舉起，標誌著中古辭賦觀的一次重大轉變。魏晉作家寫賦崇尙「慷慨」的審美追求，不僅限於抒情賦，詠物賦亦復如此。如曹丕《柳賦序》：「昔建安五年，上與袁紹戰于官渡。是時余始植斯柳。自彼迄今，十有五載矣。左右僕御已多亡，感物傷懷，乃作斯賦。」〔註34〕又《鶯賦序》：「堂前有籠鶯，晨夜哀鳴，悽若有懷，憐而賦之。」〔註35〕一「傷」一「憐」，情意顯豁。楊脩《孔雀賦序》：「魏王園中有孔雀，久在池沼，與眾鳥同列。其初至也，甚見奇偉，而今行者莫視。臨淄感世人之待士，亦咸如此，故興志而作賦。」〔註36〕曹植《孔雀賦》已佚，但從楊脩此序可知其多情善感的創作風貌。就子建今存詠物賦看，其中流淌的情思依稀可感，他特別喜歡通過表現所詠之物的不幸遭遇，以寄託或悲傷或憐憫的感情，而在有的賦序中則直接予以點明，如《離繳雁賦序》：「余遊于玄武陂，有雁離繳，不能復飛。顧命舟人，追而得之，故憐而賦焉。」〔註37〕賦起調云：「憐孤雁之偏特兮，情惆焉而內傷」，感情鮮明強烈。晉人觀念亦同，如傅玄《芸香賦序》說世人種芸於中庭，「始以微香進入，終于捐棄黃壤。吁可閔也。遂詠而賦之。」〔註38〕曹毗《鸚鵡賦序》：「余在直，見交州獻鸚鵡鳥，嘉其有智，歎其籠樊，乃賦之曰。」〔註39〕有的作家雖未在賦序指明，但其創作

〔註33〕〔清〕嚴可均：《全三國文》，卷 16，《全上古三代秦漢三國六朝文》，北京：中華書局 1958 年版，第 1143 頁。

〔註34〕〔清〕嚴可均：《全三國文》，卷 4，《全上古三代秦漢三國六朝文》，北京：中華書局 1958 年版，第 1075 頁。

〔註35〕〔清〕嚴可均：《全三國文》，卷 4，《全上古三代秦漢三國六朝文》，北京：中華書局 1958 年版，第 1075 頁。

〔註36〕〔清〕嚴可均：《全後漢文》，卷 51，《全上古三代秦漢三國六朝文》，北京：中華書局 1958 年版，第 757 頁。

〔註37〕〔清〕嚴可均：《全三國文》，卷 14，《全上古三代秦漢三國六朝文》，北京：中華書局 1958 年版，第 1129 頁。

〔註38〕〔清〕嚴可均：《全晉文》，卷 45，《全上古三代秦漢三國六朝文》，北京：中華書局 1958 年版，第 1717 頁。

〔註39〕〔清〕嚴可均：《全晉文》，卷 107，《全上古三代秦漢三國六朝文》，北京：中華書局 1958 年版，第 2075 頁。

中流露得很清楚，如夏侯湛《浮萍賦》：「萍出水而立枯兮，士失據而身枉。睹斯草而慷慨兮，固知直道之難爽」；《薺賦》：「覩眾草之萎悴，覽林果之零殘。悲纖條之槁摧，慜枯葉之飄殫。」〔註40〕但總的來說，晉人的詠物賦在情思流露的普遍性及濃鬱程度方面遜於建安詠物賦，不少作品以寄託理思見長，給人印象較深的是風靡當時的老莊思想，這種時代差異在賦序中也有比較明顯的表現。如孫楚《杕杜賦序》云：「家弟以虞氏《梨賦》見示，余謂豈以梨有用之為貴，杜無用之為賤。無用獲全，所以為貴；有用獲殘，所以為賤。故賦之云爾。」〔註41〕賈彪《大鵬賦序》：「余覽張茂先《鷦鷯賦》，以其質微處藪，而偏于受害。愚以為未若大鵬棲形邈遠，自育之全也。此固禍福之機，聊賦之云。」〔註42〕有的序對詠物賦的興寄功能有相當自覺的概括，如張華《鷦鷯賦序》指出「言有淺而可以託深，類有微而可以喻大」，成公綏《鴻雁賦序》說「假象於物，有取其美」，都屬此類。

二、詩　序

今見魏晉南北朝詩序，數量大約為同時期賦序的一半，有一百二十餘篇。藝術成就高的主要為抒情與寫景之作。

其中最為後世傳誦的有王羲之《蘭亭集序》。永和九年，羲之在會稽內史任上，邀謝安、孫綽、支遁等四十餘人在蘭亭聚會宴飲作詩，其詩結集，遂撰此序。序文的前半部分以簡筆勾勒自然節候物色，寥寥數句，點染傳神，與辭賦擅長的極聲貌以窮文的寫景風格相比，別具異趣。並將令人心曠神怡的優美景色與群賢畢至、遊目騁懷的名士歡宴渾融一片，運筆揮灑自如，無雕琢之痕：「永和九年，歲在癸丑，暮春之初，會於會稽山陰之蘭亭，修禊事也。群賢畢至，少長咸集。此地有崇山、峻嶺、茂林、修竹；又有清流激湍，映帶左右，引以為流觴曲水，列坐其次。雖無絲竹管絃之盛；一觴一詠，亦足以暢敘幽情。是日也，天朗氣清，惠風和暢。仰觀宇宙之大，俯察品類之盛，所以遊目騁懷，足以極視聽之娛，信可樂也。」後半部分轉入人生意義

〔註40〕　〔清〕嚴可均：《全晉文》，卷68，《全上古三代秦漢三國六朝文》，北京：中華書局1958年版，第1851頁。

〔註41〕　〔清〕嚴可均：《全晉文》，卷60，《全上古三代秦漢三國六朝文》，北京：中華書局，1958年版，第1801頁。

〔註42〕　〔清〕嚴可均：《全晉文》，卷89，《全上古三代秦漢三國六朝文》，北京：中華書局，1958年版，第1979頁。

的思索及感慨：「夫人之相與俯仰一世，或取諸懷抱，悟言一室之內，或因寄所託，放浪形骸之外。雖趨舍萬殊，靜躁不同；當其欣於所遇，暫得於己，快然自足，曾不知老之將至。及其所之既倦，情隨事遷，感慨係之矣。向之所欣，俯仰之間，已爲陳跡。猶不能不以之興懷；況修短隨化，終期於盡。古人云：『死生亦大矣。』豈不痛哉！每覽昔人興感之由，若合一契，未嘗不臨文嗟悼，不能喻之於懷。固知一死生爲虛誕，齊彭殤爲妄作。後之視今，亦猶今之視昔，悲夫！」〔註 43〕人生萬殊，修短隨化，而終歸於盡，與永恆的宇宙相比，人的生命何其短暫，作者的遷逝之慨油然而生。他思接千載，聯想到古人對生死存亡的重視，體悟到古人作品對人生的感歎往往與己契合，故臨文嗟悼，悲情沉鬱，感慨良深。由此，自然地引出「一死生爲虛誕，齊彭殤爲妄作」的認識。綜言之，如作者所言，此部分「感慨繫之」，給讀者留下較深的印象。錢鍾書先生稱其「低徊慨歎，情溢於辭，殊有悱惻纏綿之致」〔註 44〕。二十世紀六十年代有論者懷疑《蘭亭序》的眞實性，以爲從內容上看，王羲之等遊於大好春光，興高采烈，毫無悲傷氣息，詩作樂觀豁達；可是《蘭亭序》的後半部突然悲傷起來，這與當時的氣氛不符，也與王羲之的性格不符。故此文的眞實性是不可靠的。這只是一種推測而已。如果把視野放寬一些，便可知這種推測是難以站住腳的。其實，類似的在遊宴場合中寫的文章，不乏有此種情感的流露，如曹丕在《與朝歌令吳質書》中回憶過去與眾文士南皮之遊的情景：「每念昔日南皮之遊，誠不可忘……高談娛心，哀箏順耳，馳騁北場，旅食南館，浮甘瓜於清泉，沈朱李於寒水。白日既匿，繼以朗月，同乘並載，以遊後園。輿輪徐動，參從無聲，清風夜起，悲笳微吟，樂往哀來，愴然傷懷。余顧而言，斯樂難常，足下之徒，咸以爲然。」習鑿齒《襄陽耆舊記》卷五「羊祜」條記載羊祜遊宴峴山情景云：「祜樂山水，每風景，必造峴山，置酒談詠，終日不倦。嘗慨然歎息，顧謂從事中郎將鄒湛等曰：『自有宇宙，便有此山。由來賢達勝士，登此遠望，如我與卿者多矣！皆湮滅無聞，使人悲傷。如百歲後有知，魂魄猶應登此也。』」石崇《金谷集詩序》記載他與眾文士遊宴金谷澗時情景云：「晝夜遊宴，屢遷其坐，或登高臨下，或列坐水濱……感性命之不永，懼凋落之無期。」又，與王羲之同遊

〔註43〕 〔清〕嚴可均：《全晉文》，卷 26，《全上古三代秦漢三國六朝文》，北京：中華書局，1958 年版，第 1609 頁。

〔註44〕 錢鍾書：《管錐編》，北京：中華書局，1979 年版，第 1116 頁。

的孫綽針對此次蘭亭盛會也撰有《蘭亭詩後序》，其中記當時情景，有云：「高嶺千尋，長湖萬頃……乃席芳草，鏡清流，覽卉木，觀魚鳥，具物同榮，資生咸暢……耀靈縱轡，急景西邁，樂與時去，悲亦係之。」陶淵明《遊斜川序》末亦云：「悲日月之遂往，悼吾年之不留。」可見魏晉有關遊宴之作中流露悲傷情緒不僅見於王羲之之文。

　　其後，側重抒情的有晉王珣（349～400）《林法師墓下詩序》，觸景生情，懷念故友、一代高僧支遁（字道林），情調淒婉：「余以寧康二年命駕之剡石城山，即法師之丘也。高墳鬱爲荒楚，丘隴化爲宿莽，遺跡未滅，而其人已遠。感想平昔，觸物悽懷。」〔註45〕形同抒情小品。晉宋間的王叔之（生卒年不詳），也撰有抒情之詩序，如《傷孤鳥詩序》、《懷舊序》饒有情韻。《傷孤鳥詩序》云：「偶得二鳥，將欲放之，俄頃而一者死。一者既放，屢顧悲鳴。感微禽之有心，遂爲詩以傷之。」〔註46〕《懷舊序》云：「余與從甥道濟，交好特至。昔寓荊州，同處一室。多多閑暇，長共學書，余收而錄之，欲以爲索居之愛。道濟因記紙末曰：『舅還山之日，覽此相存。』閱書見其手跡，皎若平日，悽愴傷心。」〔註47〕或同情微禽，或睹物懷人，皆文短情長，感人頗深。

　　劉宋初范泰《鸞鳥詩序》記述了一個鸞鳥深於情的傳聞，作者悲慨彌深：

　　　　昔罽賓王結罝峻祁之山，獲一鸞鳥。王甚愛之。欲其鳴而不致也。乃飾以金樊，饗以珍羞，對之愈戚。三年不鳴。其夫人曰：「嘗聞鳥見其類而後鳴，何不懸鏡以映之。」王從其言。鸞覩形感契，慨然悲鳴，哀響中宵，一奮而絕。嗟乎，茲禽何情之深。昔鍾子破琴於伯牙，匠石韜斤於郢人，蓋悲妙賞之不存，慨神質於當年耳；

　　　　矧乃一舉而殞其身者哉！悲夫！〔註48〕

陶淵明爲六朝詩歌發展中最優秀的作家之一，其詩序亦頗出色。如《桃花源詩並記》，其記的性質實同於詩序，內容則爲幻設寓言，以否定現實，寄

〔註45〕　〔清〕嚴可均：《全晉文》，卷 20，《全上古三代秦漢三國六朝文》，北京：中華書局，1958 年版，第 1567 頁。

〔註46〕　〔清〕嚴可均：《全宋文》，卷 57，《全上古三代秦漢三國六朝文》，北京：中華書局，1958 年版，第 2746 頁。

〔註47〕　〔清〕嚴可均：《全宋文》，卷 57，《全上古三代秦漢三國六朝文》，北京：中華書局，1958 年版，第 2746 頁。

〔註48〕　〔清〕嚴可均：《全宋文》，卷 15，《全上古三代秦漢三國六朝文》，北京：中華書局，1958 年版，第 2518 頁。

託理想，歷來膾炙人口。其他短篇詩序，述遊感，及農事，大都簡淡雋永，晉人風範，斯公爲最。如《遊斜川詩序》:「辛丑正月五日，天氣澄和，風物閒美。與二三鄰曲，同遊斜川。臨長流，望曾城。魴鯉躍鱗于將夕，水鷗乘和以翻飛。彼南阜者，名實舊矣，不復乃爲嗟歎。若夫曾城，傍無依接，獨秀中皋。遙想靈山，有愛嘉名，欣對不足，率共賦詩。悲日月之遂往，悼吾年之不留。」〔註49〕《有會而作並序》云:「舊穀既沒，新穀未登，頗爲老農，而值年災，日月尙悠，爲患未已。登歲之功，既不可希，朝夕所資，煙火裁通；旬日已來，始念飢乏。歲云夕矣，慨然永懷。今我不述，後生何聞哉！」〔註50〕所述皆農穀生計之事，陶淵明辭官歸田，屢遇年災，生計之困窘，於此可見。明鍾惺、譚元春《古詩歸》卷九評此序:「句句是飢寒衣食之言，眞曠遠在此。」清陳祚明《采菽堂古詩選》卷十三稱此序「落落有遠致」。

三、其他序文

其他文體及文集之序，在藝術上亦頗有可觀者，略舉於下。

東晉戴逵《閒遊贊序》述閒遊自適的生活理想:「且夫巖嶺高則雲霞之氣鮮，林藪深則蕭瑟之音清……然如山林之客，非徒逃人患，避爭鬥，諒所以翼順資和，滌除機心，容養淳淑，而自適者爾。況物莫不以適爲得，以足爲至。彼閒遊者，奚往而不適，奚待而不足。故蔭映巖流之際，偃息琴書之側，寄心松竹，取樂魚鳥，則澹泊之願，于是畢矣。」〔註51〕如同閒適小品。

宋齊之際江淹《草木頌序》寫賞愛閫中奇異草木的心情:「僕一命之微……恭承嘉惠，守職閫中。且僕生人之樂，久已盡矣，所愛兩株樹十莖草之間耳。今所鑿處，前峻山以蔽日，後幽晦以多阻，饑猨搜索，石瀨戔戔。庭中有故池，水常泱，雖無魚梁釣臺，處處可坐。而葉饒多榮，花有夏色。茲赤縣之東南乎，何其奇異也！結莖吐秀，數千餘類，心所憐者，十有五族焉。各爲一頌，以寫勞魂。」〔註52〕情景契合，筆致靈動，爲抒寫情志的佳製。

〔註49〕 〔清〕嚴可均:《全晉文》，卷111，《全上古三代秦漢三國六朝文》，北京:中華書局，1958年版，第2097頁。

〔註50〕 〔清〕嚴可均:《全晉文》，卷111，《全上古三代秦漢三國六朝文》，北京:中華書局，1958年版，第2098頁。

〔註51〕 〔清〕嚴可均:《全晉文》，卷137，《全上古三代秦漢三國六朝文》，北京:中華書局，1958年版，第2250頁。

〔註52〕 〔清〕嚴可均:《全梁文》，卷38，《全上古三代秦漢三國六朝文》，北京:中華書局，1958年版，第3171頁。

　　梁蕭統《陶淵明集序》稱贊陶淵明不同凡響的文學創作及其超拔的思想境界，有云：「其文章不群，辭采精拔，跌宕昭彰，獨超眾類，抑揚爽朗，莫之與京。橫素波爾傍流，干青雲而直上。語時事則指而可想，論懷抱則曠而且眞，加以貞志不休，安道苦節，不以躬耕爲恥，不以無財爲病。自非大賢篤志，與道汙隆，孰能如此乎！余素愛其文，不能釋手；尚想其德，恨不同時。」〔註53〕對陶淵明人品及文品的概括頗爲精當，且筆挾高山仰止的一片深情。曹道衡先生云：「這段深情洋溢的讚語，已經不單把陶淵明作爲一個詩人來評論，而是作爲一個理想人物來歌頌。因此這段文字本身就具有很強的感染力，應該說是很好的抒情文章。」〔註54〕此爲切實之評。

第三節　其他抒情性較強的文體略述

　　哀祭文、書牘文、奏議文之外，魏晉南北朝散文中抒情性較強的還有部分詔令類作品；某些詩文品評文字不乏情致，本節附帶予以涉及。

一、詔　令

　　詔令由朝廷發給臣屬或告示天下，乃下行公文。詔，或稱詔書，以皇帝名義發佈。皇后、太子及王侯下達的文告則稱令，清王兆芳《文章釋》云：「令者，發號也，教也，禁也。發號而教且禁也。古天子諸侯皆用令，秦改令爲詔，其後惟皇后、太子、王侯稱令。主于教善禁惡，號使畏服。」〔註55〕詔令內容多堂而皇之的官話，或陳詞濫調的套話，但也不乏一些頗能流露發佈者眞情實感及個性氣質的作品。漢代較出色的此類作品，首推以漢文帝的名義發佈的詔書。文帝之詔書，風格謙和誠懇，推心置腹，往往責己先於責人，與人爲善，娓娓切情。〔註56〕故得後人高度評價。明李贄《藏書》卷三云：「歷代詔令多文飾，惟孝文詔書，字字出肺腸，讀之令人深快。」晚清劉熙載《藝

〔註53〕〔清〕嚴可均：《全梁文》，卷20，《全上古三代秦漢三國六朝文》，北京：中華書局，1958年版，第3067頁。

〔註54〕曹道衡：《蘭陵蕭氏與南朝文學》，北京：中華書局，2004年版，第148頁。

〔註55〕王水照主編：《歷代文話》，第七冊《文章釋》，上海：復旦大學出版社，2007年版，第6281頁。

〔註56〕參見王琳、邢培順：《西漢文章論稿》，濟南：齊魯書社，2006年版，第46—50頁。

概・文概》云：「西京之文最不可及者，文帝之詔書也。《周書・呂刑》，論者以爲哀矜惻怛，猶可以想見三代忠厚之遺意，然彼文至而實不至，孰若文帝之情至而文生耶？」林紓《春覺齋論文・流別論》亦稱：「然以文體言之，漢詔最爲淵雅……而漢文之詔尤爲動人。」

魏晉以來，某些詔或令繼承前代優良傳統，抒情性較爲強烈。如曹操在建安七年回到故鄉譙郡，得知當地人民在戰亂中死亡慘重，十分悲傷，於是下令撫恤，今傳其《軍譙令》云：「吾起義兵，爲天下除暴亂。舊土人民，死喪略盡，國中終日行，不見所識，使吾悽愴傷懷。其舉義兵已來，將士絕無後者，求其親戚以後之。授土田，官給耕牛，置學師以教之。爲存者立廟，傳祀其先人。魂而有靈，吾百年之後何恨哉！」〔註 57〕曹操之前曾作《蒿里行》詩，有云：「生民百餘一，念之斷人腸」，感時念亂，情調淒傷。此文與其詩感情相通，意緒悲傷而富於人文情懷，相比那些只顧拼搶地盤而不顧民眾死活的軍閥，曹操此令中流露的深沉的悲憫情懷，無疑是頗爲難能可貴的。

曹操平定袁術、袁紹，進位丞相，征服荊州之後，功勳卓著，位極人臣，或有疑其存篡漢自立野心者，操乃作《讓縣自明本志令》（又稱《述志令》），表明心跡，以釋嫌疑。文中述及前代君臣相處的某些事例，以證己之決不負漢，聲情激越，悲慨淋漓，如：「昔樂毅走趙，趙王欲與之圖燕，樂毅伏而垂泣，對曰：『臣事昭王，猶事大王；臣若獲戾，放在他國，沒世然後已，不忍謀趙之徒隸，況燕後嗣乎！』胡亥之殺蒙恬也，恬曰：『自吾先人及至子孫，積信于秦三世矣；今臣將兵三十餘萬，其勢足以背叛，然自知必死而守義者，不敢辱先人之教，以忘先王也。』孤每讀此二人書，未嘗不愴然流涕也。」〔註 58〕富有以情動人的藝術感染力。

曹操的再一名作是死前寫的《遺令》，此文乃寫給兒子的遺囑，絮絮叨叨囑咐身後安排，所言極爲瑣細。文曰：

> 吾婢妾與伎人皆勤苦，使著銅雀臺，善待之。於臺堂上安六尺牀，施繐帳……月旦十五日，自朝至午，輒向帳中作伎樂。汝等時時登銅雀臺，望吾西陵墓田。餘香可分與諸夫人，不命祭。諸舍中

〔註 57〕 〔清〕嚴可均：《全三國文》，卷 2，《全上古三代秦漢三國六朝文》，北京：中華書局，1958 年版，第 1060 頁。

〔註 58〕 〔清〕嚴可均：《全三國文》，卷 2，《全上古三代秦漢三國六朝文》，北京：中華書局，1958 年版，第 1063 頁。

　　無所爲，可學作組履賣也。吾歷官所得綬，皆著藏中。吾餘衣裘，

　　可別爲一藏，不能者兄弟可共分之。〔註59〕

　　文中可謂語語不言情，卻語語有情，流露出一位大人物像普通人一樣的生的留戀和死的悲哀。曹操在散文方面取得突出成就，並對後世產生重大影響，被魯迅先生稱爲改造文章的祖師。

　　晉武帝司馬炎的某些詔書因流露深情而得論者好評，如其《文明太后崩答群臣請短喪詔》：「攬省奏事，益增感剝。夫三年之喪，所以盡情致禮，葬已便除，所不堪也。當敘吾哀懷，言用斷絕，奈何！奈何！」〔註60〕文短而情長，清人顧雲贊謂：「寥寥數語，而仁孝之思，藹然惻然，亦妙手也。」〔註61〕東晉明帝的某些詔書謙和誠懇，有漢文帝之風，林紓《春覺齋論文》舉其《遺詔》評云：「東晉明帝爲年未抵三十，而遺詔沖抑，江表爲之感慟。斯皆中書有人，故能發言動眾至此。」

　　南朝某些詔令也富於抒情性。先看宋孝武帝劉駿之詔。宋建平王劉宏去世，劉駿很悲痛，《宋書·建平王宏偉》載云：「宏薨，上痛悼甚至，每朔望輒出臨靈，自爲墓誌銘並序。」駿還撰《又與顏竣詔》云：

　　　　宏夙情業尚，素心令績，雖年未及壯，顧言兼申。謂天道可倚，輔仁無妄，雖寢患淹時，慮不至禍。豈圖祐善虛設，一旦永謝，驚惋摧慟，五內交殞。平生未遠，舉目如昨，而賞對遊娛，緬同千載，哀酷纏緜，實增痛切。卿情均休戚，重以周旋，乖拆少時，奄成今古，聞問傷惋，當何可言。〔註62〕

　　此文名爲詔書，實則異於一般詔書，他不帶有昭告天下的行政性，而是僅僅寫給某個私人的抒情之文，撫今追昔，情意深長，屬於以詔令的形式抒發悲痛的佳作。

　　與上文性質近似的還有梁蕭統的《與晉安王綱令》，此文哀悼明山賓、到洽等的逝世，在一定程度上模仿了曹丕的《與朝歌令吳質書》，但述及明、到

〔註59〕〔清〕嚴可均：《全三國文》，卷3，《全上古三代秦漢三國六朝文》，北京：中華書局，1958年版，第1068頁。

〔註60〕〔清〕嚴可均：《全晉文》，卷3，《全上古三代秦漢三國六朝文》，北京：中華書局，1958年版，第1481頁。

〔註61〕王水照：《歷代文話》第六冊《蒫山談藝錄》，上海：復旦大學出版社，2007年版，第5853頁。

〔註62〕〔清〕嚴可均：《全宋文》，卷5，《全上古三代秦漢三國六朝文》，北京：中華書局，1958年版，第2468頁。

等對自己的規諫之恩，充滿感激之情，則爲曹丕文所未有，有云：「明北兗到長史，相逐係凋落，傷悼悲惋，不能已已……此之嗟惜，更復何論！但遊處周旋，並淹歲序，造膝忠規，豈可勝說，幸免詆悔，實二三子之力也。談對如昨，音言在耳，零落相仍，皆成異物，每一念至，何時可言。」〔註63〕對逝者的懷念深情，溢於言表。

　　蕭綱《與劉孝儀令悼劉遵》性質同於上文，哀悼劉遵之逝世，亦寫得悲慨淋漓：「賢從中庶，奄至殞逝，痛可言乎！……吾昔在漢南，連翩書記，及忝朱方，從容坐首。良辰美景，清風月夜，鷁舟乍動，朱鷺徐鳴，未嘗一日而不追隨，一時而不會遇。酒闌耳熱，言志賦詩，校覆忠賢，榷揚文史，益者三友，此實其人……而此子溘然，實可嗟痛。惟與善人，此爲虛說；天之報施，豈若此乎！想卿痛悼之誠，亦當何已！往矣奈何，投筆惻愴。」〔註64〕在撫今追昔的傷懷中，還流露了對所謂「天道無親，常與善人」之說的質疑，更見其痛。

二、詩歌品評

　　鍾嶸《詩品》論詩重視抒情性，其序鮮明地表達了這種觀念。其正文中對具體詩人的簡要品評也往往筆挾感情，寥寥數語，風神畢現，獨具魅力，如其上品評「古詩」云：「其體源出於《國風》。陸機所擬十二首，文溫以麗，意悲而遠，驚心動魄，可謂幾乎一字千金。其外『去者日以疏』四十五首，雖多哀怨，頗爲總雜，舊疑是建安中曹、王所制。『客從遠方來』、『桔柚垂華實』，亦爲驚絕矣。人代冥滅，而清音獨遠，悲夫！」〔註65〕評「漢都尉李陵詩」云：「其源出於《楚辭》。文多悽愴，怨者之流。陵，名家子，有殊才。生命不諧，聲頹身喪。使陵不遭辛苦，其文亦何能至此！」〔註66〕評曹植詩云：「其源出於《國風》。骨氣奇高，詞采華茂。情兼雅怨，體被文質，粲溢

〔註63〕〔清〕嚴可均：《全梁文》，卷19，《全上古三代秦漢三國六朝文》，北京：中華書局，1958年版，第3060頁。

〔註64〕〔清〕嚴可均：《全梁文》，卷9，《全上古三代秦漢三國六朝文》，北京：中華書局，1958年版，第2999～3000頁。

〔註65〕穆克宏、郭丹編著：《魏晉南北朝文論全編》，南京：江蘇教育出版社，2004年版，第236頁。

〔註66〕穆克宏、郭丹編著：《魏晉南北朝文論全編》，南京：江蘇教育出版社，2004年版，第237頁。

古今，卓而不群。嗟乎！陳思之於文章也，譬人倫之有周孔，鱗羽之有龍鳳，音樂之有琴笙，女工之有黼黻。」〔註67〕中品評陶淵明詩云：「其源出於應璩，又協左思風力。文體省靜，殆無長語。篤意眞古，辭興婉愜。每觀其文，想其人德。世歎其質直。至如『歡言酌春酒』、『日暮天無雲』，風華清靡，豈直爲田家語耶？古今隱逸詩人之宗也。」〔註68〕下品評趙壹詩云：「元叔散憤『蘭蕙』，指斥『囊錢』，苦言切句，良亦勤矣。斯人也，而有斯困，悲夫！」〔註69〕文字雅潔，可當作饒有情致的小品文來讀。後世某些詩話、詞話著述，乃至某些評點類文字不乏效法之者，形成我國文學批評文字中頗具藝術魅力的一個系列。故附記於此。

〔註67〕穆克宏、郭丹編著：《魏晉南北朝文論全編》，南京：江蘇教育出版社，2004年版，第238頁。

〔註68〕穆克宏、郭丹編著：《魏晉南北朝文論全編》，南京：江蘇教育出版社，2004年版，第249頁。

〔註69〕穆克宏、郭丹編著：《魏晉南北朝文論全編》，南京：江蘇教育出版社，2004年版，第255頁。